薈書坊

阿来散文集

人是出发点
也是目的地

阿来 著

陕西师范大学出版总社

图书代号：WX18N1346

图书在版编目(CIP)数据

人是出发点　也是目的地 / 阿来著. — 西安：陕西师范大学出版总社有限公司，2019.1（2021.7重印）
（阿来散文集）
ISBN 978-7-5695-0230-5

Ⅰ.①人… Ⅱ.①阿… Ⅲ.①散文集—中国—当代 Ⅳ.①I267

中国版本图书馆CIP数据核字（2018）第207097号

人是出发点　也是目的地
REN SHI CHUFADIAN　YE SHI MUDIDI

阿　来　著

选题策划	穆　涛　熊　莺
出版统筹	刘东风　郭永新
责任编辑	王淑燕
责任校对	张　佩
封面设计	主语设计
出版发行	陕西师范大学出版总社
	（西安市长安南路199号　邮编710062）
网　　址	http://www.snupg.com
印　　刷	陕西龙山海天艺术印务有限公司
开　　本	880mm×1230mm　1/32
印　　张	11.625
插　　页	4
字　　数	221千
版　　次	2019年1月第1版
印　　次	2021年7月第2次印刷
书　　号	ISBN 978-7-5695-0230-5
定　　价	58.00元

读者购书、书店添货或发现印刷装订问题，请与本公司营销部联系、调换。
电话：（029）85307864　85303629　传真：（029）85303879

目 录

001 当我们谈论文学时，我们在谈些什么

021 文学总是要面临一些问题

035 文学的叙写、抒发与想象（上）

055 文学的叙写、抒发与想象（下）

082 关于小说创作

099 我对第六届鲁迅文学奖报告文学奖项的三个疑问

106 随风远走

110 人是出发点，也是目的地

118 穿行于异质文化之间

124 我是谁？我们是谁？

129 中国的少数民族文学，以及我自己

134 我只感到世界扑面而来

150	没有一种固定不变的民族文化
158	地域或地域性讨论要杜绝东方主义
165	文学和社会进步与发展
171	一个中国作家的开放与自信
178	文学表达的民间资源
192	民间传统帮助我们复活想象
204	类型小说以及类型的超越
237	文化的转移与语言的多样性
258	消费社会的边疆与边疆文学
288	在遂宁,谈谈陈子昂,谈谈观音
303	汉语:多元文化共建的公共语言
315	语言的信徒
335	傅斯年、李庄及其他
348	非虚构文学应该要有文化责任

当我们谈论文学时，我们在谈些什么

我今天早上起来，有点小焦虑：今天讲点什么？今天讲文学。很多时候，我们是在讲一种与文学无关的东西。什么意思呢？我们只是在一个来自一般教科书上的、对文学最一般的定义的框架当中，讲文学。一些对文学的解释和理解，与我们当下文学创作当中正在发生的情况是非常脱离的。当然，它就更不能对我们在座的每个人写作当中遇到的具体情形，作品当中所呈现的那些好处，给一个充分的解释。它于我们这样的写作群体所需要的一个整体写作水准的提升，似乎也没有太大的关系。

美国作家雷蒙德·卡佛的短篇小说集《当我们谈论爱情时我们在谈论些什么》让我反思同样一个问题：当我们谈论文学时，我们到底在谈些什么？卡佛的意思是说：当我们在谈论爱情时，我们谈的真的是我们具体的每个人身上发生的那个爱情吗？还是仅仅停留在宗教的、道德的、伦理观念指定的定义的爱情？也就是，我们平时在谈论一个事物的时候，是作为一个名词在谈论，还是把这个事物当成一个真正的过程、真正的实体，触及这个实体，触及这个实体的过程来谈论？文学也一样。我们谈论的文学，真是文学吗？是我们真正所需要的那个文学吗？

就是我们来这里听讲座，听的是一种普及性的关于文学的基本常识，还是一种我所需要的、具有创造性的、具有独特性的、催发我个人生命意识的、情感深刻的体察的文学？还是通过讲座，得到一些非常宽广的、深刻的经验？文学是表达。文学总是从表达个体经验开始的。

所以，我今天想谈谈人物，即叙事文学中的人物，我们来探讨一下它到底是什么。

我们在谈论人物的时候，经常会离开小说具体的场景和故事。如人物要有性格。毋庸置疑，生活中每个人都有性格，文学中的人物也应该有性格。我们通过一个人物能看到一类人、一群人、一个阶层的某种写照，或某种典型性、代表性。我们在谈论人物的时候，要谈人物和时代的关系。

因此，我们应从审美发生学的角度问：一部戏剧，一部小说，在这样一个构架当中，人物是怎么生成的？我们所需要的那些东西，在这样一个叙述的进程中，是如何产生的？就真正的写作，我们所面临的是这样的问题。如果我们不成功，显然，我们在这方面是失败的。如果我们成功，很显然，我们在这些方面找到了一些诀窍。

所以，我们可以一个一个问题来谈。

社会中没有一个单独的人。马克思有一个很好的定义：人是社会关系的总和。单独的人有什么意思？如果放在一个小说中，他只是一个独立的人。除了一些极端的小说，在大部分的叙述中，一个人是不可能发生故事的。那么，什么情况下会发生故事呢？那一定是和别的人建立了关系。而且，这种关系是一种互动的关系，也是对现实社会生活中人的各种关系的模仿。这种关系很重要，因为我们会谈到另外一些事情。比如，小说是讲故事。"故事"在小说里头还有一个近义词——情节。在某种程度上，故事跟情节是合在一起的。那么，为什么有些小说或者叙事文学只是好看呢？因为情节跌宕起伏。我们在构思文学的时候，不管是写一部电影、电视剧，还是一部小说，会下意识地跟人脱开，或者说对人的关系照顾不充分。我们去虚拟、构想一种曲折的情节。我常听一些导演说："我们用电脑分析了一些好莱坞电影的情节原则，三分钟要有一个小高潮，八分钟要有一个大高潮，五十分钟一定要有一个更大的高潮——所有高潮汇聚起来的高潮。"这对基于一些商业数据分析的情景是有一定道理的。但问题是：我们有没有探究高潮是怎么产生的？尤其在图像、视频发达的今天，它们正在改变我们对情节的理解。很多写小说的人正在把小说场景化、图片化。场景化、图片化以后的结果是，人在里头只是一个道具，只构造一些火爆的场面。按照好莱坞的方式，男女主人公出现，三分钟，该上一次床了吧。这是一个小高潮。刚上床出来，遇到炸弹爆炸，大高潮。然后，开始追车，很惊险。很多汽车追在一起，又是一个小高潮。再布置一次上床，三分钟的小高潮。最后，快结束了，来一个惊天的大爆炸，在烟火中奔跑，大大高潮。然后，男女主人公一脸烟尘，很潇洒，kiss一下，"走，我们再开间房去"。

今天，很多时候，我们对于叙事情节，包括对小说的理解、故事的构思、情节的设计，很大程度上脱离了人，脱离了人跟人的关系。人的所有行动就只是把设想好的场景串联起来，人成了一个串联起这些刺激性场景的道具。这个时候，我们就已经离开了文学。

我们真正好的情节是跟人联系在一起的。我们就需要寻找这样的点和关系。大家想：有离开人的情节吗？其实，情节就是人的行动，而且还不只是人的个体的行动。在小说、叙事文学当中，不管你设计了几个人物，他们扭结成了一种关系，情节是这种关系变化演变的一个过程。这个关系有时候动作性很强，比如，武侠、战争，在谈到情节的时候就会很自然地倾向于外在的动作性。所以，写谈恋爱，光是拉拉手不行，必须得上床，因为这个才是动作。大家觉得这才是动起来了。而我们真正来看大量的小说，尤其是经典小说，它们的动作性不是那么强烈。例外的如杰克·伦敦，他身上具有探险的气质。但更多的小说是从内在展开的。它的人物关系的演进、时间的演进，更多是一种心理上的、情感上的。比如契诃夫的小说《草原》，几个人坐在一辆大车上，在茫茫的草原上行走。它有什么动作呢？动作就是那辆马车像一个活动的舞台，人就坐在马车上。这就展开了心理的描述。心理的过程即是一个情感的过程。

我们今天的很多小说有一个问题：很少能把人的情感、心理，尤其是把人各种各样的关系当中那种微妙的联系，生成一个生动细腻的微妙的敏感的表达。艺术的魅力不是大路货，不是像好莱坞那样几分钟一个小高潮，几分钟一个大高潮，更何况好莱坞还有别的一些特点。我们只是看到了它较商业的一面。比如《护送钱斯》，钱斯在伊拉克战场上战死了。电影一开始，他已经战死，牧师要把他装进棺材。入棺材之前，要给他清洗一下，穿上军服，盖上国旗。整部电影是讲送棺材里的钱斯回家的故事。这样一个故事，虽没有惊险刺激的场面，却十分感人。第一，他的战友在机场与他告别。告别时没有人趴在棺材上哭，美国大兵各种各样的神情。上了飞机，两个人护送他。下了军用飞机，又上了一个普通的民航飞机。他躺在货舱里，这两个人就在下面。后来人们渐渐知道，这两个人是护送一个战死的美国士兵回家，他们对他有一种特别的复杂情感。然后，下飞机，上汽车，一路上，无非就是人们知道这是一个战死的士兵，表达了他们应该有的同情。真正好的美国电影，都是比较节制的，没有大哭大闹、大喊大叫。一个两小时的电影，就是送个士兵回到家乡。他的父母、同学、朋友，很平静地、非常节制地怀念他。很平静地下葬，鸣枪升旗，电影结束。

整部电影没有激烈的动作，尽管有飞机，但是没有一个情节让我们联想到惊险、曲折。在这个过程中，它掌握了非常重要的东西——情感。尽管它是一个叙事情节，但它始终像一首抒情诗一样、水一样地缓缓流淌。只有形形色色的人的反应，而这些反应时时刻刻让我们想起那个棺材里的士兵。甚至，连棺材在电影里也很少出现。但是，我们的感情却始终在那个死去的躺在棺材里的士兵身上；电影始终有一种深刻的真切的情感贯穿始终，始终在感染你，在不经意间通过一个人的眼神或动作触动你。我想这才是我们今天这个文学所需要的。

今天，我们作为一个东方的消费主义者面对美国，我们只看到了美国狂热消费的一面，而没有看到美国那些最好的东西，或者即使这些东西出现了我们却视而不见。

这是一部电影，若是把它写成一部小说，可能更精彩。镜头本身是客观的，尽管它可能带了一些抒情性。但若是我们用文字来表达，发挥文字的主观抒情性，肯定会比镜头更有优势。

我们说一个小说太干巴了，为什么干巴？因为我们写作它的时候没有饱满的情感。中国古代的文论家刘勰谈创作时，就十分强调情感。在书写自然对象的时候要"登山则情满于山，观海则意溢于海"。我们在写山的时候，首先要使情感把山铺盖；写海的时候，心思比海还要宏大，大海都装不下，它都溢出来了。杜甫诗："感时花溅泪，恨别鸟惊心。"这些说的都是我们在叙事、描绘自然时需要的那种饱满情感。

今天我们过分注重叙事学情节因素、故事因素的分析的时候，恰恰忽视了灌注在文字里的情感，不管是在我们叙述中静止的或动态的人的情感，还是在人物关系展开后，触动人物情感的旋涡和波澜。

今天的小说，展开人物关系的时候感情很少，因为我们理解的情感就是爱情或亲情。我们很少触及人与人之间各种各样的复杂的丰富的情感。人是情感的动物，一旦建立关系，他就会呈现不同的情感色彩。但我们对人物关系进行展开后，对情感因素探讨得就不够深入、丰富。

我们的小说比较干巴，比较直白，可能是因为我们处于一个物质主义的、消费主义的社会中，我们不太相信情感，也可能是忽略了。所以，对于小说中人物之间忽明忽暗的关系，我们往往不是从情感心理出发，而是从日常生活的那种功利的算计出发。比如，一个人想另一个人的钱，或一个人想巴结权力，诸如此类，互相利用，我们要写出这样一个复杂的社会关系。文学最悲惨的是我们在写这些现实的时候，我们也完全堕入了现实，而丧失了人类崇高的情感和雅正的审美能力，丧失了本该赐予文学的那种净化人心的力量。如果文学失去了这样的力量，文学是堕落的。

谈到故事情节，我们必须注意到一个问题：故事情节的每一步发展一定是与人的关系的变化紧紧地结合在一起，而人与人的关系的变化造成情节的变化和故事的发展，这样才能使这个情节具有非常好的叙事弹性。这个弹性来自生活的质感，更重要的是来自人物的心理、情感的丰富性。把那些最隐秘的最微妙的东西揭露出来才是最最重要的。

脱离人来讲情节、讲故事，是非常危险的。当我们只剩下情节、故事的时候，各种各样的问题就会出现。但是这与文学雅正的审美、文学的最初使命又离得很远。同样，脱离情节、故事来谈人物也是很危险的。比如，在医学院，有个尸体，一刀把肝拿出来，"同学们，这是肝"，再一刀把胃拿出来，"同学们，这是胃"。这确实是人的构成。但是我们把它们装进去，缝起来，让它站起来，这是不是人？我们解剖一具尸体，知道了人的身体的构成。但是当我们把它缝合起来，站在我们面前的时候，它是人吗？再借用卡佛的标题，当我们谈论人的时候，我们到底在谈论什么？当我们在谈论文学的时候，我们到底在谈论什么？它是假人，不是真人。为什么？因为里面最重要的东西没有了，经过一番切割以后，心跳、呼吸早都没有了。

以我个人的经验而言，要复原文学，我们必须对文学有个整体把握。现在，我们在进入一个碎片化的、局部的看似真理的时候，我们又能不能回到原处，回到对文学的整体把握的语境当中。怕就怕我们会迷失在一个被知识分割的世界当中，比如说把情节、人物、情感分开来谈。离开人物的关系进展及行动的、心理的、情感的因素，谈情节有用吗？没有用。

另外，情节是不是一律都要曲折呢？有些小说可以写得很曲折，因为它本身具有曲折性。它本身也不是故事要曲折，而是它塑造的人物给故事提供了一种可能。《基度山伯爵》就具有足够的传奇性。但我们要是写一个小民呢？比如说詹姆斯·乔伊斯在《都柏林人》中写的一个小城市的小人物。美国小说中有很多这样的例子，就是一本短篇小说集，我通常都是把它们当作一本长篇来看。它们描绘的是群像。舍伍德·安德森的短篇小说集《小城畸人》，就写一个小城一条街，不是写外在的畸形，而是写心理的。不像我们这里写一下，那里写一下，他就是集中写一个地区。海明威写过一个很好的短篇小说集《尼克·亚当斯故事集》，我觉得它可以和马克·吐温的《哈克贝利·费恩历险记》齐名。在我的心目中，它更好，但是它肯定没有《哈克贝利·费恩历险记》的情节那么曲折离奇。因为他就写一个小孩——尼克·亚当斯。这本书每一个短篇都是写的那个小孩，写小孩那种乡野的生活，钓鱼、打猎等等。为什么这些简单的故事就成了经典？

不是一谈到情节就是曲折、离奇、惊险、刺激，情节更多的还是在故事的展开当中，还是一个情感的因素。我们在写小说的时候，过分关注情节，而失去了对情感的关注，只剩下世俗人那样的功利心了。比如，一对男女谈恋爱，分手了，原因是女方父母反对，嫌弃男方是农村的，家穷。只写这个有什么意义？如果小说只提供这样一种解释，那我们为什么还需要小说？我们身边任何一对情人分手了，人家告诉我们的都是这样的情况，而缺少一些更多的更微妙的在他们之间的使他们不能在一起的原因。

小说情节丰富，有明暗、起伏的转折。转折有时是事件性的转折，比如战争，但是现在，我们面临的不是那样一个时代。在书写当下生活时，大部分的波澜还是情感的波澜，而此时小说的重点便是情感的起伏、暗涌、回旋、分析、再分析。

小说一般有两个逻辑：现实生活的逻辑和人物情感的逻辑。我们还需给它加上第三个——基于净化和拯救的审美的逻辑。

我们在讲人物的时候，首先要想清楚人物和故事的关系：人物是小说的中心。即便我刚才提的那个例子，那个士兵是一个死去的人，是一具尸体，没有表情、言语、动作，但是他却作为一个巨大的情感磁场，在整个电影中，紧紧抓住情感的因素，让我们潸然泪下。而且这种潸然泪下，不仅是基于同情，更让人产生一种特别崇高的情感。这个过程使我们对于那种牺牲的精神有一个纯粹的崇高的情感洗礼。同时，你会发现，如果选择了一种合适的书写死亡的方式，死亡也是一件庄严的事情。

看电影时，我正好在华盛顿。接待我的教授问我去哪儿，我说："去哈林顿公墓。我去过一次，所以，我要再去一次。"那个老美说："太好了！第一，我要亲自带你去！第二，回来后，我还要请你喝酒！这才是美国精神。"我说："你能不能说这是人类精神？否则，我不去了。"

哈林顿公墓埋葬着独立战争时期战死的几十万士兵。在那样一个墓地行走，我却没有任何不舒服的感觉。前天我在一个山上，山很漂亮，但是山上的坟墓，就让我非常不舒服。为什么这些坟墓就让人感觉不到美感，很不舒服、很怪异，而在另外一片墓地，你就产生美感、觉得自然？这就和文学的创作相似。

文学的创作，首先基于对人的理解、对情节的把握，尤其是小说设计情节的时候，对于人的关系的认识。这不是要求写作的人高人一等，而是要求他在审美上、情感上要超越一般的人。

当谈论一个小说的情节不合理时，有人说："假！不真实！"这肯定是深入生活不够。我们便深入生活。比如，写农民，农民的情感表达和作家的不一样，重要的是作家要深入农村，在乡间田野的生活中对自身情感进行认知和观察。

小说逻辑的合理性就是情感逻辑的合理性。我们脱离人的心理情感的发展逻辑，一定要加一个带给人视觉上高潮的事件，或者一些出乎意料的事件。这些事件有时由人的行动实现。若他的心理、情感还没有到位，你就让他发生这样一个转折，那么，这就不叫转折，而叫断裂。情感转折的合理性消失了。

我为什么一开始就讲人与故事、人与情节的关系？没有脱离人物关系的情节和故事，更没有脱离人的心理逻辑、情感逻辑的情节的进展。情节的进展一定是与外在故事的完成，与内在的人物情感激荡的记录一起起伏。如果小说是一个尺度更大、时间更长的情节，它就可能呈现一个人的命运，呈现一个民族的国家的大事件，但其中一定得有人物。比如，《战争与和平》写了不少战争的场景，但如果我们把某个人物拿掉，比如拿破仑、库图佐夫，那么这本小说还剩下什么呢？你会发现：它就像房子抽掉了栋梁，没有了承重的东西，轰然倒塌。别的场景、人物写得再好，都不过是一地碎砖烂瓦而已。这些事件不论大小，都是由人物来支撑的。

有的小说也有人物，但这个人物一直是符号化的，是人物促进情节的发展，而不是情节的发展服务于人的情感发展。这是要不得的。我们在写人物的时候，真正要面对的是情节和人物的关系，和内在的情感逻辑的关系。在某种程度上，情感就等于情节。

什么是人物的关系？小说要有创新，但是很难。古希腊的戏剧很辉煌，有人就说："看了古希腊的戏剧后，后来的人们就没法写作了。"他们提出了一个概念——母题。不论是古希腊的，还是别的世界的文学，不可能再找到新的母题，就是再也找不到新的人物关系了。人无非就是这些关系：亲属之间，近亲远亲；社会关系，上下等级，各种管制。古希腊戏剧的母题，后来的人写小说、编故事，都避免不了。

我们现在说的情节也是从古希腊戏剧中提炼出来的。如《俄狄浦斯王》的情节：儿子把父亲杀了——弑父情节。古希腊戏剧家就从一个家庭、家族里面观察，观察到一个非常极端的情况：一个家庭成员当中，一般来说，都是儿子爱母亲，女儿爱父亲。为什么是这样一种异性交换的关系呢？西方人问这个问题，我们不问这个问题。各种人物关系几乎被古希腊戏剧穷尽了。比如特洛伊战争中的爱情、战争、死亡、愤怒等。

写人物关系时，一方面，我们可以继承前人；另一方面，在人物关系上几乎没有创新的可能了。种种关系都被古人穷尽了。今天的各种网络小说，写多癖、肉欲，一个男人与多少个女人好。《金瓶梅》《红楼梦》不就是这样吗？这是人物关系的相似处。

此外，人物关系也可以扩展为阵营与阵营的关系。比如，《水浒传》《三国演义》是一个头儿带一帮兄弟对付另一个头儿带的另一帮兄弟，中间再穿插很多情节。所有的情节不就是靠这种关系的互动推进的吗？《三国演义》就是三个带头大哥——曹操、孙权、刘备，他们各自带着一帮兄弟相互斗争，逐鹿中原。《水浒传》略微变了一点，也是一个带头大哥，带了一帮兄弟，一百单八将。前面是每个人的传，后面是对抗另一拨儿人——皇帝、方腊等。

真正要写小说的人一定要做这样的分析。然后,你才能知道该写什么,大的格局已经定下来的时候,在小的地方你还能做些什么。人物关系抽出来,你会发现《红楼梦》和《金瓶梅》是一样的,《水浒传》和《三国演义》是一样的。今天我们写一部反腐小说,人物关系可能也会像《三国演义》。若我们写情场小说,或许也会像《金瓶梅》或《红楼梦》,一男多女。

今天的科幻电影,看似写的是外星人,但那些外星人不就是变了样子的地球人吗?他们的情感、逻辑,包括他们的语言,虽然不是人的语言,但你一听都懂。为什么?因为它也基于人的情感和判断,基于人的关系和逻辑。《星球大战》不就是地球上的战争的翻版吗?

有人问:"您这样一说,我们都绝望了。您说写小说要出新,我们写小说还出什么新呢?"

对于人物怎么出新,这就要谈到背景。今天我们说作家要多读书,一类是理论的书,另一类是各种各样的社会材料、历史材料。我们要多掌握一些别的学科,因为今天和古代不一样。

现代社会创造了很多科学方法,学问也很多、很驳杂。我们只有掌握了一定的理论工具,才能更深刻地看待世界上的事物。这样,我们在写作的时候,才会知道该写些什么、怎么写。我们要写政治,就有必要具备一些政治学的、经济学的、社会学的方法。要了解一个地区人群、族群的精神状况，我们就有必要具备一些宗教学的知识和方法。不能一写道士就是杀个鸡儿，泼个血儿，贴个符儿，念"急急如律令"；一写和尚就是合掌出来说"阿弥陀佛"。

关于人物关系，如何写出新意？同样是这样的关系，出现在不同的时代，它会呈现出不同的风貌。关系还是关系，但是它展开的生活内容是不一样的，代表着那个时代的鲜明特性。

比如明代的《金瓶梅》。明朝是中国色情文学最为发达的时期，由绘画到戏曲、诗词、小说。当时，市井文化和消费文化兴盛，人的思想也自由，从宋以来到明，发展到一个极致。这时候很自然就是这种东西。《金瓶梅》出现了，它是对当时社会的反映，也是那个时代人们的需求。那么可以想象，明代的社会生活中情色生活比较泛滥。但是，明代色情话本小说超过《金瓶梅》的太多了，为什么它留下来了？它留下了那个时代一些更有价值的东西。所以，今天很多学者会严肃地研究《金瓶梅》而不会研究《肉蒲团》或《灯草和尚》。

到了《红楼梦》，还是一个男人与多个女人的关系。但是，清代的社会风气与明朝时的不一样了。作家想展示的是内部的情感——同样的人物关系而社会生活、人物的命运却不一样。《金瓶梅》成功了，《红楼梦》也成功了。将来我们也可以写一男多女的情况，但不是要你抄《金瓶梅》或《红楼梦》，而是要求你把当下的社会感受和对当下社会的深刻认知写到这个人物关系中去。

太阳之下无新事,人物的关系大致相同。古希腊的赫拉克利特说:"人不能两次踏进同一条河流。"昨天踏进的那条河,虽然河堤和今天的一样,但河里的水已经不是昨天的水了。所以,在人物关系不变的情况下,要看到变。历史像水流一样,时代像水流一样,在往前发展。而这个水流给我们带来什么新的东西呢?当我们脱掉鞋子,卷起裤腿,下到水里时,我们会感觉到温度、力量,这就是新。

人物关系在古代小说中几乎被穷尽了,甚至人物关系当中所包含的那种精神意味也几乎被穷尽了,但是,我们还有一个巨大的施展的空间就是:从历史的角度,观察社会生活的变化。那我们能不能用最敏锐的感觉捕捉到这些新的东西?而且用非常有质感的方式把它与人物的命运、性格、情感紧紧结合在一起?在这一过程中,把人物的性格、情感特别有质感地、特别准确地呈现出来。

强大的艺术传统已经占据了巨大空间,我们的创作空间在哪?这就看我们怎么来看了。当我们在讨论这些东西的时候,一开始就说人物要有性格,请问:哪个人没有性格?强弱而已,明暗而已。脱离情节,脱离社会关系以及内容,这样的讨论没有太大的意义。所以,有些时候我们讨论现代派的作品,比如马尔克斯的《百年孤独》。今天在中国谈论《百年孤独》的文章,好像还没有一篇讨论它深刻社会意义的,只是讨论它的那些表面的绚丽技巧。某种程度上说,那些技巧没有太大意义。技巧不过是一些魔幻的外衣，而大家忽略了马尔克斯真正所具有的那种巨大的批判力！这个批判力就是扭结在人物身上的对殖民主义的批判！

马孔多镇是一个适合种香蕉的地区，也是被殖民的地方。欧洲人发现这个地方适合种植香蕉，就在这里大量种植和收购香蕉。有香蕉贸易就有集散地，渐渐地，这个地方就发展、繁荣起来。但从故事展开的时候，这个镇子就开始衰落了。因为殖民者发现这个地方种了很多年香蕉，土地贫瘠了，而且，当地人也学会了讨价还价，所以，他们到别的地方种香蕉去了。香蕉贸易停止，这个镇子便衰败了。可以说，《百年孤独》讲的是一个血淋淋的跨国资本掠夺第三世界财富的现实。

同样，在某些境况下，我们也可能处在一个和马尔克斯当年所批判的一样的现实中，我们的文学对此不但毫无反应，而且，我们在读到反映这样残酷历史现实的《百年孤独》时，还仅仅把它当作一个有特别技巧的作品，而看不到它的批判性。所以，我问："当我们在谈论《百年孤独》的时候，我们到底在谈论些什么？"

为什么我们在谈论文学的时候，谈不到那些真正该谈的东西，以至于我们写作时，写不出真正的文学呢？我们在写作时，我们到底在写什么？古往今来的经典包含了很多的模式，我们只需要把它的一些东西抽掉，填补一些新的时代的东西。好比博物馆里的恐龙，恐龙的骨架就像小说的人物关系,而我们就是要给它"长血长肉"。

什么是"血肉"?那就是今天的社会,今天的现实。即便是我们要写历史、穿越、未来,我们不论对历史还是对未来的认知,都是基于当下的。有句话说:"任何历史都是当代史。"我们也可以说:"任何未来都是当代史。"我们不可能了解真正的历史、真正的未来,对历史的、未来的书写未尝不是对当下现实的书写。所以,要推陈出新,就要基于我们对当下的认知。认知就需要深入生活。

采风是一个途径。但是有的采风是不是形式主义了?拿个小本子,来到乡下。"老乡,今年家里养了几头猪呀?""三头。""卖了多少钱?""五千。"

这样很不好。生活是一种体验、体察、认知。深入生活是对生活的一种深切的体验,要有现场感,要建立丰富的资料和有深度的观察。今天我们小说里面就缺少这些。"长血长肉",这就是所谓的"血肉"。

光有生活经验是不够的,还得有"理论之光"的照耀。农民天天观察,若仅需观察,农民早写了。人类社会进展到今天这个程度,不由得你不进行一些理论的积累和训练。

20世纪80年代的王蒙说:作家要学者化。我认为:作家要具备一定的学者理论素养和观察事物的方法。农民有丰富的经验却没有写出好的作品,是因为缺乏理论素养。但是,有的大学者为什么没有写出好小说?因此,仅有理论也是不行的。而文学家刚好就是这两者的中和,把生活经验和理论进行一种中和。这便需要作家从个别人物出发。因为,情节是根据人物关系展开的。我们得找一些方法,给人物关系注入现代人对时代的现实生活的认知、体察。

谈到人物的性格,人物不一定都要有复杂的性格。一个小说只需要有两三个人有丰富的性格就可以了,若所有人都有丰富的性格,那小说就没法写了,除非它只有两三个人物。

著名作家福斯特在《小说面面观》里提出了一种分类:圆形人物和扁平人物。所谓的圆形人物就是性格复杂、心理多变、情感丰富的多面的立体的人物,而这样的人物往往是小说人物关系的中心。如果《红楼梦》中所有的人物都像林黛玉性格那样复杂,那么这小说就真的没法写了。所以,还需要一些简单点的人物,如香菱、史湘云等。这类人物性格都比较鲜明。比如,王熙凤出来时,大声"哈哈",走开时,也是"哈哈",作为串场。性格不复杂,却很鲜明,所以叫作"扁平人物"。

所以,我们在写小说的时候要考虑圆形人物和扁平人物的问题。小说是有空间的,舞台是有局限的,我们不可能把所有人物都设计成圆形人物。小说中,一个人出现多少次,就是他的空间。不可能每个人都展示他的复杂性、丰富性。也就是说,我们在描绘人物性格上要有侧重。

一部小说,人物之间也需要对比。一个人很直率、很爽朗是和另一个不直率的、阴郁的人比较出来的，而一个圆形人物也是和一个扁平人物比较出来的。

我们真正要深入写作，就要对写作方式有更深的体味，尤其是要有理论上的学习。它让作家获得一种能力。我们在写作过程中，把这种理论和生活经验结合起来，互相生发，互相印证，然后，才有创新的可能、成长的可能、丰富的可能。

今天谈这么多，我不敢说我谈得多么好，但是，这是出于我个人的创作经验。把人物放在小说创作的过程中，怎么让它慢慢呈现、慢慢丰富，反过来，怎样让它的丰富和呈现成就一篇小说好的情节，这个情节既有外在的行动，也有内在的心理的情感。

今天很多小说过于偏重外在，而对内在的情感重视不够。小说走到今天这个视频、音频、图片空前发达的时代，若它还有一席之地，那么它的长处便是心理描写。托尔斯泰用大量的篇幅写俄军和法军如何冲锋。今天请斯皮尔伯格来，两个摄像机一开，十秒钟就能让我们在视觉上享受一场盛宴，并且更生动、更壮观。当这些都让渡给电影、图片以后，人物内在情感的悲喜也就变得越来越重要，尤其是在构建人物关系而造就小说的情节和故事的时候。过去我们总是把它们分裂开来谈，我们谈肝、谈胃，不把它们当作生命的一部分，只是孤立地来谈。这样会造成很多问题。这些就是我关于小说的人物和情节的写作经验。

文学总是要面临一些问题

——在都江堰青年作家班上的演讲

我们很少有反思

从昨天到今天早上为止,我不太明白要讲什么东西。文学这种问题我们要大而化之。只是一个讲座,我们要谈那当然好谈——各种教科书、各种经验、各种关于文学的讨论。但是就我个人逐渐接近文学的经验来讲,倒并不太认为听某一个人的讲座是一个好的方法。我个人做过一些讲座,但是我没有听过任何人的讲座,我比较拒绝这样一件事情。我没上过鲁院,没去过作家班,所以我也总是怀疑,我给别人讲,是不是真正能提供一些有用的东西。

文学总是要面临一些问题,解决一些问题,那么其中最大的问题还是,个人写作经验与今天流行的各种文学理论之间是否真正存在一种互相激发和交织的关系。就是说随着写作的进展,理论也有所进展,理论有所进展的时候对写作也有所帮助。

从昨天到今天，我觉得我有点短路，最近讲得有点多，讲各种各样的问题。这让我突然想起今年去白俄罗斯的时候，第二天就有个跟当地作家或者别的喜欢文学的人的交流，我始终弄不清我要讲什么。那天晚上"幸好"出了件事情。因为白俄罗斯明斯克市整个冬天是积雪不化的，晚上我出去走路把手摔断了，我倒在雪地上，觉得眼冒金星，金星散尽之后突然看到天空下面有很多白桦树。白俄罗斯的夜晚，天空比我们的明亮得多，所以还是一片蓝天。我没觉得痛，反而觉得明天可以说话了。

说什么呢？我突然就想起很久以前读过的一本书，很久了，我都觉得我肯定已经忘记了：是和《这里的黎明静悄悄》同时期的苏联解冻时期的写了很多关于二战的小说的作家——贝科夫的一部小说。他的小说显然跟我们写战争的路数不一样。苏联在赫鲁晓夫开始批判斯大林以后，出现了个文学流派叫作解冻文学。解冻文学，我们比较知道的恐怕是写二战的，和过去苏联作家写二战大不相同。中国人知道的代表作是《这里的黎明静悄悄》，再比如说肖洛霍夫的很好的短篇《一个人的遭遇》。那天我突然想起了贝科夫，回去忍痛查询了一下，他真是白俄罗斯的。那么，苏联分崩离析之后在一个国家跟另一个国家作家谈论文学的时候，我们终于可以谈论一个被大家共同熟知的作家。

那么我谈论一个什么事情呢？就是我倒在地上那种情形让

我想起他小说中的一个场景。我努力回忆，是一个中篇小说，大概叫《狼群》，我记得不是很清楚了，写一个苏军突击队执行一次任务。我们也有很多战争，抗日战争、朝鲜战争等等，但是我们的战争文学处于一种什么状况？听一听就知道贝科夫的小说和我们的不一样。他当时就写一个苏军的中尉，得到一个任务，让他带三十多个人的突击队潜入德军后方去摧毁一个军火库。当然我们绝对可以写成一个高大上的战争小说，但问题是这个军火库是不存在的——侦察兵不认真。想想在我们的小说中、电影中，类似的题材里面，情报一定是准确的，军火库一定是存在的，一定是会被炸毁的，最多牺牲两个可爱的战士，指挥员是不死的，诸如此类。我们已经有固定的模式。当他们按地图找到军火库的大致位置时，人已经死掉一半，因为潜入后方是不容易的，他们付出了一半人生命的代价，但这个军火库是不存在的，他们就开始后撤。在这样一个情节中，它突出一个什么东西？这个指挥员就开始追问，追问这样一个虚无的任务，付出这么多战士的生命是不是值得。大家记得吧，在《这里的黎明静悄悄》里头，五个女兵去阻击德国人，一边完成任务，一边反复问自己，我们的战争要让这些女人去死，这是不是应该的。我们的不同文学中，战争文学仅仅是一个例子。战争是一种极端状态，战争文学大概也是一种极端状态，但其实类似的情形在所有的写作中也是存在的。其实我们经常说反思，但是我们在推进情节发展、设置人物场景的时候，第一，我们很难追问这样是不是可能，第二，我们书里的人物、笔下的人物也是很少发出这种反思和追问的。

但有意思的并使这个小说成为经典的是这个上尉一方面付出这么多的牺牲，往后撤，一方面也想要完成任务，英雄主义还是有的，不能以为他有这种追问，英雄主义就消失了。他觉得这一路上既然付出了那么多的代价，一定要找到一个袭击的目标，才对得起这些牺牲的人。当然，在搜寻目标的过程中他手下的人几乎死光了——不断和德国人遭遇，不断和德国人打，最后就剩下他和一个兵。这个时候他觉得非常高兴，他觉得自己非死不可，但总要搞点什么。之前，除了和德国人遭遇，路上互有伤亡，打死几个人之外没有找到什么目标。这个时候突然来了几辆德国人赶着的马车，从雪地上过来，这下有了重大目标。两个人埋伏在白桦林里准备进攻，结果很失望，马车上什么军火也没拉，粮食也没拉，没有什么重要的东西，就是拉了几车草准备去喂马。他想，袭击几辆装草的马车实在不值得。但是他已经负了伤，没有任何能力，所以他还是最后一搏，发起了袭击，让死值得一些。他的兵先冲上去，被打死了。他想也没有什么打头儿，他觉得要找一个和自己军衔相当的军官作为攻击目标，然后冲上去，这样死才值得。反复等待，他觉得来的是一个军官的时候冲了上去，结果发现是一个兵，他不忍心开枪，最后还是开枪把他打死了，然后他倒在雪地上，看到了我倒在雪地上看到的场景，他就追问天空，这有什么意义？最后白俄罗斯人当然很高兴有人读过他们的小说，还记得那么清楚，而且第二天我是吊着绷带去的。

其实你看这样一种文学作品就可以看到人在进入文学写作思路的时候，当然我不是指今天的战争文学，是所有的文学书写中都普遍存在的一种问题：总是把反思挂在嘴上，但是，对人的处境，人在社会上的处境，人在社会运动中的处境，我们很少有反思。这个反思有两层含义：第一，我们对自己的写作所提供的意义缺乏反思；第二，我们展开故事情节，也就是在构建一种人文关系的时候，对这里头的人也是缺乏反思的，要么是主动性很强，代表作者在操纵这种情节，背离生活逻辑，要么就特别随波逐流。今天的中国人特别会写那种随波逐流的小说，因为我们也是随波逐流的人。之所以如此，是因为生活如此，对存在主义哲学的"存在就是合理"有一种非常简单片面、挂一漏万的断章取义。其实我们并没有认真地读过萨特，没有认真地读过加缪，但是听说过这句话，觉得这句话能给所有的犬儒主义行为一个合理的开头。我们从这篇小说引开一个话题，那就特别有意思。头一个就是刚才我讲的我们的反思能力。这个反思能力不是我们愿意反思就反思的，大多数情况下，今天的中国作家，包括我自己吧，进入文学的时候是缺乏思想资源的——反思不是你想反思就可以反思，反思是需要思想资源的。今天我们总是就事论事，我们聚在一起经常讨论技术问题，技术问题已经讨论清楚了，细节、情节、人物、节奏、想象力，这些东西到底意味着什么？这些东西可不可以讨论呢？当然可以。但是这些东西如果只凭一点写作经验，我们的理论术语，不同的理论术语很难把这些问题理清楚，这是一个问题。当然，更重要的是，我们把任何事情都看作只是一个技术问题。

我们说文学艺术是需要个性的，需要创新的，但是你还是在以过去的文学史的那些经典著作或者别的方式提供的普通技法进行写作，或者以别人使用过的技法进行写作，那么我们的创新性是无从显现的。换句话说就是在这个时候技术问题已经变成一个几乎可以不讨论的问题了，而应由你自己去摸索：想象力向什么样的地方发挥，细节怎么建构，等。每个人的小说的语感节奏，以及由语感和情节起伏所构成的整个小说的整体节奏，都不一样。

在某种问题上，我个人的体会是，写到熟练的程度，达到发表水平的时候，技术问题仍然是问题，但是此时技术问题已经变成个人的问题，是自己去发展和摸索的问题，而不是和大家一起讨论的问题，至多是你创造一种新的技术，别人可以讨论，或者某一方面你自己有所发展。但是大部分时候我们还是在谈技术这个问题。

法国一个哲学家讲过几句话，说我们当代人涉足的很多话题是不需要讨论的，因为这些话题大部分时候要么不是问题，要么是一定得自己思索和实践才能解决的问题。所以我们讨论的，要么是伪问题，要么是不能讨论的真问题。我们老在讨论这些问题就是浪费生命，所以他创造了一个词叫"意义的空转"。开发动机，先开三分钟预热是可以的，但是之后呢？所以大部分时候我们处在意义的空转状态。那么，其实需要解决的是我们今天为什么写作和思想背景的问题，或者说思想资源问题。

今天大部分作家的知识构成，是相当单一的。文学的知识是相当丰富的，古往今来，文学是在反思社会，但文学只是从审美的文学的角度建构秩序。砖瓦匠是砖瓦匠，他们之外还有建筑师，建筑师是有思想资源的。所以很多时候不能仅仅局限在文学领域里，别的学科、思想领域也在解读社会，他们用自己的方法建构社会秩序。人类学有自己的方法，社会学有自己的方法，政治学有自己的方法，所以更多时候，文学需要吸收别的学科的思想资源。比如刚才讲的贝科夫的小说。为什么中国人写的一些抗日剧别人不愿意看，为什么美国、苏联、法国人写的某些战争题材全世界都可以接受？这是什么道理？是我们确实没有思想武器。我们觉得我们爱国，我们是中国人，我们永远处在这样一种定位上考虑问题，我们考虑问题的思路没有超越民族、国家的范畴。其实人类学、政治学早就解决了这个问题，不管是文学学科的建构，还是真正现代性学科的建构，一定是居于三个维度，这三个维度就是：个体的人，民族的人或国家的人，以及我们必须记住的一个更高的维度——人类。哪怕我们在写微小的事情的时候，首先它是个人行动，文学首先是从个体入手的。第二个，当然他身上是有文化烙印的，文化烙印来自他的民族、他的国家形成的文化，他的文化风格、行文思路大部分时候主要是受这个影响。但是一定要记住，人类的人。

我们经常讲毛泽东的矛盾论，特殊中的普遍，写出特殊性，但是我们能力的缺陷就是我们没有能力写出普遍性。普遍性是什么？是全人类共同的处境。贝科夫的小说就写出了普遍性，《这里的黎明静悄悄》也是。贝科夫只写执行任务中所遇到的问题，这是主人公要承受的。要去完成任务是基于他是某一个国家某一个民族集体性的天然的责任。但是作者在写完成任务过程中的种种不可能实现的时候，倒出了命运中遇到的各种偶然性堆积起来出现的特别荒谬的结果，而不是我们在胜利逻辑和英雄逻辑之下出现的每一战都必然胜利，每一战都是无关紧要的人死去。那战争怎么死那么多人呢？我们的战争写得像游戏一样，多打两次就通关了。

所以我在另外一个地方讲过，萨义德曾经说，他谈论的不是文学——大家晓得他谈论"东方主义"。萨义德在《知识分子论》中说知识分子的大概意思是他们从个别的经验出发，触及人类苦难的命运，但是他们在挖掘这种苦难真相的时候，他们让读到他们文字的人，不管来自哪个国家和哪个民族，都感受到人类的共同处境，所以知识分子能超越国家、民族、党派，最后以个别的苦难的经验书写，在全人类中引起良好的共鸣。这就叫普遍性。但其实这样的一个问题，论述的是知识分子的责任。刚才说了知识分子很广泛，各个学科都在建树自己的东西，但是最容易达到这种方式的，最容易达到这种效果的，我觉得是文学，但是长期以来我们过于关注技术性的问题了。

当然全世界人都有国与族的身份敏感，但是我想中国人是超常敏感的，我们的兴奋带就在国与族上面，所以文学提供的样本很难超越国、族的这种普遍经验，还有就是在思想维度上，我们没有第三个维度。

所以说，好的文学作品大多对人、对人物会有三个维度的考量：一是个体的人；二是作为国或族的文化的或政治性的人；第三个维度也是需要考量的，这就是一个更大的概念，人类的人，普遍人性中的人。当然，这三者在具体作品中交互作用，还要具体分析，没有那么简单。今天，对各种资源我们都有相对充分的表述，问题是我们愿不愿去触及这些问题，在思路上愿不愿意触及这些问题。实际上在很多问题上我们都在随大流，平常闲聊不算，我们在谈到相关问题时是不是在随波逐流的层面上使用这个概念？

想象力究竟是什么？

从同一个小说文本我们还可以引出很多话题，比如通过这个小说我们可以引出想象力的问题。因为今天我们所有人都会谈想象力，但想象力究竟是什么？想象力在小说文本中是怎么发生作用的？想象力只是在不真切的状况下帮助我们建构人物关系，人物关系互动的时候产生故事情节——我想大部分的人在谈想象力的时候，他们在谈的是这个问题。但如果大家读过贝科夫的《狼群》，我们就知道想象力究竟有多重要。因为贝科夫那一代至少是没有参加过二战的，仅听说过二战故事，他们开始写这些小说的时候大概是20世纪70年代，那时他们都是年轻人。解冻文学一代，除肖洛霍夫外都是没有经历过战争的。当然今天中国写抗日神剧的人也没有经历过战争，这是想象力走向的另外一个方向。当然贝科夫他们的想象力能够帮助我们复原当时的战争场景，我们不觉得虚假，甚至当解冻文学的这批作家出现以后，那些参加过二战的老兵说他们的作品比原来的西蒙诺夫他们写的还强。西蒙诺夫是参加过战争的，参加过战争的写来不像，没参加过战争的写得像。用今天的文学理论讲就是有没有深入生活，有没有生活体验，所以今天我们老去深入生活。深入生活对不对，当然是对的。但据我看来，大多数时候的深入生活是无效的，因为那个是形式主义的深入生活，我们把它叫采风。采风，大家知道是从《诗经》时代开始的，收集民歌，把老百姓有意见的那些民歌拿到"皇帝"那里去，让"皇帝"晓得老百姓有什么反应。我们知道《诗经》中的十五国风是这样来的，汉代乐府诗里的大部分也是这样来的。汉诗里的特别棒的《古诗十九首》就是这样来的。所以"采风"这个词从头到尾就错，你又不是朝廷的采风官，去打听啥子意见。

什么是生活？对于这个问题，苏珊·桑塔格在《论摄影》中说过，当然她说的是摄影，触类旁通。她谈到不知从什么时候起，我们的作家艺术家知识分子变成了像游客一样的旁观者，游客从纽约北京巴黎出发，到不一样的地方，他们变成旁观者，把所有人的生活奇观化。今天我们在采风的时候大多做的就是这样一件事情，这是被苏珊·桑塔格辛辣讽刺的一件事情。而且刚才我讲，没有经历过战争的贝科夫写战争比经历过战争的人写得像，那么这里就提出一个问题，是不是深入生活就能解决一切问题？深入生活不能解决一切问题。为什么？

我们今天的战争文学就是模仿苏联早期的战争文学，中国人自己并没有创造一种战争文学。我们写卫国战争时期的这种文学，那就是英雄主义的、典型化的。一场战争下来死多少人都不太知道，百分之七八十死去的人的名字都不知道，我们只记得典型，一些英雄。这是我们的战争文学，这是苏联早期的文学，我们越来越这样，就像苏珊·桑塔格说的奇观化。奇观化没有到一种匪夷所思的程度怎么能叫神剧呢？而且这也不是编剧这样编，导演这样导，演员这样演的问题。如果所有观众都不追这种剧，唾弃它，它能风行吗？所以这是我们全社会的一个问题。有些时候有些人就看这种东西，吐槽吐得那么详细，说不定昨天晚上你看得很细致呢，早上醒过来才想起要表达你的高明。在这样一种文化环境中，我们更容易受到这样一种文化环境的熏染。回头我们来说这个问题,深入生活解决一切问题吗?如果深入生活不能解决一切问题,那么你深入一种生活,这种生活体验能不能发生一些转移,转移到另外一些情景和体验中去?这是可能的。很多时候,我们把另外一种体验转移到陌生的领域建构丰富的细节。如果要说什么是想象力,这是最要命的想象力,这是想象能力里最重要的。我们建构一种场景,我们可以看到很多小说,当然有的小说是基于社会经验的,老百姓也有发言权,这个写得像不像,像他不像你,文学什么时候等而下之到要像一个叽叽喳喳的老太婆,让她来发表意见呢?但是我们的文学基本上就在这样一个思路中展开。小说或者其他文学作品在某种程度上不是重现社会生活场景,小说是一种探讨社会可能性的艺术。可能性就是可能发生,也可能不会发生。什么时候说过小说只写那些已经发生过的事情?比如说英国作家奥威尔,《1984》是发生过的吗?没有发生。但会不会发生,会发生。因为奥威尔在写的时候是20世纪50年代。同样是奥威尔,《动物庄园》的事情会发生吗?当然不可能。但真不会发生吗?也许会发生,这就是可能性,这叫小说的可能性。这个时候想象力才是重要的。奥威尔在《1984》里面想象所有的环境,那种才是靠想象力建构一个事情。就像一个工程师建构一个系统,第一当然需要知识,尖端前沿的知识,今天当然很好理解,但是你想想20世纪50年代写这个东西,这才是想象力。想象力一定是和细节场景相关的,而不是最庸俗的理解。我们编织一个人物关系，只是一个小小的虚构能力，这个能力不是重要的。如果有一点小小的虚构能力就觉得我们是小说家，那是弥天大谎，如果人家告诉你那可以，这是弥天大谎，如果自己告诉自己这样可以，那是自欺欺人。所以没有经历过战争的人构想出更真实的场景，一个是想象力，更重要的是思想资源。你说西蒙诺夫他们不能写？他们参加战争不知道战争是什么样的？但是他的文学理念，他所接受的思想资源要求他忘记这样的真实，源于生活又高于生活，他这是对苏联普列汉诺夫他们的思想更通俗的表达。让我们要有典型化，典型化的过程其实就是一个不断高大上的过程。所以你会发现原来观念比生活更重要，生活有方式，观念对头了，哪怕我们没有经历那种生活，我们可以通过想象，可以通过接触别人的讲述，接触很多别人的材料，然后去重新建构。没有想象力，没有历历在目，你能写出什么东西呢？这也是我们读书的方法。贝科夫的《狼群》，同样一个文本，我们从不同的方向看它的时候，它会给我们带来不同的思索，其实就是一个文本。今天我们要讲的是要读好的文本，好的文本给我们好的启发，当然有时读一些坏的文本，看坏是怎么坏的，看可能是好小说的小说怎么变成坏小说，你可以看到可以变成杰出的小说怎么变成平庸的小说。那么这里面有很多文学方法，既有技术层面上的问题，更有今天这个世界更广大的思想资源的一个问题，理解它的一个问题。

总体来讲呢，文学上的问题，古人讲得很好，功夫在诗外。我们现在诗内下的功夫稍微多一点，诗外的功夫很少甚至没有。这就造成文学上的一些困境，就是我们进展不大，我们还是比较看重题材的重要性、独特性，我们还是比较看重文本内部的人物关系和故事建构，除此之外我们对一个文本更该提出的别样的东西就比较少。但是小说这种文本经常需要提出更多，用中国古典文论讲是意在言外，当然他们更多是说诗和词的，但是小说也要有更丰富的韵味，而不是简单地对主题的社会学阐释。今天，批评家在诱导大家做苏珊·桑塔格反对的那种社会学阐释，造成我们小说文本丰富性的消失、意蕴的消失，最后只剩下故事、人物和意义。大部分时候我们就在这样一个层面讨论文学——故事合不合理，情节曲不曲折，人物有无个性。其实这种东西早不是问题了。福斯特在《小说面面观》中指出，有的人物叫圆形人物，我专门要写一种没有性格的人物叫扁平人物，有些时候小说中出现的某个人物就是符号化的、象征性的，他要那么多性格干什么？所以有些时候我们花大部分笔墨去勾勒他的音容笑貌，让他说几句有个性的话，性格不是那样产生的，性格是在行动、抉择中产生的。

（梁墨、罗梦据录音整理，演讲录音内容有删节，文中标题为整理者所加）

文学的叙写、抒发与想象（上）

——在2015年四川省中青年作家高级培训班上的演讲

今天我想讲讲短篇小说，但是又不拘泥于短篇小说。

我想讲讲小说，其实也是讲整个文学艺术上的普遍性问题，我们总是要找到一个最基本的入手方式。为什么要选取短篇小说？因为其实短篇小说这种文体在小说的演进，在小说形式的革新，小说新语言的创造过程中是最具有变革性、前卫性的。说我们研究小说，研究小说的语言、形式、小说观念的嬗变跟递进，如果没有对短篇小说的前卫性问题的了解，那么我们谈文学上的所有事情都容易显得空泛，容易显得大而无当。所以我今天这个讲座的三个关键词，我觉得也是短篇小说发展到今天的关键词，一个叫作叙写，一个叫作抒发，一个叫作想象。

过去我们听说小说，首先是一个叙事性的文学。叙事性文学的第一个问题就是它为什么不是叙述而是叙写？叙，大家明白它是什么意思，述，大家也明白它是什么意思，但是我要把叙述改成叙写,之前没有人这样谈论过短篇小说。

述是一个动态性不太强的字。在述的状态下,我们开始写作一篇小说的时候,就特别容易把对于小说丰富文本的关注只放在事件上。我们今天看到的小说,大部分都是设计人物关系,构建故事框架,然后,推进情节。但是,这种推进没有延宕,小说进入一个故事的时候缺少节奏感,没有快慢,没有回旋。如果用水流打个比方,今天的很多小说就像农村的人工渠道里头的水,渠道里的水很有效率,流得很快也不会浪费,但是人工渠道,一样的宽度深度,同时也规定它是一样的速度,一渠水这样一泻往前奔流。这样的水用于生产当然是有效率的,但是这样的水没有观赏性。

我们从事的,或者说我们要讨论的叙事文学,它是有美学效应的,它永远相伴于审美活动。那么在这种审美活动中,它就一定是另外一种状态。如果叙述是一条人工渠道,那么叙写就是一条山溪,蜿蜒曲折,快的时候比所有快都要快,慢的时候比所有慢还要慢,它要回旋。叙写和叙述相比,当然一样关注情节的进展,但更为重要的是一个在写的状态中的人,或者说一个好的小说文本所需要的不仅仅是讲一个简单的故事,一味地推进情节,它需要在不同的地方停下来进行延宕。所以短篇小说是从语言展开的,语言一旦展开,叙事就已经开始了,但难道小说就是从头到尾地把一个故事言说一遍吗?如果我们只是重复一个事件,重复一个故事,这样的小说具有什么审美的意义？我们现在热衷于写一件事情，难道读小说就是为了读一件事情吗？如果我们再把眼光放宽一点，就可以看到如果真是如此，民间故事任何一个老百姓都可以讲述，交警为了一个事故写一份车祸报告也是对一件事情的记述。但如果回到艺术本体上来讲，如果我们只是满足于讲述一件事情的话，电影可不可以？电视剧可不可以？如果我们把学科放大来看，难道历史学家不也是在讲一个故事吗？一个医生写一个病例报告，给病人建立病例，难道不也是在建构一个故事吗？

这样，我们反过来一想，几乎所有人、所有学科都可以讲故事的时候，我们就要对小说只会讲故事表示怀疑了。小说要干什么？我们经常听见人说，小说就是讲故事。真是这样吗？

世界上有很多事情，只要我们用最简单的方式去反问它，这个貌似正确的观念立刻就土崩瓦解。但是今天百分之九十的人，还是在这一条大道上无谓地奔忙。如果说我们承认是写一篇有意味的小说，充满语感的、想象力的小说，它一定在故事之外另外写了一些别的什么东西。我们看到的各种各样成功的小说家一定都是在讲述故事的同时在讲述一些别的什么东西，而且非常成功，发人之所未见的这样的一些人。所以小说一定要有旁枝斜出，一定要有言外之意，一定要有关涉趣味的笔墨，而短篇小说在它的演变过程中确实也是这样一种逐渐的演变。

从中国小说来讲，比较早的小说或者说类似于小说的文体，我们可以想到比如《笑林广记》这样的东西，当然这些更类似于今天的段子，但是包含了今天的叙事性的因素；比较成熟的是冯梦龙的《三言二拍》。如果是讲故事，《三言二拍》的故事已经严丝合缝，讲得非常好了。如果小说只是讲故事，那么在冯梦龙之后就没有什么好讲的了，因为他把各种各样的故事模型都建立起来了，而且在这些故事模型中已经进行了充分的开掘；要讲思想，冯梦龙的每篇小说都有一个特别明晰的主题。如果是这样一种小说模式，短篇小说在中文刚开始那个时代就已经非常成熟了。从西方小说来讲，最早的讲故事的文本也都是成功的，跟冯梦龙的小说一样，比如《一千零一夜》。我们想一想今天哪一些短篇小说讲故事讲得比《一千零一夜》还好？我们能够比英国的《拉伯雷故事集》《乔叟故事集》讲得更好吗？其实故事模型、方式，故事所要包含的道德教训和某些思想旨归在那样一个时代就已经处理得很好了。如果小说只是叙事，只是通过严密的叙事建立关于简单的主题思想、道德说教的表达，不管是在中国文学的小说源头上，还是在西方文学的小说源头上，它们一开始就非常成熟了。这个道理很简单，因为我们只是用书面讲故事。从人类一开始，到我们第一天会说话，我们都在讲故事，而开始写小说的人只不过是把我们口头上讲述故事的能力转换了一种媒介，转移到了书面上。它变成媒体。

当小说处理达到这样一个程度的时候，我们就要问第二问题了。第一个问题是除了叙事小说还能干什么。第二个问题，不管是东方还是西方讲故事都讲得那样好,那么后面这些小说家在干什么?他们在干什么?

我不知道大家有没有想过这样的问题,文学理论中不会规定大家想这样的问题,但重要的是,每一个写作者,如果要从事一件我们觉得可能还有意义的工作的时候,其实需要不断质疑自己工作的意义,或者工作的方法。艺术从本质上讲,如果没有对自我的质疑,就不会有创新的冲动。我们没有看到过为创新而创新的艺术家,只看到过对艺术的功能,尤其是对我们正在创作的艺术的功能充满质疑、不相信,在这样一种状态下,才促使他们去寻找新的可能性、新的表达、新的形式、新的思想。那么为了表达这样一些观念,事先我发了三个不同类型的短篇小说给大家,这些短篇小说有中国的有外国的,有一篇甚至是我自己的,希望大家看一看,这样才可以结合文本对刚才听起来比较空洞空泛的问题有一个具体的了解。

比如我自己写的《水电站》,这个小说其实很短,三千多字。大概是七八年前春节快到的时候,那时我刚写完迄今为止我最大的长篇小说,六卷本的《空山》,还觉得意犹未尽。在写作这个小说的过程中,我除了在想这个长篇小说之外,还遇到很多有意思的场景、场面,特别想把它们写下来,但是如果写进那个长篇小说中,很显然对于那部长篇小说的结构有相当程度的损害。写一部小说,不是想到什么写什么,你写进去很多东西，但也还割舍了大量精彩的东西。所以大年初二我就憋不住了，给我老婆儿子买了机票，我说你们出去玩吧。等他们回来的时候，我居然一口气写了十二篇短篇小说，差不多每一篇都在五千字左右，其中六篇为一组，《水电站》这一组叫"新事物笔记"。今天我们看到很多人写小说，这也是可以谈的题目。我们要写新的东西，怎么写新的东西；歌颂，怎么歌颂；欢迎，怎么欢迎。或者我们总是在悲悼旧的东西，那么新的事物怎么写？《水电站》写一个名叫机村的乡村，从20世纪50年代开始到90年代不断出现一些新的事物，带来一些时代的气息。做了些梳理之后，我第一写了马车，第二写了水电站，第三写了一种脱粒机，过去都是人工脱粒。"文革"期间写喇叭写报纸，通过这样一些新事物，其实是在影射一种观察，重点是观察乡村的变化。我就写水电站出现在一个村子里的基本变化。小说开始也很突兀，"他们真是些神气的家伙"，这样就开始了，其实这种句子很简单，但是很要命。那天谢有顺教授讲，他只要看三千字就能判定这个小说好不好。我可以说得更极端，经常有人给我送刊物送书送手稿，我只需要看你第一句话就知道你这部小说值不值得读下去。

英国女作家多丽丝·莱辛，我个人非常喜欢她。莱辛在她的演说当中讲了一个对于小说家来讲非常技术性的问题：是在什么样的状态下开始写作一部小说的。她说其实在大多数情况下，我们作为事件的体验者、经历者、观察者是从来不缺少写作所需要的材料的，也从来不缺少写作所需要的思想与情感。但是大部分时候我们知道，很多叫作作家的人，你问他在干什么，他说我现在没什么写的，我在找故事。从这句话我就知道这个人最多是个三流的小说家，他不是真正的作家，因为小说家从来不缺乏这些。为什么不会缺乏呢？因为他时刻在这样一种状态中，他不是只给自己规定一个今天玩的游戏，小说家不是游戏中设定的一个角色，开关一关你就是另外一个人，打开你才是小说家。而今天大部分的人就有点处于游戏当中的身份设定的状态，按钮摁开，你是作家，按钮不摁开的时候就不是。

那么多丽丝·莱辛是怎么讲的？她说我有一个巨大的困难，当我需要写作一个小说的时候我总是在倾听。写作的时候在倾听，在倾听什么呢？它的中文翻译是：我在倾听一种腔调。还打了引号。我自己英文不好，后来我从网上特意找到她的演讲词，找那些英文好的人反复讨教过这个词的翻译，他们大多数人说这个词就是要翻译成腔调。换句话说她就是在等待一种叙事的格调。用我们的话讲就是她在等待一种语言风格的出现，而这种语言风格不是写在纸上的，是听得见的，语言都是要发出声音的。今天我们可能只习惯韵文，如诗歌可能在某些场合变成声音，但其实任何的文体我们都能够把它从平面转换成声音。无论散文，还是任何一种文体，我们还是首先要听见它，只有能听见的小说才有调子。今天的小说要命,刚才我为什么说看第一句话我就知道是不是好小说,因为看第一句话就知道有没有调子。"未成曲调先有情",这是白居易《琵琶行》里的话,那么仅仅是指音乐吗?小说家、诗人、剧作家,难道他们不需要处于这样一种状态中?他们需要!所以这是一个很重要的东西。

过去说小说要刻画人物,尤其是要刻画人物的性格,从外形到性格。《水电站》这个作品里头没有一个有名字的人,大家注意到没有,他们都是一些集体。这里头如果说人物,有三个集体,一个是来到村里的地质勘探队的人,他们是一个集体;这个村子里对地质勘探队先表示隔膜,后表示亲近的村民是一个集体;第三个就是一群小学生,是一个集体。这里头没有一个具体的人。事件呢?也没有一个具体的事件。创新,今天我们把创新在小说中非常浅薄地理解为一种语言的某种新的方式。但是脱离表达的时候,存在一种单独的语言吗?没有这样的语言。有些时候还有一种方式就是创新小说形式,其实小说形式也跟内容相关。但是在讨论小说形式的时候也出现了很大的麻烦,就是我们觉得小说形式就是它呈现出来的外在轮廓。外在轮廓存在的最极端的方式当然不是出现在中国,中国人很少有真正创新的冲动。是一个法国人,他可以把所有的故事写成一个片段,叫作扑克牌式的小说。所以他的书是不装订的,就是每一个固定的页面,他不管你三百页五百页的书用什么方式排列,这个故事还能连接起来。虽然这也包含巨大的智力劳动,但其实这已经是创新走入"邪门歪道"的一个过程,这不是小说的正道,但至少有人在这样努力地寻找。

真正的创新是在小说内在表达方式上。既然没有人,事情又很简单,就是水电站。大家看见这里头没有怎么写水电站,让大家来写水电站我不知道大家会怎么写,但是我可以预想到那样一种场景。这里头重要的问题只谈了一点,就是这些勘探队队员宣称要给村人们修一个水电站,其实到勘探队离开的时候,只是给他们画了一个水电站,但是过了几年按着画成的水电站样子,这个村庄出现了水电站。小说的情节没有在这儿,而在叙述确确实实代表一种新的文明方式、新的看待世界方式的人群来到这个村庄的时候所带来的不同,这个人群在另外两个人群当中引起的心理和情感的激荡,尤其是在一群小学生当中最为强烈,所以这篇小说就有一个调子。"他们真是些神气的家伙",这带着一点欣喜的赞赏的钦羡的这样一种调子要定下来。后来在不同的地方都是我们在观察,在描写,说他们来伐倒粗壮的杉树搭起一个结实的平台,在上面安装上一些机器。这些机器长什么样子呢?也许今天我们会急于把机器的名字说出来,但是对他们来讲,新的机器刚刚出现的时候对发现他们的人来讲都是无名状态,所以你必须描写它。说有点风尾巴就会摇摇晃晃,风稍稍大一点就会滴溜溜转不停的是风向标,用这东西是要看风的大小和方向;他们还在箱子里放一些漂亮的玻璃容器,每天都有人爬到上面在本子上记录瓶子里装了多少雨水或露珠；他们把一把长长的铁尺插在水里，每天记录水涨水消时贴在尺子上的刻度；然后他们就上山下河了，他们用锤子在岩石上叮叮当当地敲打，用不同的镜子去照远山、照近水；太阳好的时候他们就把折叠桌子打开，铺开纸，把记在本子上的数字变成一张张线条上下不定曲里拐弯的图。他们就这样忙着他们的事情，对近在眼前的机村不管不顾。一直都是这样，所以当一些新的词出现的时候也是这样的描写，写勘探队说怎么样要给"我们"搞一个科学主题日，所以"我们"去了。老师让"我们"排成两队，前面打着一面红旗，老师依然吹着他那只哨子，指挥"我们"迈着整齐的步伐，他的哨子闪闪发光，哨子声也一样闪闪发光。就是这样的描绘。所以直到小说快完了，三千多字都写到两千字了的时候才说水电站。因为这个，那支勘探队留给机村的是多么美好的记忆。之后还在描绘他们的样子，他们把宽边的帽子背到背后，扛着仪器顺着河边往上游走，诸如此类。

最后机村人发现勘探队送给机村的是一座画在纸上的水电站。勘探队的几辆卡车开远了，剩下机村人站在空空荡荡的营地对这座水电站弄不清自己的心情是高兴还是失望。但是紧接着，过了三年，机村真的修起了水电站，而且用的真的就是勘探队留下的图纸。水电站机房就安置在原来的营地上，而在旁边洼地上被水轮机飞转的翼片搅得粉身碎骨的水流变成一片白沫飞溅出来。黄昏的时候发电员打开水闸，追着奔跑的水流小跑着回来。这时水轮机飞转，皮带轮带着发电机嗡嗡作响，墙壁上的电流电压表指针颤动一阵，慢慢升高。到了那个指定的高度，发电员合上电闸，整个机村就在黄昏时候发出了光亮，这可是前所未有的光亮。你看水电站来了，我并没有描写怎么修水电站。我为什么要念这一段？今天，我们写小说的大部分人几乎对我们所书写的对象没有任何观察，我们肯定两三句话，水电站是怎么运作的，这是包含了水电站的所有运作，但是写得空洞，没有任何对对象的观察。我们要去观察，刚才我们对勘探队，这小说里头有很多对细节的描绘，有对勘探队工作状态的观察，有对小学生去营地过科学主题日的刻画。还有一点，即便是别人写的我也觉得写得非常好的就是，他们开始勘探这个水电站，村子里的人加入进来。他们怎么勘探这里的水文，在森林草莽中怎么开辟出最初的水渠的线路等等，它一定是和具体的描绘有关。

今天的小说，刚才我说有两个大的问题就是，第一，要命的就是没有调子；第二就是简单叙述一件事情，急急忙忙往前赶，没有对"书写对象不管是物的还是人的情感"的细致刻画，所以那就是述。所以我们回忆刚才讲的，什么是写呢，这就叫作写。如果今天小说观念发生变化，如果冯梦龙他们是来自叙述的话，今天只能把这种小说叫作叙写。因为它不再对别的人都能做的事情感兴趣，它也不再对前人在叙述学上面所达到的那种状态感兴趣。

今天我们经常听见一句话，说现实比小说更复杂，看很多作家的小说不如去看《南方周末》的社会版，这句话对吗？也许是对的。一般公众这样讲是对的，因为它表达了对今天这个时代一群想象力贫乏、叙写能力贫乏的作家的文学的唾弃和抗议。但是很多写作的人、爱好写作的人聚在一起也在说这种话，我心里经常就会泛起悲哀。写什么呢，现实比小说家想象的还要精彩，这个时候我特别同情说这句话的人，你为什么还要干这件事情呢？你为什么不去做一个记者呢？不去做社会学家调查这个案例呢？因为你都对这个问题产生这样深刻的怀疑了。对文学家来讲，这句话是错的。因为小说文本从来不是对社会现实简单的对应，艺术形式中对现实建立直接镜像的对应关系的是摄影。大家知道，那些摄影大师的作品一定是超越现实的。今天玩自拍的人，用了那么多美图工具，其实也是在努力超越自己颜值不高这件事情，我已经长成这个样子了为什么一定要自拍，一定要美图呢？不就是对现实的不甘承认吗？不就是对上帝造就的，父母在偶然的夜间造就的这种偶然性的结果感到不满意吗？即便在这样一个小小事情中也包含了艺术的可能性和张力，或者艺术存在的理由，所以今天的公众或者一般的人在表达今天的小说写出来的跟现实对应有某种苍白性的时候，如果他是在描述现状跟事实的时候，我是愿意同意的，但是当我们很多从事文学的人也没心没肺地说"这句话说得很对"的时候,我的内心对他们是充满同情的。因为男怕入错行,女怕嫁错郎,你说出这句话的时候就证明你是一个嫁错郎入错行的人。世界上有什么样的悲剧比嫁错郎入错行还大呢?因此,我们要建立对艺术本体的自信。

那么艺术是干什么的?这是一个问题。回到这个小说来,在这个小说中,一件事情只呈现了大致的轮廓,写作者关心的是另外的事情,他关心的是关系,不是事件,是人的关系,而且人不是具体的人。刚才我讲了三个人群,讲了不同状态下群体的关系,因为我们今天的大部分文学都在写人的关系,但是我们总是拘泥于单个人和单个人之间的关系。虽然斯坦贝克20世纪50年代在写《愤怒的葡萄》的时候,就深有感触,他说,我们只要写好一个人就可以同时写好一类人。这是他对自己的自信。连这个人都没有写好,当然写不出来一类人。

今天我们反其道而行之,我们直接写出某一类人,这是小说的尝试。它关心关系,关心生活气息。我们经常讲生活气息,换句话说可能是某种氛围。这是什么样的氛围呢?因为这是不同的人群。好奇、期待,互相带有一点戒备的氛围。我更关心那些更加好奇的少年,面对生活中的新奇世界表现出来的不由自主的欣喜,对这种欣喜我采用的一种方式就是从来没有描绘过它。甚至整篇小说的腔调就是欣喜的腔调,这个小说就有了调子。而这一切都是通过写出来的种种细节加以呈现,对述加以回避,就是水电站的来龙去脉也只在两个地方提了一下。还有就是状态,勘探队来到村里时的状态、营地的状态。少年们的心情与行动,叙的因素很少,只有修水电站这条隐约的线索来把这些写出来的丰满细节串联起来,这就是叙写,这就是关于叙写的最好的例子。我们一直也在讨论如何把短篇小说写得更短一些——今天很少看到真正的短篇小说,一万字两万字三万字打不住。问题是打不住也好,真正言之有物,你有一百万字我也没有意见。但是他写一万字写到五千字的时候,我也不知道他要说什么。有一次我和一个检察官开玩笑,惩治贪官你们也不要打他,最好的方法就是让他没日没夜地看最烂的小说就行了。我们一直讨论如何把短篇小说写得更短,这真的很难,这是我们对于小说叙事,该叙什么、不该叙什么几乎不明白而造成的。

小说还要写到情感,但是注意小说的情感不是单写一段感叹,浅陋地抒情。小说本身拒绝这样的写法,但是小说或者更广泛地说我们的文学文艺都会充满情感。有了这种情感,小说才会饱满而充满弹性,才会成为体态丰满的文本。关于这个问题许多年前有个英国人叫贝尔,写过一本书叫作《有意味的形式》,他提出一个观点叫有意味的形式,当然他在这个书里面不是讨论小说的,甚至不是讨论文学的,他在这本书里讨论现代艺术呈现出来的一些方式。现代艺术甚至包括了一些实用性的家居,种种带创意性的设计都有它的形式。他说在什么状态下形式是有意味的,在什么状态下这个形式只是干巴巴的形式，只是一个外形。只有外形的东西不能称为形式，只有跟内容结合得非常好，只有充满了情感，但这种情感不是外漏的而是潜藏的这样一种东西，我们才有可能把它叫作有意味的形式。

这样一个东西我想，不只是我自己，敏感的人们也会把这样一个东西拿过来用于思考文学本身今天遇到的问题。文学艺术当然在某些地方上表达的手段、依赖的语汇有一些不同和差异，但是就文学艺术本质来讲，人们要完成的是同一件事情，所以不同的艺术理论之间是可以互相借鉴和启发的。那么文学不断在启发艺术，被文学启发的艺术体现出来的经验也会回过头来启发我们。所以艺术创新的方式、艺术向前的摸索有点像做人一样。今天我们中国的社会表面上看起来是一个很新的社会，我们的外在包装就是我们对形式做了一个浅薄的理解；同时我们也是一个很旧的社会，当我们写的东西是把一个浩大的社会政治演变成宫斗戏《甄嬛传》的时候，不管它的外在形象多么新鲜，我们知道其骨子里是很旧很旧的。所以我找了一个很好的文本，20世纪90年代的一个文本。

《孕妇和牛》就要讲到我题目中的第二个关键词。通过《水电站》我讲了自己创造的一个词——叙写，第二个关键词也是我想改的。过去我们常听说小说有抒情性，甚至在我们的小说中出现了一些真的在抒情的文本，当这些抒情文本真的出现的时候，一唱三叹，我们还表示欣赏。比如外国小说，抒情文本莫过于杜拉斯的《情人》；中国的小说，比如史铁生这样冷静的作家在刚开始的时候也写过《我的遥远的清平湾》这样一唱三叹的小说。小说在发展的时候，我们有大量的段落在独立地像散文诗歌一样言说情感的时候，其实表达了我们有抒情性的努力，但这种抒情性在某种程度上是不成熟的，还在它的幼稚期、青春期，还在为赋新词强说愁的阶段。当小说慢慢发展，大家也是知道的，小说是情感的艺术，任何一个文本都是情感的文本，情感文本的情感不是外在的。最高级的情感，最饱含情感的文本是把这种抒情性的东西节制再节制，压抑再压抑，最后把它灌注在自己不断往前推进的叙写性的文字当中。所以开头我讲多丽丝·莱辛讲腔调，其实腔调已经包含了情感。大家对腔调最直观的理解是我们在听音乐之前一定有对它的曲调的把握。音乐一开始，一个民歌的简单的歌唱，我们知道它是在欢欣地歌唱爱情，悲伤地哀叹远思。我们听贝多芬的《田园交响曲》，第一个音符的旋律就让我们知道这一部作品不只是对田园风光的书写，第一个乐章刚刚结束，第二个乐章暴风雨就来了。他真正要歌颂的是被暴风雨洗礼后的田原的庄严和美丽。当然还可以听到别的很多东西。柴可夫斯基的《第五交响曲》要写什么东西，我们一听就有感觉，所以要有腔调。

很多年前，我想批评家可能不太关注，我们小说家在做很多建设性的工作。在挑选文本的时候我本来想挑选另外一个文本,迟子建的《清水洗尘》,就我今天讲课来讲她写得实在太长了,但文本是很好的文本。后来我想起铁凝的《孕妇和牛》,我还记得20世纪80年代它最初发表的刊物的样子。我读过的好的书,我会记得当年它的封面和纸张的颜色。我开头讲,小说是可以念一念的。我想念一些段落。

> 像往常一样,孕妇从集上空手而归,伙同着黑慢慢走近了那牌楼,太阳的光芒渐渐柔和下来,涂抹着孕妇有些浮肿的脸,涂抹着她那蒙着一层小汗珠的鼻尖,她的鼻子看上去很晶莹。远处依稀出现了三三两两的黑点,是那些放学归来的孩子。孕妇累了。每当她看见在地上跑跳着的孩子,就觉出身上累。这累源于她那沉重的肚子,她觉得实在是这肚子跟她一起受了累,或者,干脆就是肚里的孩子在受累,她双手托住肚子直奔躺在路边的那块石碑,好让这肚子歇歇。孕妇在石碑上坐下,黑又信步去了麦地闲逛。

中间的插叙不讲,它讲石碑的历史。

> 石碑躺在路边,成了过路人歇脚的坐物。边边沿沿让屁股们磨得很光滑。碑上刻着一些文字,字很大,个个如同海碗。孕妇不识字,她曾经问过丈夫那是些什么字。丈夫也不知道,丈夫只念了三年小学。于是丈夫说:"知道了有什么用?

一个老辈子的东西。"

孕妇坐在石碑上,又看见了这些海碗大的字,她的屁股压住了其中一个。这次她挪开了,小心地坐住碑的边沿。她弄不明白为什么她要挪这一挪,从前她歇脚,总是一屁股就坐上去,没想过是否坐在了字上。那么,缘故还是出自胸膛下边的这个肚子吧。孕妇对这肚子充满着希冀,这希冀又因为远处那些越来越清楚的小黑点而变得更加具体——那些放学的孩子。那些孩子是与字有关联的,孕妇莫名地不敢小视他们。小视了他们,仿佛就小视了她现时的肚子。

孕妇相信,她的孩子将来无疑要加入这上学、放学的队伍,她的孩子无疑要识很多字,她的孩子无疑要问她许多问题,就像她从小老是在她的母亲跟前问这问那。若是她领着孩子赶集(孕妇对领着孩子赶集有着近乎狂热的向往),她的孩子无疑也要看见这石碑的,她的孩子也会问起这碑上的字,就像从前她问她的丈夫。她不能够对孩子说不知道,她不愿意对不起她的孩子。可她实在不认识这碑上的字啊。这时的孕妇,心中惴惴的,仿佛肚里的孩子已经出来逼她了。

放学的孩子们走近了孕妇和石碑,各自按照辈分和她打着招呼。她叫住了其中一个本家侄子,向他要了一张白纸和一杆铅笔。

孕妇一手握着铅笔,一手拿着白纸,等待着孩子们远去,她觉得这等待持续了很久,她就仿佛要背着众人去做一件鬼祟的事。

当原野重又变得寂静如初,孕妇将白纸平铺在石碑上,开始了她的劳作:她要把这些海碗样的大字抄录在纸上带回村里,请教识字的先生那字的名称,请教那些名称的含义。当她打算落笔,才发现这劳作于她是多么不易。孕妇的手很巧,描龙绣凤、扎花纳底子都不怵,却支配不了手中这杆笔。她努力端详着那于她来说十分陌生的大字。越看那些字就越不像字,好比一团叫不出名称的东西。于是她把眼睛挪开,去看远处的天空和大山,去看辽阔的平原上偶尔的一棵小树,去看奔腾在空中的云彩,去看围绕着牌楼盘旋的寒鸦。它们分散着她的注意,又集中着她的精力,使她终于收回眼光,定住了神。她再次端详碑上的大字,然后胆怯而又坚决地在白纸上落下了第一笔。

一个孕妇为什么要写几个她不认识的字?表面上在写不相干的事情,是在写一个孕妇,写得最好的是她对于腹中胎儿的想象跟情感,这是抒情。一点痕迹不落的抒情,最高级的抒情是这样,不是为赋新词强说愁,而是却道天凉好个秋。

孕妇将她劳作的果实揣进袄兜,捶着酸麻的腰,呼唤身边的黑启程。在牌楼的那一边,她那村庄的上空已经升起了炊烟。

黑却执意不肯起身,它换了跪的姿势,要它的主人骑上去。

"黑——呀!"孕妇怜悯地叫着,强令黑站起来。她的手禁不住去抚摸黑那沉笨的肚子。想到黑的临产期也快到了,黑的孩子说不定会和她的孩子同一天出生。黑站了起来。

孕妇和黑在平原上结伴而行,像两个相依为命的女人。黑身上释放出的气息使孕妇觉得温暖而可靠,她不住地抚摸它,它就拿脸蹭着她的手作为回报。孕妇和黑在平原上结伴而行,互相检阅着,又好比两位检阅着平原的将军。天黑下去,牌楼固执地泛着模糊的白光,孕妇和黑已将它丢在了身后。她检阅着平原、星空,她检阅着远处的山近处的树,树上黑帽子样的鸟窝,还有嘈杂的集市,怀孕的母牛,陌生而俊秀的大字,她未来的婴儿,那婴儿的未来……她觉得样样都不可缺少,或者,她一生需要的不过是这几样了。

一股热乎乎的东西在孕妇的心里涌现,弥漫着她的心房。她很想把这突然的热乎乎说给什么人听,她很想对人形容一下她心中这突然的发热,她永远也形容不出,心中的这一股情绪就叫作感动。

"黑——呀!"孕妇只在黑暗中小声儿地嘟囔着,声音有点儿颤,宛若幸福的呓语。

这是小说,就是小说当中我们讲的第二个关键词——抒发。

文学的叙写、抒发与想象（下）

——在2015年四川省中青年作家高级培训班上的演讲

今天我们的小说，刚才我讲第一的致命问题是没有叙写，直奔一个故事，然后仿佛把这个故事说完就大功告成。其次就是刚才我讲的贝尔讲的有意味的形式，当我们只是匆忙地把所有的经历都集中在对故事的设计推进、对事情来龙去脉进行描写的时候，其实这个小说是没有什么意义的。尤其是当我们只是集中在叙事，看不见对别的因素的刻画描绘，或者用我的话讲叫作叙写的时候，那么这个小说是缺少意味的。但更重要的是文学艺术最最基本的是诉诸情感，它首先规定的是人的情感状态，它不光是要求我们的作品要写出情感，更重要的要求是我们写作某种情感的时候写作者自己必须处于这种情感状态中，自己首先被这种饱满、强烈的情感所控制。但今天我们经常看到的情况是一个无动于衷的人像设计电子游戏一样写作。这就是为什么我说读一句话我就知道，说老实话、不客气的话就是可以不读下去了。但是出于某种礼节性的原因，我愿意为大家努力读一些东西。

　　那么铁凝的这篇小说我们看也是没有一个完整的事件，就是一个孕妇去赶集回来，家里给她配了一头牛，牛叫黑，牛也是"孕妇"，铁凝写她们是两个相依为命的"女人"，从母性上来讲一头怀孕的母牛和一个怀孕的女人没有什么差别，从生物学的意义上讲其实也没有什么区别。她们受孕的道理是一样的，胎儿成长的规律是一样的，胎儿成长过程中带给母体的那些基本的感受，当然我自己不能直接怀胎，但是我相信它大概是一样的。她跟黑不太一样的是，她的思维，人的思维，我们可以通过文字叙写出来的那种状态来加以呈现。这个小说比刚才那个小说长一点，女性刻画更细致，也就五千字。五千字讲了一个场景，而且没讲她怎么赶集，讲她已经赶集回来了。一个事情已经结束了，她马上要回家了，有点累，走到村口了，村口有个牌坊，在那儿歇一歇。突然，这个不识字的孕妇看到放学的孩子了，看到这些字，她觉得她应该要认识这些字，为什么要认识这些字呢？为了她的孩子。孩子都还没有出生，她已经在设计孩子出生之后面对的种种景象，这是情感，这是最深刻的情感，而且这种情感可以转移。当她照猫画虎写完这些字，抄完这些字之后她就跟她的牛一起回家。这个时候她舍不得骑她的牛，因为她知道她的牛怀孕了。那么这就是隐含的情感、迁移了的情感，又或者叫作情感的外化，内在的情感在另一个具体事物上得到了呈现，就出现刚才我讲的这种情况。

孔子说仁者爱人，其实真正的仁者不仅仅是爱人，我们还要爱整个生命界、自然界，这种情感也是一种很自然的延宕和延伸。而且在这种爱中互相有一种感应和感动，铁凝描绘出来，这是写的一种情感。小说当中写的什么东西呢？写的是一种情感。前一个小说写的是一群小孩子的期待，与其说是写那个水电站，倒不如说是写一群小学生对于一种新生事物的向往。昨天雷平阳讲，对现代性有很多批判性的表述，但当一件新的事物开始出现的时候，还没有呈现出那么凶恶的结果的时候，它可能是另外一种样子，这是事情的两面，所以我们不要非常简单地去看一件事。昨天我听微信上一些人说雷老师是愤青，不是愤青那么简单，大家不要急于贴标签。

昨天在开班的仪式上我已经讲过雷平阳的意义跟价值，我相信我看得更准更有意义。不要急于贴标签，我们都变成一些贴标签的人了。贴标签的人是做不成文学家的，我可以直截了当地说，文学家是写出世界丰富性和复杂性的，只要我们接触到丰富性和复杂性这样的词，贴标签就是失效的无用的。所以在这儿我们要看到另外一种小说。这种小说没有一件事情发生，它只是一个场景，这个场景可以不用小说呈现，它可以拍一张照片，我们可以请一个油画大师来画一幅画，比如让伦勃朗来画一幅画，我们看过伦勃朗画的很多乡间的场景。那么它又如何成为一个短篇小说？答案当然是情感，情感的抒发。这个小说不光是写出了孕妇隐约的曲折的通过字表达的对于腹中胎儿的那种情感,也因为有了这种感受而对牛黑生出了那种怜悯。大家经常讲最高级的感情是什么东西,最高级的感情是爱。那么爱的最高级的方式是什么,肯定不是make love,而是慈悲慈爱怜悯。慈悲慈爱怜悯都是爱的最高级形式。因为我们说到那种极端的爱它总是针对少数人的、特定对象的,但是当它变成慈悲慈爱这样的形态的时候,它才能使我们的爱具有普遍性的意义。这是哲学在追求的意义,这也是哲学宗教学声称它们在追求的意义。文学艺术从来没有声称,但是在我们古往今来的文学史上艺术史上我们奉献给人类世界的最伟大的作品中有一部分就是向人类向世界传达这种普遍的广泛的爱意。《安娜·卡列尼娜》是这样,《复活》是这样,很多庄严的作品是这样;贝多芬的《命运交响曲》是这样,柴可夫斯基的《悲怆》是这样,很多伟大的音乐作品也是这样,相同的。

大家说达·芬奇的《蒙娜丽莎的微笑》,她的眼神里有什么东西呢?为什么那双眼睛,那种微笑能够征服世界呢?她不就是某种技巧和怜悯混合构成的神秘吗?这种神秘一直让我们总要去破解她为什么要这么微笑。它不只是一种情感状态对人的控制,这是艺术,情感也是艺术实现自己的最基本的途径。但今天我们大量的文本,包括在滥情的诗歌中,我们看不到真正的情感。所以答案当然是情感,情感的抒发。但问题是情感如何抒发。对于小说来讲,一定是没有脱离叙写的抒情抒发,就是潜藏在叙写背后情感的流淌律动,而且情感或者是爱也是有不同的呈现状态的。在大多数时候爱就是一种感动。孕妇因为孕育新生命而充溢着爱意，但这种爱意是通过她对于同样状态的牛黑的怜惜与慈爱来表达出来的，对腹中胎儿的爱又有别一种情状，那是带着希望的爱，这种爱肯定不是通过书写，而是通过对于这个不识字的妇人突然产生的对于字的尊重而曲折地表达出来的。同时我们更要注意到，潜藏在叙写背后的这种情感状态，这种情感的流淌还决定小说语言的节奏与格调。

我们经常讲什么是小说的节奏，难道只是那么简单地起承转合吗？它内在的节奏是什么东西？这就是小说处理情感的方法，是小说使自己显得丰腴饱满的有效方法，这就是情感的抒发。注意我在这里用的是丰腴饱满。我想我们今天小说的鉴赏，我们对于一个文本的鉴赏，我们用来鉴赏的那种美感不是形销骨立的美感。广东人说要屁股没屁股要胸没胸，不丰满。曲折有致，说起来有点俗，而小说的美感的要求，过去有个词叫有血有肉，现在只剩下一把骨头，一张苍白的纸——有个词叫"纸魅"，确实是一张纸糊的。所以小说一定是细节丰富丰满的。丰腴饱满过去更多更直观地描绘女性的身体，其实我们也可以有这样一个美学经验的转移。那么到今天为止，我相信一个干巴巴的形销骨立的小说是引不起我们任何兴趣的。所以我们在小说趣味，小说文体本身的趣味上，我们应该像唐代的审美一样更有力更健康，这就是舒服。

关于在小说文本或者别的文本建构当中的情感抒发，我还想补充一点论证。因为这种情感抒发的演变不光是体现在小说这样的叙事文本中，在文学史上也在频繁地发生。中国古文总结过古代诗歌，因为中国古代文学当中，毫无疑问，从《诗经》年代到清代，文学成绩最高的一定是诗歌，一定超过叙事文学本身。但是在不同的阶段我们的批评家们，或者文学理论家们，在总结中国诗歌不同阶段的理论的时候有不同的理论表达。其实通过这种理论表达我们也会知道这种抒情当中要包含什么东西。比如最近一段时间我就在读曹操、曹丕、曹植这三父子的诗，我之所以要读这些诗不是因为诗，我是对魏晋南北朝历史有特殊的兴趣，而三国刚好是结束东汉、开启魏晋南北朝短暂历史的时期。这个时期是中国历史大变革的时期，其实也是中国诗歌发生演变的时期。因为在这之前，我们知道中国诗歌无非两个源头。一个是孔子删定的《诗经》三百首；一个是那个时候中央集权不能抵达的南方长江流域或者长江中流一带，湖南、湖北一代的楚文化所创造出来的楚辞。当然跟《诗经》不一样，《诗经》是无名氏的作品，我们只知道一个编者的名字叫孔子。但是楚辞当中有一个卓越的大师叫屈原，这是我们作家文学的开始。

接下来汉代的诗歌，有一些诗歌像楚辞的遥远的回声，包括刘邦的《大风歌》，"大风起兮云飞扬，安得猛士兮守四方"。这种曲调或者用多丽丝·莱辛的话来说是腔调，这种腔调是楚辞的腔调。刘邦是南方人，项羽是南方人，但是当时中国的政治中心还在中国的北方。所以汉代诗歌流传下来的主要是汉代的乐府诗歌以及文人模仿乐府诗歌所创作的《古诗十九首》。其实汉代的乐府诗歌和《古诗十九首》形式上已经有所变化了，昨天雷平阳提到中国的文字是从四个字一句开始的，这个时候它已经开始向五个字六个字转化。不要小看这些字数的增加和转化，这也是一个问题嬗变的历史踪迹。如果我们愿意更多地，不是接受文学史上的固定结论，而是作为写作者愿意深入到这种语言嬗变的过程中去体味，对我们的写作一定有巨大的启示。

但是到了三国时期，刚好是像曹操这样雄才大略的人开创了新一代诗风，建安文学，因此我们对于诗歌第一次有一个总结，什么样的诗是好诗呢？有风骨。大家都知道有一个词叫建安风骨。那么曹操这样一个人，一心想当皇帝的人，他看到了民生的艰难，"白骨露于野，千里无鸡鸣"。他也写出了最早的中国文人游历的诗歌，"东临碣石，以观沧海，水何澹澹，山岛竦峙"。而且我们突然发现诉诸人的最基本情感的时候，曹操这样雄才大略的人内心还是会产生强烈的孤独感挫败感，感到人生的短促，所以"月明星稀，乌鹊南飞"之时，他也只能发出"何以解忧，唯有杜康"这样的感慨。其实触摸一部中国的诗歌史散文史，就是实际地考察体味中国人情感抒发演变的一个特别有趣的过程。因为今天我们文学的方法论，在大学的课堂上早已经把文学史上的所发生的活生生的例子变成了考试的某种知识,而不认为它们对我们今天的写作是可以产生激荡,可以产生激发的这样一种状态。

我们并不能建立起来外国历史学家所讲的同情之理解。刚才我们讲同情不是人的基本情感,而是人类最伟大的爱的情感的一个分支。过去我们一看欧洲的诗歌,拜伦、雪莱等,也许他们在欧洲的诗歌史上非常伟大,但是在中国人看来,无非有些格言警句,直抒胸臆,写什么就是什么。西方人真正在诗歌上的觉醒,是文本情感抒发上的觉醒,因为西方文学传统和我们不一样。如果中国是一种抒发文学取得了最高的成就,那么西方文学的源头是叙事文学,他们的《圣经》本身就是特别好的文学样本。如果大家不会写小说不会叙事,可以直接去看《圣经》,那么有力,简洁干净。但是他们的诗歌那么滥情那么直白。

在西方现代派运动上出现的第一个流派叫作意象派,从美国开始;第二个叫象征主义,从兰波、波德莱尔他们开始。他们不约而同地,当然也有他们对自身诗歌道路的反思,从别的艺术样式中得到启发,但是他们有一个更重要的出发点,对抒情文学在文本当中如何抒发情感、表达情感的认知来自对唐诗宋词的翻译。他们发现原来有一种方式是我悲伤的时候不用直接把悲伤两个字说出来,我高兴的时候不用直接把高兴两个字说出来。当然杜甫他们偶尔也会突破这个界限,那是因为感情太强烈了,只好说"却看妻子愁何在,漫卷诗书喜欲狂"。但是大部分时候中国诗歌不是这样的状态,同样是杜工部的诗,"感时花溅泪,恨别鸟惊心",是通过具体的形象来表达的。所以中国诗歌中任何一个形象都是别有意义的,别有意蕴的,别有意味的。从今天修辞学的角度讲,它可能叫象征,叫隐喻,但是在那个我们文学理论并未发明出那么多词语来命名这样的修辞方式的时候它们是什么呢?外国人给它们的第一个定义是"意象",通过有意义的形象的描述来呈现情感和意义,所有东西都潜藏在这个意义背后,王国维先生的《人间词话》给了它一个中国式的命名。我们今天看文学理论很多不同的词、不同的概念指的是同一个事情。王国维先生《人间词话》最伟大的成就就是在"风骨说""情韵说""情趣说"之外又建立了一个诗歌评判标准,叫"意境说"。今天我们在大量使用这个词。而且王国维举了很多很多古往今来的诗来说明什么是意境,而且把意境做了区分,"有我之境"与"无我之境"。

意象诗歌也是这样,全世界的意象派发现了用"有意义的形象"来诉说情感,比如法国起源的象征主义,兰波、凡尔哈伦这样的一些诗,他们觉得诗歌里面还有一种东西叫象征。象征某种时候也是隐喻的延伸,是一个更大的价值系统的建立,一个文本的价值系统的建立。不管它怎么讲,外国人都在中国文学的启发下学会了把情感潜藏在叙述之后,潜藏在刻画之后。但今天在写作的时候,很多中国人忘记了自己的这样一种隽永的含蓄的美学资源和美学传统,我们在走一条非常直白的路线。列宁说过，忘记过去就意味着背叛，如果我们在美学上走上这样一条道路，不要说今天我们在讲、写中国故事，我们都没有中国方式了你怎么样写中国故事呢？外国人倒是做得比我们好，所以说我在选第三篇小说的时候我给自己一个规定，一定要有一个外国小说来谈想象或者继续地来谈诗意，所以这三个小说不是割裂的。第一个小说谈叙写，第二个小说谈情感抒发，但是情感抒发的小说当中也有大量内容通过叙写来实现。第三个我们来谈想象。这个小说是一个连环扣，里头也有大量的诗意的描写或者更加诗意的描写，跟《孕妇和牛》相比，为什么作者是让我们叹服的一个人？其实这个小说我是突然想起来的，因为我读它是在三十年前，以至于在我的书柜里不太能找到这本书了。

那是薄薄的一个小册子，叫《东方奇观》。尤瑟纳尔是比杜拉斯年纪长一点的法国作家，她过去的写作主要是一些历史性的写作，主要是写拉丁民族的源头，也就是罗马。她写过很多东西。她是法兰西院士。有一天她突然想写一些她想象中的东方的事情。但是她的东方有时候远有时候近，在法国人眼中，俄罗斯已经是东方了，而她一路写到了中国，写中国就是这一篇《王佛保命之道》。我想读这篇小说最好的方式，也是我在西方受到的启发。有一年，十来年前吧，我在德国出了一本小说，是个中篇，叫《遥远的温泉》。出版社给我安排了很多活动说你要去很多图书馆，因为他们的图书馆不只是读书的地方，经常有作家、艺术家或者别的领域的人去做讲座。我拿到行程表的时候觉得很恐怖，多的时候一天有三场或者四场。后来我发现很轻松，之前已经发了预告，那些人已经读了你的书，不是来看稀奇的。有些时候二三十个人，有些时候几百个人，跟城市的大小有关系。而且他们的交通很可靠，比如在瑞士坐火车，我一天走过五个城市。去到这个地方，大家也没有什么寒暄客套，说开始我们就开始，结束以后把你送到火车站。火车站的精确程度在一分钟以内。二十分钟三十分钟又到另一个城市，说开始我们就又开始。每天走五六个城市，我就这样走了德国、瑞士，这个世界上所有讲德语的地方。但是在那个地方呢，很少讲小说，他们叫朗诵会，刚才我讲小说一定要听，我们很多文本一定要听。

今天我们已经把它变成沉默的文本，其实不对。其实听的过程中得到的东西比默默地看得到的要多，也比那种空洞的讨论得到的东西要多。他们朗诵。朗诵完了读者提几个问题，但你就知道读者的问题非常专业。我们到国内的大学去演讲，经常站起来的是在学生会活动中的积极分子，想挣一点社团积分，口气都很大，像共青团干部：我代表80后向你提一个问题。我一听这问题跟文学哪跟哪，你最多将来到共青团当干部去，别骗我，这样说话的人一定不是一个做学问的人。我们的大学在培养这样的人，热衷于培养这样的人。但是今天我们在这要用文学方式谈文学，很多时候我们似乎在谈文学，但是谈的方式不是文学方式的时候,这样的文学是没有意义的。法国一个哲学家讲过,今天我们很多时候不管是在网络还是在社会的公众论坛,在课堂,我们正在用一些无效的方式讨论一些值得讨论的问题,直到我们让有意义的对象在无效当中消解了所有的意义,而我们造成了一种意义的空转。这汽车发动不往前开,不往前开你发动发动机干什么呢?过去发动机比较原始的时候需要三五分钟的空转,因为要预热,技术进步,今天的发动机都不用了。但是在人文上我们在退步,我们在进行大量的表示我们在讨论文学的这种工作,在耗费时间。所以我们先读一段再讨论这个小说写了什么,我从中间开始。

"老王佛,朕也恨你,因为你已能够使人爱你。卫兵们,把这个狗徒弟杀了。"

琳向前跳了一步,想不让自己被杀时流的鲜血弄脏了师父的长袍。一个卫兵举剑一挥,琳的头颅顿时从颈上掉下,就像一朵花被剪了下来。宫中的侍从把琳的尸体搬走。王佛虽然悲痛欲绝,但仍在欣赏他徒弟留在绿色石块铺成的地面上的、美丽的猩红色血迹。

皇帝做了一个手势,两名太监就去为王佛揩拭眼睛。

"老王佛,你听着,"皇帝说,"揩干你的眼泪,现在不是啼哭的时候。你的眼睛要保持明亮,眼里仅有的一点亮光不要让泪水弄模糊了。朕想要把你处死,并不只是出于仇恨;

朕想要看到你受折磨,也并非只是出于残忍。老王佛,朕有别的打算。在朕所收藏的你的画中,有一幅令人赞美的作品,上面的山峦、河口港湾和大海相互映照,当然是大大缩小了尺寸的,但其真切性胜过实物本身,就像从球面镜中看到的形象一样。不过,这幅画没有完成。王佛,你这幅杰作还只是画稿。你大概是在画这幅画时,坐在一个寂静无人的幽谷中,看到了一只飞鸟掠空而过或一个小孩追捕着这只鸟。小孩的面颊或鸟嘴使你忘掉了那些像蓝色眼睑的波浪。你既没有画完大海的披风上的流苏,也没有画完礁石上的海藻的长发。王佛,我要你把剩下的、眼睛还能见到天日的时间用来完成这幅画,让它留下你在漫长的一生中所累积起来的最奥秘的绘画技能。你那很快就要被斫掉的双手无疑地将会在绢本的画稿上抖动,由于将要遭到不幸而使你画出来的那些晕线,将会使无限的意境进入你的画中,你那双将被毁掉的眼睛,也无疑地将会发现在人的感觉的极限内所能看到的事物之间的关系。老王佛,朕的打算就是如此,朕能迫使你完成这项计划。如果你拒绝,那么,在把你弄瞎之前,朕将派人把你全部作品都烧毁,那时你就会像一个所有的儿子都被人杀死、断绝了传宗接代的希望的父亲。不过,你要相信,这道最后的命令全出于仁慈之心,朕知道,绘画是你过去抚爱过的唯一的情人。现在给你画笔、颜料和墨,让你能排遣最后的时光,这就像对一个将被处决的人施舍一名神女一样。"

记得某次讲座上有人讲了一句沈从文在西南联大讲课时讲过的一句话，叫"贴着人物写"。因为沈从文这个人文字很好，但嘴巴很笨，所以他在西南联大的教授中威望并不高，他表达有困难，但是他这一句话一直被人写。刚才这个小说里头的比喻修辞怎么贴着人物写呢？都是贴着一个画家的身份写的。今天我们写小说有一个问题，所有的描述都是同一套描述，描述谁都是这一套词汇。画家有画家的词汇，政治家有政治家的词汇，一个烧窑的有烧窑的词汇，一个妓女接客还有妓女的词汇。但是我们没有身份，我们小说中的叙事语言是没有身份的语言。贴着人物写，小说里边的所有比喻修辞，即便是皇帝把这个话说出来，皇帝都照顾到了王佛是一个画家，所以里头用的那些词，有的人讲皇帝不会这样讲话呀，因为我们简单的模仿很糟糕，难道我们在日常对话当中有些拘泥于真实的人就会问说皇帝会这样说吗？比如说"无疑地将会发现在人的感觉的极限内所能看到的事物之间的关系"。我们有人说我们生活中不这样说话，问题是小说一定是生活吗？如果一定要说小说就是生活，等于取消了小说。

　　每个人都在生活，要你干什么呢？现在王佛开始作画了。

　　……在那幅画中，王佛已勾勒了大海和天空的形象。王佛擦干眼泪，微笑起来，因为这幅小小的画稿使他想起自己的青年时代。整幅画表现出一种清新的意境，王佛后来已不能自夸仍然具有这种表现的才能，但画中还缺少一点东西，因为在画这幅画的时期，对于山峦和濒临大海的光秃的绝壁，王佛还看得不够多，对于黄昏哀愁的感觉，也体会得不够深。王佛从一个太监递给他的几支画笔中挑了一支，就开始在从前没有画完的大海上泼上了大片的蓝色，一名太监蹲在他脚下磨颜料，但干得相当笨拙，王佛因而更怀念他的徒弟琳了。

王佛又开始把山巅上的一片浮云的翼梢涂上粉红色，接着，他在海面上画上一些小波纹，它们加深了大海的宁静的气氛。这时，玉砖铺的地面奇怪地变得潮湿了，全神贯注在工作上的王佛没有发觉自己的脚已浸在水中了。

一叶轻舟在画家的笔下逐渐变大，现在已占去了这幅画的近景，远处忽然响起了有节奏的桨声。急速而轻快，像鸟儿鼓翼似的。声音越来越近，慢慢地遍布整个大殿，接着这声音停止了，在船夫的长柄船桨上，那些凝聚着的水珠还在颤动着。为了烫瞎王佛眼睛而准备的烧红的烙铁早已在行刑者的火盆上冷却了。水已漫到朝臣们的肩头上，但由于受到礼节的拘束，他们仍然动也不敢动，只能跷起自己的脚尖。最后水已经涨到皇帝的心口上。但殿中却静得连眼泪滴下的声音也可以听见。

这真的是琳站在那里。他身上依然是日常穿的那件旧袍子，右边的袖子上还有钩破的痕迹，因为那天早上，在士兵来到之前，他没有时间缝补。可是，他的脖子上却围着一条奇怪的红色围巾。

王佛一边作画一边低声说：

"我以为你死了。"

琳恭敬地回答："您还活着，我怎能死去？"

他扶着师父上船。用玉瓦盖成的大殿屋顶倒映在水中，看上去，琳就像在一个岩洞中航行。大臣们浸在水里的辫子像蛇一般在水面摆动，皇帝的苍白的脸儿像一朵莲花似的浮在水中。

"徒弟，你看，"王佛怏怏不乐地说，"这些可怜的人将要没命了，虽然现在还没有到那个地步。我过去一直没有料想到大海会有那么多的水，足以把一位皇帝淹死。现在怎么办？"

"师父，不要担心，"徒弟喃喃地说，"他们马上就会站在干燥的地上，甚至将来会想不起自己的衣袖曾经湿过，只有皇帝的心中会记得一点儿海水的苦涩味儿。这些人不是那种材料，是不会在一幅画中消失的。"

接着琳又说：

"现在海上的景色美不胜收，和风宜人，海鸟正在筑巢。师父，我们起程吧，到大海之外的地方去。"

"我们走吧！"老画家说。

王佛抓住船舵，琳弯腰划桨。有节奏的桨声又重新充满整个大殿，听起来就像心脏跳动的声音那样均匀有力。峭拔高大的悬崖周围，水平线在不知不觉地逐渐下降，这些悬崖又重新变为石柱，不久，在玉砖铺成的地面的一些低洼之处就只剩下很少几摊水在闪闪发光。朝臣们的朝服已干，只有皇帝的披风的流苏上还留着几朵浪花。

　　王佛完成的那幅画现在靠着帷幔放着，一只小船占去了整个前景，它渐渐地驶远，在船艄后面拖着一条细长的航迹，接着这航迹在平静的海面上消失了。坐在船上的两人的面目已看不清，但还能望见琳的红色围巾，还有那王佛的胡须在随风飘拂。

　　脉搏般跳动的桨声变弱了，最后完全停止，因为距离太远，听不见了。皇帝俯身向前，把手掌平放在额前，看着小船越去越远，在苍茫的暮色中变成模糊不清的一个小点儿。一股金黄色的水汽从海面升起并向四面扩散。最后，小船沿着一块封锁着海门的礁石转了弯，一座峭壁的阴影投在船上，船艄的航迹消失在那空旷的海面上。老画家王佛和他的徒弟琳从此在这位画家刚才创作出来的像蓝色的玉那样的海上，永远失踪了。

皇帝要一个画家死，这个故事很简单，但是小说最后一段，画家在他创作的艺术作品当中得到了永生。这是一个想象的故事，也是一个关于信念的故事。什么样的信念呢？艺术家相信艺术具有永恒的力量的信念。今天写作界所面临的问题是，比如说刚才说很多人都在无奈地重复那句话，说现实比小说更复杂。然而我们没有想过对于文学家来说这句话的荒谬性，我们在附和这句话来为我们写不好小说寻找借口。一个士兵刚刚走上前沿阵地，还没有到达最前沿他的战位上，他已经在寻找撤退的路线，这样的士兵没有走向前线之前就该把他毙掉。那么不相信艺术本身具有力量的人，他们却要从事跟艺术相关的工作的时候是一个什么样的情境呢？所以在这样一个想象性的作品中强调两个信念。我们讲小说第一部分，皇帝要把王佛抓来杀掉，为什么？皇帝看到了艺术的力量。因为宫中收藏了许多他的前辈——他的父皇收藏的王佛的画，他自己从小在皇宫受到很多教育，包括美术的教育，那么他就观赏过王佛的画；他也没有走到宫外，想象也要切合实际，他没有走到宫外，所以他以为他将要继承的江山一定像王佛的画一样美丽。

大家知道释迦牟尼的故事。释迦牟尼也是一个王子，住在深宫高墙当中。他的幡然悔悟就是有一天他突然走出宫门看到这种世界不符合他的美好想象，看到生老病死都是如此残酷。释迦牟尼的方式是避世出世，到另外一个世界去，如果这个世界实现不了，我们构想一个世界。所以宗教有时候也是基于一种更宏伟的想象。那么这个皇帝的方式是什么呢？我当上了皇帝，继承了江山，又留念这个权力——不能所有的王子都是释迦牟尼，那全世界宗教也太多了，全世界庙宇比坟墓还多，那也是很糟糕的事情。那么怎么办呢？他觉得他只有一个方法，那就是接受现实，接受现实的东西，接受现实的丑陋，条件就是我把你创造的那种美好毁掉，甚至怕你再创造那种更美好的画，我要把你杀掉。所以这里要杀掉王佛的皇帝是相信艺术的力量，崇敬艺术的力量的。不过他作为一个皇帝要面对这样丑陋残酷的现实的时候，他为了当好这个皇帝，他觉得他一定要把他心中的美泯灭。

想象也要有个旨归，不是今天的穿越小说。如今中国实行婚姻法，不能娶三个老婆，那我穿越到多妻多夫时代去多娶几房妻子，过几天西门庆的日子，这个就太等而下之了。人为什么要有想象，想象要旨归到哪里？我们讲好不好、高低雅俗就在这里。皇帝都相信这个力量，要杀掉王佛。创作这个小说的尤瑟纳尔更相信艺术永恒性的力量。艺术确实有永恒性的力量。过去我问他们那些特别爱钱的人，你们哪一家还在用清朝的钱唐朝的钱，但是我们还在读唐朝的文章看唐朝的画。我们之所以是中国人是这样一个缘由，这也是文化最根本性的力量，我们不是别的人，不是猪牛牲口也是这个原因。但尤瑟纳尔自己更相信艺术的力量，所以她觉得皇帝是杀不掉这个画家的，画家在自己的画里头，画的海洋变成真的海洋，画的船变成真的船拯救了他。这种情况可不可能发生呢？这又是另外一个事情。

艺术一定要写真实的生活中必然发生的吗？大多数时候，好的艺术是在描绘书写那种我们愿意它发生的事情。这个词我们经常把它叫作可能性。什么叫可能性？从情感的逻辑、事理的逻辑上，社会制度本身向着良性运作发展的逻辑上那些将要发生的事情。我们有几个逻辑基础。今天借着想象这个词胡编乱造，没有前面几个情感的逻辑，人类认知真理的逻辑，社会制度向着良好方向运行的这样的逻辑跟关系而建立起来的可能性。当然，今天还会加上科学的可能性。那么这个小说也可以看成是一个寓言，艺术最终战胜权力的寓言，你相信吗？我愿意相信。美好吗？非常美好。从短的时间尺度讲往往是权力驾驭艺术，但是我们把这个时间尺度放成两百年五百年一千年五千年来看，从来都是艺术战胜权力，不是吗？

今天我们并不会因为谁家有皇帝的夜壶而成为中国人，而是因为我们读过司马迁读过苏东坡而成为中国人；今天不是谁手上戴着一块从古代官僚墓里挖出的玉而成为中国人，而是因为我们读过蒲松龄读过曹雪芹而成为中国人。表面上看这是一个不会真实发生的故事，但是从情感底子上这个想象的建立是基于我们的一种强烈的艺术信仰。艺术家要有信仰，我经常遇到有人说我皈依哪个喇嘛了我入天主教了，我想那你成了一个教徒，你不是艺术家不是作家。艺术家的信仰就是美，你信仰美之后你还需要信仰什么东西呢？如果你没有信仰这个东西你才需要别的信仰。真正的艺术家都是有信仰的，尤瑟纳尔写出来的就是这个信仰。这个小说是这样的，这是一个永远不会真实发生的事情，但是这种想象是如此真切。与其说它真的会发生，倒不如说我们愿意相信这种事情真的会发生，这叫情感落脚。其实这篇小说就是探讨关于信与不信的故事。一个艺术之美与实际存在之美之间的相互对看与比较。皇帝被王佛的作品征服，当他发现他统治的江山并不如艺术世界中的美丽，他要将使他对江山之美动摇的王佛杀掉，这是失去了自信的极端情形。那些杀人最多的皇帝其实很多时候都是不自信、自感不安全的皇帝，而我们在崇拜他们的时候我们实际在崇拜他们的权力。王佛却因为相信艺术的力量而创造了奇迹，他拿起画笔画下海水、船，奇迹的发生在于这些画中情景具有了真实自然的力量，变成了一种超越现实的更高的现实。他们从容地驾驶这艘船，离开了皇帝统治的并不美丽而且邪恶的世界，这是对于艺术力量有着高度信仰的人才能写出的动人的美丽故事。

那么什么是想象？很多人讨论这个问题。我比较欣赏科学家或者接近科学的心理学家们对它的规定，因为文学理论家从来没有把这件事情说清楚过，所以有些时候我们依赖现代科学的方式可能更为可靠。接近心理学或者分析心理学对想象这样规定，说想象是一种特殊的思维形式，是人的头脑中对已经储存的种种表象进行加工改造使之形成新的形象和新的事实的心理过程，它能突破时间和空间的束缚，能起到对有机体的调节的作用，还能起到预见未来的作用。

《王佛保命之道》说的是古代的故事，其实对于权力与艺术之间的互相角力它也是有洞见的。这个小说要我改我会改个名字，它叫《王佛保命之道》太消极了，王佛只是保命吗？不是。不如说是"王佛取胜之道"或者"王佛长生之道"，我们说艺术家是通过艺术来长生的。心理学上指在直觉材料的基础上，经过新的配合而创造出新的形象跟新的事实，这是想象。法国哲学家狄德罗说过，想象是一种特质。他说得不清，他说出了它的作用。但是这个特质，刚才我讲的上一条定义可能更准确些，是什么特质呢？不能说，说不出来，没有科学方法，所以他只能说出它的重要性。说如果没有它，一个人既不能成为诗人也不能成为哲学家，有思想的人、一个有理性的生物、一个真正的人，我们就在现实给我们的规定性当中生活爬行。给你一坑稀泥，你就像猪一样在里面打滚，没有超越性没有规定性。而我们的文学就叙述打滚的种种惨状、丑态，以丑为美。然后我们分别给它命名，这个叫官场小说，那个叫什么，太恶心。

其实我们是根据这样三个具体的作品在讨论短篇小说到底是什么的问题。所以结合前面我说的我们可以有一个简单的总结，短篇小说首先是形式，一种有意味的形式。刚才我讲过一种理论——有意味的形式的提出，他们就认为艺术作品的基本性质就在于它的形式有没有意味，有没有蕴含，这种形式就是作品的各个部分之间独特的排列组合方式。它要保证小说能够唤起人们审美的情感，所以说小说也是一种情感，无论它风格上是节制的还是放纵的，是简约的还是汪洋恣肆的，但是在写作者身上都是充满强烈情感的。

美国有一个我认为是短篇小说大师级的人物，二十世纪四五十年代写过很多短篇小说，写得非常好。我很少听见中国人谈论这个作家。今天我们谈论一个特别干巴巴的叫卡佛的人，我更愿意推荐另外一个更丰腴一点的，叫约翰·契弗。那个干巴巴的没屁股没胸的卡佛的文学，叫极简主义。约翰·契弗1979年曾经在芝加哥的一次宴会上做演讲，他在演讲当中说我们要热爱生活，热爱人与人的交往，但是他说这不只是为了社交，而是为了文学；他说文学是一种大众的幸福事业，大众的幸福事业应该时时存在于我们的良知之处，在我们的文明社会中，我认为没有比这个更重要的东西了。约翰·契弗一生主要精力都集中在短篇小说写作上。过去我们已经习惯的美国短篇小说就是欧·亨利那样的，结构精巧结局反转的，但是小说其实在往更自然更丰满更跟生活密切相关的那些部分发展，我们今天讨论的三个小说都有这样的特质。所以欧·亨利那样一种简单的写法就会慢慢被我们唾弃，当然我们也觉得小说中通过情节巧妙的设计有某种深刻性，比如《警察与赞美诗》《最后一片绿叶》，但是你读这样一种人工小景一样的小说你觉得它不是充沛的、元气淋漓的和生活接近的。小说正在往另外一个方面发生变化。那么要追踪这样一种变化,有很多人写得很好,我就不讲了。又比如说海明威的很多短篇小说,我尤其给大家推荐他的一部短篇小说集《尼克·亚当斯故事集》,写一个少年,所有故事都以这个少年为中心,结合起来看是一个长篇小说。写《尤利西斯》的意识流大师詹姆斯·乔伊斯写过一本特别冷静的短篇小说叫《都柏林人》,写爱尔兰首都的那个城市的普通人的日常生活。胡安·鲁尔福,一个发明了魔幻现实主义这种创作方式的墨西哥作家,他创作的这种方式导致了像马尔克斯这样的人的出现,他写出了世界上第一部魔幻现实主义小说《佩德罗·巴拉莫》,以前他写过一本特别精彩的短篇小说集叫《燃烧的原野》。这些都是。前几年俄罗斯又发掘出来一个短篇小说大师巴别尔,写战争小说,经常写一千字两千字,有部小说叫《骑兵军》,还有一本小说叫《敖德萨故事》。我不知道大家知不知道这些作家,而这些小说正是在引起今天我们关于小说观念、小说体味,尤其是短篇小说体味的变化。这样一些人一些作品,他们已经提供了非常好的一种特别成功的实践。约翰·契弗还说,没有文学,我们就不可能了解爱的意义,我们可以同样用对于爱的意义的肯定来肯定我们今天所举例子的后两篇小说。

《孕妇和牛》我们已经讲得很充分了,那么一个文本的丰富性可以从多个方向对它展开讨论。《王佛保命之道》,刚才我们提到最主要的是关于信仰的,艺术信仰的一个故事,那么它还有别的意义吗？有。信仰是基于热爱的，没有脱离热爱的信仰，所以真正要做一个佛教徒是很难的，你爱你的师父爱到什么程度呢？你要当一个基督教徒也是难的，你爱你的神父爱到什么程度呢？但是艺术不设定这种界限，我们可以热爱它本身。本质上来讲，两个短篇都在揭示爱在生活中的具体呈现。所不同的是一种把存在于生活当中，我们所忽略了的情感现实加以呈现；一种是把这样的情感关系在某种极端情形下最可能的状态加以冷静地呈现。我非常喜欢的一个文化批评家叫苏珊·桑塔格，她曾经说过这样一句话，说最好的批评而且是不落俗套的批评就是把我们对于内容的过分关注转化为对于形式的关注。今天我们很多时候总在讨论小说的意义，意义有什么？从古到今我们创造出来新的意义了吗？

《诗经》里面写情感，大家都知道"关关雎鸠，在河之洲"，还有"汉之广矣，不可泳思""投我以木瓜，报之以琼琚"，那个时候这样叙写爱情，难道今天我们写爱情的时候有突破这种手段吗？我们大多数就是在网上写肉文突破，直接写身体，写感官，写复杂一点的关系，我们通过一种无奈的挣扎想去突破，但是从模式上我们能突破吗？

《诗经》里头几句话写了一个离别，"昔我往矣，杨柳依依"，我出发的时候杨柳刚刚发芽，"今我来思，雨雪霏霏"，我离家太久了。今天我们写种种离别能脱离这种模式吗？你能创造什么意义呢？你能创造出什么情感范式来？那么在什么地方突破呢？所以要转化为对于形式关注的批评。所以苏珊·桑塔格写过一篇文章叫作《拒绝阐释》或者叫《反对阐释》，说我们的批评家包括我们的编辑，整个文学生产现场的人都在做一种在小说当中追寻寓意的事情。最厉害的有两种，一种是马克思主义，一种是弗洛伊德学说。

弗洛伊德学说把所有的意义都归于脐下三寸荷尔蒙，马克思主义把所有东西都归结为经济利益的驱动。果真如此吗？也许他们说出了这个世界的某些秘密，但是果真如此吗？艺术一定要按照它们所规定的路径走？因为弗洛伊德学说，就有很多人提倡女性主义写作，说我的身体我做主，写点性。但是都写成性，所有东西都归结为性的时候其实也是挺无聊的。你总得起床吃饭，你总不能做爱到死吧，那你得写写吃饭，吃饭就出现第二个问题，你要吃饭你得出去工作吧，一旦工作就有了人跟人的关系就有了社会，对不对？如果马克思主义关于经济活动的《资本论》当中的一些规定都是正确的——大部分时候描述生产过程是正确的，但是用来描述艺术描述人的心理，那么王佛这样的小说是成立的吗？不成立。所以西方还有一个文论家说过这样的话，说写作其实是关于生成的问题，就是与看见一个生命逐渐成长一样的问题。

我们都知道，说到胎儿，每一个生命诞生的时候，带给我们孕育生命的个体的感受，是怎么产生的，既然我们都明白了一个道理，那个道理就是意义。而真正产生作用的是感受，但当每一个胎儿出现在每一个独特的子宫当中，那个子宫的所有者的感受还可以继续往下写，所以写作是关于生成的问题。它总是未完成的，总是处于形成之中，以此超过任何经历的或者已经经历了的体验的内容。它是一个过程，是一个穿越了可经历的和已经经历过了的生命过程，因此写作与生成密不可分，所以在写作中人生成男人、女人、动物和植物，生成分子，甚至生成不可感知物。

我想就小说来讲，这可能是我们最需要的更本质的看法。而我们在实践写作中更需要的刚好就是在三个地方的互动跟往返，一个是我们的生活现场，刚才已经讲了是我们经历的或者是可经历的，但是这种经历往往是不够的；第二个是超越它，超越它就是我们形式上的探索，美学上的追求；第三个也确实是需要一些理论上的指引，但不是那些过去式的理论，而是前沿的，跟今天的创作状态紧密联系在一起的，相辅相长的。有些理论是死去的，不适用的，就像过期食物一样，吃了只能使你中毒，而没有任何滋养。食物是能滋养人的，但是过期的食物是有害的。我们今天的理论当中、观念当中有大量的过期有害的东西，我们要学会区分，包括今天我们常常给人贴标签，这也是简单的"文化大革命"继承下来的"红卫兵"作风，这是一个最有害的归类方法。

关于小说创作

——在四川省中青年作家培训班上的演讲

小说,按照中国人的传统划分方式来讲,往往是用题材来划分的,如农村题材、工业题材、军事题材等。而中国人又按照所生活的不同地区来对作家进行划分,比如北上广的作家一定是写大都市生活的,我们中西部地区的作家主要是提供某种地域文化价值的东西。所以这样的划分方式给我们的文学创作带来了局限和影响。

这种局限和影响即是,当我们把自己的写作当作是中心城市之外的、北上广之外的文化补充时,我们就觉得自己一定要提供一种文化的、地域的,而且是一种相对来说比较有差异性的东西。不论别人还是我们写作者本身,都要求我们要写出文化特色、地域特色,从某种意义上来说这是好的,但也带来了局限。

举个例子,近年来大家谈拉丁美洲文学比较多,谈魔幻现实主义,谈马尔克斯,谈《百年孤独》,这里面就存在一种趋势，就是我们往往在考察一种复杂文学现象时，一直在做减法，我们把本身丰盈的一串葡萄慢慢缩减为一串干巴巴的葡萄干。这种看问题的方式决定我们写出来的文学作品也往往不是一串葡萄，而是失去水分的葡萄干。

那今天我们就重新来谈谈拉丁美洲文学，谈谈魔幻现实主义。在马尔克斯这一批作家出现之前，拉丁美洲文学一直是模仿欧洲文学的。整个拉丁美洲除开巴西是讲葡萄牙语之外，剩下的国家在过去都是讲西班牙语，都是西班牙的殖民地。所以在马尔克斯之前，拉丁美洲有文学，有大量的作家，但那时的文学很多是假装写情感、都市等流行性主题，基本上都是对西班牙本土马德里、巴塞罗那等作家的模仿，因为拉丁美洲对于西班牙来说是边缘化的。而作为边缘地区，就会趋向中心、跟上时代，不断简单模仿西班牙本土作家，这是一个方面；另一方面，西班牙本土作家会很愤怒，因为拉美文学没有给他们提供自己的奇风异俗、奇闻逸事。同理，这种奇风异俗放在今天的中国来说就叫写出地方特色。长此以往，我们的文学就处在这样一个现实里面。比如有时我会对四川作家写的小说、诗歌等作品进行类似于抽样的调查，我觉得大部分叙述文学就处于这样一种没有精神自主的，没有真正发现自己价值的状态中。所以当我们开始提笔写作时，就有点像马尔克斯之前的那批作家，总在想我自己的东西写出来之后，那些北上广的编辑和作家会怎么看待。

过去法国文学也是这样。法国文学有个概念叫作"外省人",就是指巴黎以外的人。巴黎人写的都是最伟大最前卫的作品,外省作家也是被定义为要提供某种特色写作的存在。所以真正的写作想要打破这样的局面,是需要做更多努力的。

我看了很多四川文学作品,要说从写作语言的驾驭或者小说写作本身的把握上,都没有太大问题,一座房子能否成为地标性建筑,手艺方面是不存在问题的,认知、理解文学的方法是问题。所以今天我们就来把葡萄干还原成葡萄。

在二十世纪五六十年代,出现了一批拉丁美洲作家,他们对于他们之前的文学写作状况极不满意。当然写作也是有政治背景的。一战二战以后,反殖民浪潮高涨,各个国家的殖民地纷纷独立,这叫作反殖民主义运动。我们现在有个理论叫作后殖民主义,后殖民主义在讨论文学时经常用到一个词叫作"身份",这也就是反殖民主义政治运动带来的思想运动。那么拉丁美洲殖民国家独立之后,他们就有独立意识了。政治独立直接带来文化独立的要求,这在过去只是西班牙文学一个遥远的回响。所以,这时拉美作家意识到,现在不能再像过去一样只作为另一个国家的边缘地带、乡村部分,继续对国家中心话语霸权进行模仿和回应,而是要创造出自己独立的文学。所以,我刚才说到怎么创作是一个技术问题,技术是可以操练模仿的,但是思想、背后的自信是缺乏的。拉美作家就意识到了这一点。过去拉美被称为西班牙的海外殖民地,现在每个国家都有了自己的名字,要发出自己独立的声音,虽然还在使用西班牙语进行创作,但是要开始探索自己的道路。于是拉美作家中有一批人就去巴黎留学,20世纪的巴黎和现在不一样,20世纪的巴黎是艺术之都,全世界有所作为的文学家艺术家都要去巴黎感受作为全世界先锋文学策源地的风采,比如海明威、毕加索等。那时巴黎正在流行超现实主义的艺术运动,艺术家、小说家、画家们不分国籍,混在一起。他们发现要写出新的东西很难,因为现实主义在巴尔扎克时期已经达到顶峰,浪漫主义在雨果时期就达到顶峰,现代派运动开始出现,象征主义、印象主义、意识流等新的方式开始出现,二十世纪四五十年代又出现超现实主义。超现实主义的出现和心理学的进展有关系。弗洛伊德说人除了意识外还有潜意识,我们有很多隐秘的欲望想要表达。这种说法刺激了新的文学运动的产生:文学过去关注的都是意识,我们要开发开掘分析潜意识,所以就有了超现实主义。最大成果是毕加索,但文化上的成就不高,当时在巴黎留学的拉美作家也没有做出较大的成绩,铩羽而归。其中有一个墨西哥作家叫胡安·鲁尔福,中国出版过他的短篇小说集《燃烧的原野》,就描写了类似今天中国所谓的城市化进程,农民失去土地,被迫向城市转移的状况,直面当时现实。当今中国描写城市化进程的小说中没有如此有力量的作品。但是他毕竟用的还是一种非常古典的现实主义写法。后来这批小说家回到拉丁美洲之后,共同思考了一个问题,说不定印第安土著文化当中包含着可以用来吸收、研究的某种元素。于是他们开始接触、重新发掘很多印第安的古迹、雕塑，在造型上、美学上看到了一种完全不同的、崭新的风格，他们意识到这就是超现实：天上、地下、神、人混成一片。他们进一步接触到印第安人的神话传说、文字性材料，就更觉得是如此，就像我们的《山海经》，神人共居。这就是某种超现实。胡安·鲁尔福就受到这种意识的启发，打破神、人、鬼的界限，写了中篇小说《佩德罗·巴拉莫》。当时城乡矛盾突出，农民去向成为最大的问题，他要表达这个东西，原来《燃烧的原野》是一种写实表达，现在《佩德罗·巴拉莫》则用超现实主义手法来表达。所以这个小说是这样开始的，佩德罗·巴拉莫是个乡村恶势力代表，去乡下搞土地兼并，政府也是支持他的，佩德罗成了当地的土皇帝，当地很多女人都被迫成了他老婆，这个村庄的很多新生儿都是他的孩子，都叫作佩德罗·巴拉莫。其中有一个孩子的母亲不甘忍受这样的生活，就带着儿子到城里打工，在死之前告诉儿子自己的家乡在墨西哥以外的一个州，但佩德罗的儿子回家找不到自己的乡村，因为土地被兼并，修成了城市。小佩德罗遇到了一个农民，找到一个乡村，这个村子里已经基本没人了，全是断垣残壁。小说的奇妙就从这里开始，黄昏时慢慢变幻，到天黑时村子变为几十年前热闹繁荣的样子，村庄里的很多人也慢慢出来了，出来的人都是以前村子里死了的人，全是鬼魂。小佩德罗要找到精神家园，就只能在晚上和鬼生活在一起，才能回到梦中的故乡。

这与网络中的鬼怪奇幻小说不同，它用这种方式来深刻反省这种城市化过程中农村、农民为城市的繁荣，为工业化的到来所付出的代价。城市化是必然的，但如果没有一个好的政策保障，城市化进程对农村、对农民的伤害是很严重的。在这一点上，我们与拉美有些相像。我们为什么谈外国文学，因为我们现在正在经历的，也可能是之前别人经历过的，并且在文学中已经很好地表达处理过了，写作者也可以从中吸取智慧。所以这也是我们要学习不同文学的重要原因之一。我们首要的不是学技术，而是看作品背后所表达的社会问题。今天我们的文学表达缺乏力量，缺乏认知度，是我们观察社会的能力、质疑社会的勇气有问题。深度是勇气和批判能力造成的。刚才所讲的墨西哥作家胡安·鲁尔福等作家比我们先经历这些进程，当然重要的是我们要回到魔幻现实主义社会。后来《佩德罗·巴拉莫》成为经典作品，批判社会至深，而且用这种别开生面的方式，将逝去的村庄复活，晚上和村人们一起活动，早上又变为断壁残垣，通过这种方式讲了一个回不去的故乡。既有思想上的深刻批判性，艺术上又有如此的创造性。马尔克斯写《百年孤独》之前，还在报社当记者，写过几本不出名的书，也不怎么样，穷困潦倒，给广播电台打工。马尔克斯在回忆胡安·鲁尔福的影响时，他说有一天朋友激动地拿来一本书，原话是这样说的："砰的一声把一本薄薄的小书扔在我面前,说哥们儿,就照这样干吧!"那砰的一声像爆炸声一样震耳欲聋,从此一个文学流派诞生,就是我们所讲的魔幻现实主义。我们今天要讲的是一串葡萄而非一颗葡萄,所以第二个写魔幻现实主义的是一个古巴作家卡彭铁尔,他的《追击时间之战》,用一种类似于夸父逐日的方式,表达了人与时间之间特别宿命的感觉。

从此拉美文学写作就一发不可收拾,这种小说表达方式应用到文学的各个方面。比如阿斯图里亚斯的《总统先生》,换了一种方式来批判政府。拉丁美洲的魔幻现实主义在我们今天总是直接简化成马尔克斯,实际上魔幻现实主义的创始人不是他,用魔幻现实主义第一个获奖的也不是他,而是我们才提及的写《总统先生》的阿斯图里亚斯。所以马尔克斯对阿斯图里亚斯也是有模仿的,他们这一代作家互相之间是有影响的。今天我们谈《百年孤独》,又出现一个偏颇,即拉丁美洲文学就是魔幻现实主义,魔幻现实主义就是马尔克斯,马尔克斯就是《百年孤独》,我们把一串葡萄变为了一个葡萄干,我们天天谈论这一颗葡萄干,而对那一串葡萄毫无所知。任何一本小说的产生,如果在两个方向上跟别人没有关系的话,基本上是难以成功的。第一个方向是将观察社会、质疑社会作为来源。但当今我们这方面是做得非常不足的,我们满足于写一点文化,写一点风俗习惯,写一点个人的小情感悲欢,我们是否有意愿把我们当下的书写和一个更大的存在连接在一起?美国一个非常有名的文学批评家叫作萨义德，他说过，成功的文学，成功的文学家，成功的知识分子，他们为什么能成功，"因为他们能够把个别的经历、个别的遭遇、个别的悲欢上升为人类普遍的经历和悲欢"，这种转化过程一定是在深刻洞悉社会的过程中发生的，也一定是把深刻洞悉社会的社会成果放入作品中去才成功的。思想深度怎么来？是要从洞悉社会，对社会承担责任中来。作家要有更强大的感受和质疑能力、同情能力。文学要有悲悯情怀。第二个方向，成功的作品，一定是在审美上、在艺术方式上有追求有创新的，从语言到结构再到形式。这种创新也不是凭空产生的，是一群人有相同的焦虑和想法时，他们努力去寻找，互相之间有模仿、借鉴，同时也有自己的发明创造、有提高。这样才能一步一步把一个文学流派推向高峰，而不是一个单独的解构。如果没有之前所提及的那些前辈，马尔克斯又从何而来？所以谈论文学绝不能用一种简单的方式，我们写文学也不能如此简单粗暴。

今天谈文学，我们要看到歌德当年的预言："将来的文学是世界的文学"，这个世界文学的意思就是全世界的文学。今天你在任何一个地方写作，你不仅是遂宁文学、四川文学、中国文学，而且是世界文学。因此你也要知道世界文学是怎么样的。全球化时代到来了，文化全球化比经济全球化还早。

现在的文学创作不只是盯盯北京上海、盯盯《小说选刊》的时代了，我们不懂外语，但我们今天有大量翻译，翻译将这个世界连接起来了。但我们对全世界精神资源的学习是相对缺乏的。马尔克斯的《百年孤独》是拉美魔幻现实主义中艺术上最完美最精华的,但我们还要谈内容。他的马孔多镇讲了工业化时代到来之下的城镇消亡史。当地盛产香蕉,所以当地人疯狂种香蕉。马孔多镇因此迅速繁荣,但当香蕉不再被需要时,对欧美国家来说只是吃不吃香蕉的问题,对于香蕉产地来说却是吃不吃得起饭的问题。马尔克斯的深刻就在这里。工业化时代之下迅速兴起一个产业,然后又迅速衰败,最后付出牺牲的还是老百姓。

这种现实情况在中国也有发生,但谁写过这样的小说?我们谈论马尔克斯时,我们会说魔幻现实主义,多么神奇的开头,却从没有人说他处理、批判现实的敏锐性和深刻性。他就写了一个城市因为香蕉贸易迅速繁荣又重新走向衰败的过程——发达国家用资本运作掠夺第三世界的经济资源。

所以文学无论看起来有多么新颖的样式,都会有深刻的时代批评。我们为什么讲外国文学,这是与我们当下认知现实有关的。

歌德的话是对的,今天的文学就是世界文学,因为在艺术创新上我们要受世界的影响,在内容上他们在几十年前写的问题可能就是中国现在正在发生的问题,我们中国的作家面对现实,却没有做出相应的反应。

所以今天我们考察一个文学运动,最重要的就是对现实问题的把握，既要对社会有认知，又要对世界文学的走向有把握，写出来的作品才有可能不是一种"小的文学"，一种"外省人"文学。我们的文学不应该是这种文学，需要我们做很多努力，把葡萄干还原成葡萄。文学的价值怎样实现？文学的成功是不存在任何撞大运的可能性的，只有学习学习再学习。

我们四川的很多小说家存在一些问题，既看不到和社会现实的深刻联系，也看不到在艺术思想上、在审美特征上、在外在修辞上和今天世界文学正在发生的种种艺术探索有什么特别联系。但是这两个联系是必须要建立起来的，今天，封闭型的写作很难实现。

通过考察文学发展的始末，我们看到文学作品的成功不是那么简单、容易达成的，它是一个非常复杂辛苦的过程和劳动。但我们也对大家创作中的命题有一个对照性的看法，这样的命题我们也听说过很多，就是人们总在说中国文学的种种不足，这种论调随处可听见。中国人也特别擅长"不是"什么，就是这也不对，那也不对，我们还得有一个解决方案，那么我们要克服这样的障碍，下半场我用一些大家的例子来谈论一下。

我们中国对文学的分类按题材进行，一般重要的题材都留给一些重要的人，然后乡村、边疆就成了一些不那么重要的题材的发源地。我们已经用这种方法确立了一些中心，但国外的一些人就不太主张这样的分类。我们就是看写工业还是农业,我们要探索世界,我们要把各种社会活动、审美活动按题材整体考察。我们区分的方式是城市的、乡村的、中心的、边缘的。

艾布拉姆斯一百零二岁去世,去世还不到一个月。在20世纪马尔克斯出名时他已经很出名。他是批评家中的权威,批评家中的批评家。他提出一个概念,对文学进行分类,叫作类型文学,或者是文学的类型,就是用另外一种写法来区分的。其实中国也有类型,比如说武侠小说、言情小说、志怪小说,但西方的类型更多,比如说侦探小说、科幻小说、奇幻小说。而今天这个情况在中国更加明显,质量上没有太大的进展,但迅速在创造一些新的类型,现在的类型更多了,比如玄幻、仙侠、同人、耽美等,越来越多。艾布拉姆斯就讲类型是比较好的方式,相对于一国一民族的文学要好很多。类型有两个好处,一是某一种小说的写法通过类型成为一种基本固定的模式套路,当你要进入它的时候就比较容易,比如写乡村的类型,可以迅速归纳出一些特点、要素,有个基本的故事模型,只是长了肉、皮肤,小说就变得不一样了。类型就是提供了骨架、结构,内在是情节,外在是形式,内在外在完美结合,不是找个盒子包起来就行。这种基本的经验对读者也好,读者好判断什么是好的,什么是坏的。这是类型带来的好处。当我们进入某一方面,汪洋大海不能穷尽,但你总要有一个入手的地方,我们写作要把所有东西读完再来写作,这是不行的。我曾经就遇到一个老编辑，有六十多岁了，他说你们写作的不行，我问他什么时候写，他说等他读到现当代文学才开始写，我觉得那个时候他可能不在了。

那么回过头来说，至少我们在从事某一种类型写作的时候，我在写作这样一种小说，那么这个世界上一定有很多跟它一样的、接近它的小说，或者用艾布拉姆斯的话说是在一个类型当中的小说，那我们去看一看这个小说，至少先看一看，看一个文学好在什么地方，好的我们可以学，坏的我们也可以看他失败在什么地方，不读书不知过也。法国有个哲学家说过一句话，今天，当代的人在随着信息意义空转，现在很多人就是这样。所以我们要学习，要写那种很好的作品。法国有一个在类型写作上很成功的人，他写作后，别人就没法再写作同类型的了，他叫圣·埃克苏佩里，写了《小王子》。这本书发行几亿册了，只有一本书发行量比它多，就是《圣经》。他是1900年出生的，是最早的一批飞行员，后来当了邮政员。飞机一出来，除了战争就是送信息送货，圣·埃克苏佩里自己摔过一次，飞拉美，要过安第斯山脉，飞机要借助风力，相当于探险。圣·埃克苏佩里成立了救援队，救助了很多人，但是他没能救他的朋友，他想纪念他的朋友，他想使他和朋友开创的飞行事业值得纪念。只写过一个短篇的他，现在要写的是他探险飞行、开辟航线的经历，从巴黎到拉美。他之前的短篇很不成功，他是一个富二代，家里有两个城堡，他的童年就是在他家的两栋别墅里,冬夏交替度过的。不像现在中国的富二代那样只会买跑车,他那个时候是真读书,他读过很多的文学作品,包括探险小说。中国没有探险小说,外国从哥伦布航行开始,非洲、拉美、印度、中国都是他们发现的,欧洲有探险小说的存在,有很好的探险小说被留下。有一本书叫《茫茫黑夜漫游》,讲的是几个法国人探索非洲的内陆,经过刚果河,划几只木舟进入,其中一个人还写过一本书叫《王家大道》,是讲柬埔寨的,而柬埔寨人其实已经忘记了吴哥窟,吴哥窟的确是由法国人重新发现的。圣·埃克苏佩里写了他们的探险,往南飞的时候,其实他朋友是撞死在山上的,但他觉得这种死法并不美丽,对他朋友不尊重,死是无可挽回的,他希望他的朋友是以一种更优美的方式死去,所以他写了风暴把他的朋友刮向大海,永远葬身海底。所以自己要掌握角色的转换,判断自己小说的好坏,我们不仅是写作者,也是阅读者,自己写个东西无从判断的时候也是很着急的。既然你读别人的小说都能读出好坏,那读自己的作品就读不出好坏吗?

昆德拉说写作也是一种游戏,其实写小说是一种高等智力游戏,是带来智力快感、精神快感的游戏。上帝创造了这个世界,世界是美好的,是让我们更好地活的。圣·埃克苏佩里写完自己的小说就能判断自己小说的好坏,他把自己的作品寄给了法国最大的出版社,达伽马出版社。因为是探险小说,从拉美寄过来的,编辑先前都不想理会,但后来一想,既然敢寄来，想必还是有点意思的，所以还是看了。然后编辑觉得很不错，一定要找人给推荐，他们找了法国最有名的文学家，文坛老大，安德基德。他在看了这个小说后觉得这是一个非常好的小说，怎么个好法呢？我们必须了解现在的小说就是创新小说的类型，我们不能过于迷恋小说类型的模式，艾布拉姆斯必须成长起来成为类型小说的反叛。我们中国人比较忌讳说反叛，我们就用超越，革新，要有自己的东西。

当时还没有建立一个完整的类型小说的理论，但是安德基德就觉得圣·埃克苏佩里的小说好，首先就在精神价值上肯定它，然后觉得他的小说比其他人的探险小说好。一般的探险小说对人的精神上的熏陶和价值是不大的，尤其是当代以来的探险小说。当代文学总是在怨天尤人，讲孤独、寂寞，讲人与人之间不能沟通，包括安德基德自己的作品，然而圣·埃克苏佩里的小说是在自己的经历和与他朋友共同的经历上写出来的，充满了人们共同的需要，这些都是从自己生命活生生的实验中得来的。圣·埃克苏佩里小说表面也如我们的小说写人生的失败，但他有一种能力，可以写出精神层面的成功。西方的小说仍然在寻找失败主义的失败，这次的失败却在精神上获得了凯旋。他就从这种类型开始，这种成功难以超越。今天的探险小说如《古墓丽影》，如电子游戏般。圣·埃克苏佩里的小说是成功的，难以超越，也是真实的经历。第二次世界大战后，圣·埃克苏佩里流亡到美国,他是做飞行员的,像神一样在飞行中俯瞰大地,然后写了比较有哲理的《人与大地》。

想从高处看低处一直都是人类的一个梦想,古代中国人就靠登山来实现,杜甫就有一首《望岳》诗写得很好。他为什么要登山呢?"岱宗夫如何,齐鲁青未了。"上了山之后他心情就不一样了,有两句写得很好,"荡胸生层云,决眦入归鸟"。感觉整个云都在自己的心口翻腾、涌荡一样,感觉整个世界都在自己的心中。所以还有下面两句,"会当凌绝顶,一览众山小"。

当时,圣·埃克苏佩里他们的飞行纪录是80多个小时,如果打破了这个记录,就可以得到15万美金的奖金。我们刚刚讲的是圣·埃克苏佩里好的一面,但他是一名富二代,浪荡公子,也有一些不好的习惯。他的女朋友很多,每天不去酒吧里待两个小时是很难受的,钱也花得很快。第一次世界大战之后,他家也开始慢慢衰落,比较缺钱。当然他也热爱文学,为了文学他不再花天酒地,跑到拉丁美洲,不再经常换女朋友。他娶了拉丁美洲一个作家的遗孀,他觉得这也是一种热爱文学的方式。那个时候他还要养老婆,所以他决定去参加那次飞行,争取得到那笔奖金,结果他和他的朋友摔在了撒哈拉沙漠,幸亏被当地的阿拉伯人救了。接下来就是第二次世界大战。法国二战投降,他开始流亡,到纽约去了。他在法国作为探险家、小说家家喻户晓,但美国人看不起法国人,美国人不认识他，他老婆也离开了他。他觉得他热爱文学可以娶一个作家的遗孀做老婆，而作家的遗孀也只是凡人，并不觉得文学有什么特别之处。如中国的一句老话，福不双至祸不单行，曾经因飞行出过那么多次事故，也不见得有什么，但这个时候，他所有的旧伤都发作了，于是写了一本关于孤独的书《小王子》。这本书写在人最孤独和寂寞的时候，他换了类型。这本书很有争议，外国人不争论，但是中国人争论《小王子》是不是儿童文学。

圣·埃克苏佩里不是被类型束缚的人，《小王子》可以说是儿童文学、科幻文学作品。他说这本书是献给大人的，是用童话方式讲述成人遇到的问题。他们只在小的时候谈论星星、美国、大象，现在就是谈论政治、股票、天气、高尔夫，但是不能因为这些东西忘记了玫瑰，这本书就送给还记得自己童年的大人。这本书谈论的是孤独，第二章就是他躲在飞机翅膀下睡觉，被小朋友叫醒，让他帮忙画羊，要一只年轻漂亮的羊，他就是在用这种方式表达他的孤独。

作品与作家的生命历程息息相关，这和他在撒哈拉沙漠以及后来流亡的经历相关。小王子在自己星球上的话就是圣·埃克苏佩里的话。

讲小说大概就只能这样讲了。这就是技术类型，从技术入手，但不能把自己拘泥在类型上，这就是好的文学。圣·埃克苏佩里写完《小王子》后，日本干了一件蠢事，就是珍珠港事件，结果就是把美国拖入战争。美国空军不要圣·埃克苏佩里，圣·埃克苏佩里身体不好，但他非要参加，空军降低了要求，就让他去开侦察机，而且只能开四次，结果飞了八次，最后死缠烂打又获得了一次机会，1944年7月31日，他第九次飞行，飞出去后再也没有回来。第二次世界大战死了太多的飞行员，但圣·埃克苏佩里写了很多出名的小说，大家对于他的死是非常关注的。20世纪80年代以前，想出名都是靠正规途径，但之后，有一个法国人为了出名，站出来说圣·埃克苏佩里是他打死的。欧洲人很重视，马上进行调查。1996年，墨西哥渔民在海里打鱼，捞起了一个手镯，然后有一些组织进行了打捞，捞起了圣·埃克苏佩里的飞机，经过化验研究，他完成了自己的使命后自杀了。

（根据录音整理，有删节）

我对第六届鲁迅文学奖报告文学奖项的三个疑问

　　该奖项评奖期间,我正在川藏线西段寻访。

　　五年前,基于当时藏族聚居区严酷的现实问题,我开始了对川藏地区的考察,追溯如此现状的前因后果,直到去年在《人民文学》杂志刊发《瞻对:一个两百年的康巴传奇》,算是一个阶段性的成果。今年,我又继续这一意旨下的寻访。记得那天中午,车停在波密到林芝间的公路边休息,吃点干粮。有了信号的手机开始接收信息,其中一条祝贺《瞻对》一文在第六届鲁迅文学奖报告文学类评选中进入前十名。我没有太在意。这一路寻访,钩沉往事,观察现实,更深切感知这国土中有暗流涌动——人民物质生活长足进步的同时,却在国家认同这种最基本的信仰上产生迷茫。我正在进行的工作,就是试图在复杂的历史与现实中寻找答案。这种寻求使我心情沉痛,因此,入围一个文学奖项的小小喜悦并不足以抵消心头的重压。相较这个奖项,如果古往今来，这片土地没有那么多因国家和文化认同而产生的社会动荡与族群和文化的撕裂，我宁愿没有令我自己也深感创痛的作品，更遑论一个文学奖项。

得奖与不得奖，我都得继续上路，进行我独自的寻访。

继续上路时，手机的信号又时断时续了，后来，索性就关了手机。再后来，到工布江达县。有清一朝，这个汉语名叫太昭的地方，是由川由滇入藏大道上的一个非常重要的节点。我在此对照史料寻访古迹，也查阅新编县志，看共和国建政的曲折与艰难。至本月11号，工作告一段落，到林芝，准备第二天飞回成都。

下午五点，又在林芝新华书店购得有关西藏史方面的著作三种，在酒店一边休息一边翻阅，这时得到记者电话，告知《瞻对》一书最终以零票落选。当时只有迟钝的漠然。这也正如在北京城里开会投票的评委诸公对于这片和他们相距遥远的动荡边疆的漠然。是一个又一个接踵而至的电话将我唤醒。对这些电话里记者要我表态的追问，我都告知，我没有什么话好说。可电话依然接踵而至。终于，这些电话唤醒了我心中的愤懑。所以，又一个记者的电话打来，在毫无准备的情形下，我站在尼洋河边的堤岸上，对着暮色渐浓的空荡荡的河谷说出了三个字："我抗议！"

话已出口，覆水难收。我嘲笑自己：你能抗议什么？！面对弄权者，面对积习，面对沉默的人们，抗议什么？！

但是，这三个字一经出口，自然就是另一种局面了。这种自我疑惑令我冷静下来。我对进一步追问的记者说，我不想说什么了，但我会写一些文字来表达我对这个奖项的疑问。这些天来，面对朋友、媒体和记者的不断打探，我想我确实应该，也有权把自己的疑问表达出来。但我在等待，等待此次奖项的报告文学组的评委对这个奖项的评选标准与原则有所解释。我愿意看到，当评委们的解释与澄清出来后，我会被说服。那么，我愿意为我说出的那三个字承担一切责任。后来，我从媒体上看到报告文学组的评委之一，中国作家协会副主席何建明的回应。回应是这样的：得零票是正常的，"写小说得过奖的作家写报告文学不一定得奖"。

面对这样的回应，除了感到当权者的自得与狂傲，我心中的疑问并没有解开。倒是从媒体上看到有同行帮我分析得零票的原因，但这一切依然是推测而已，又怎能让我知晓有投票权的人机心何在？而我心中疑问依然如故。

一、关于体例

有好心的推测者说，这是体例不合之故。

《瞻对》全文二十余万字，发表在《人民文学》杂志"非虚构"栏目。我认为，非虚构这一概念在中国文学界的提倡，与越来越多的写作者加入这一体裁的写作，正是对日益狭窄与边缘化的报告文学的一种拯救。从近年中国文学

"非虚构"写作的实践来看,它们更接近纪实类文体所应达成的目标,戒除了借文学之名而出现的虚饰的、因占有材料不够充分而诉诸想象与虚构的流弊。非虚构文学更符合报告文学这种文体初创时的信念,更相信对正在发生的现实(当下)与曾经发生的现实(历史)中人和事的梳理,自有其雄辩与自然的力量——充满感情的,更是富于理性的。

文艺的最基本的生命在于创新,内涵需要不断丰富,外延需要不断拓展。报告文学也好,"非虚构"也好,不过是一体而多名。报告文学或非虚构文体的历史并不太长,稍加追溯,我们就可以看到,这一文体正因为不断开疆拓土而获得新的生命力,而不断成长。今天的报告文学所面临的危机纵然有诸多原因,但其中最重要的一条,就是因为其写作陷于某种模式,缺乏创新与开拓的意识与尝试,甚至发生歌颂某些野心官员政绩工程的报告文学尚未面世而歌颂对象已轰然坍台的可怕悲剧。而"非虚构"这一概念的提倡与实践,正是对这种沉闷局面的有力破解。近年来所产生的一些作品,不论社会影响还是文体的丰富对于报告文学来讲都是充满了正面效应的。而报告文学组的评委们,作为这一领域的专业人士,对此始终视而不见?对此终究毫无感知?而要拒绝"非虚构"进入报告文学?

难道今天的现实不正在成为历史?难道历史不是曾经的现实?难道任何历史,在强烈的现实焦虑中,都不曾指向今天的现实?

报告文学难道和别的文学体裁大不一样，不一样到一定画地为牢，囿于某种僵死模式，而不肯呈现出一点开放性与创新性？

"非虚构"如果不是报告文学，那么，它是哪一个文学类别？诗歌？或者神话？

二、关于程序

如果这个疑问成立，如果有人要说"非虚构"不是报告文学，如果有人要说具有强烈现实焦虑与指向的历史事实不是现实，那么，为何当初又允许《瞻对》一文进入报告文学组的评选，而不当时就拿掉？等一轮轮投票下来，又以终投的零票收场？世界上哪有这样的程序？

三、那么，就只能是作品本身的问题

作品有什么问题？题材不重要，不重大？中国边疆地带，尤其是西藏与新疆的问题，种种谬见，种种动荡，难道不正是今天中国严酷现实之一种，不需要正本清源？《瞻对》一文，抚今追昔，一边梳理历史旧事，一边在历史曾经的现场进行现实的考察，其间还承受那些不熟悉历史由来的、盲目的民族主义者种种压力与攻讦。对那些攻讦者中的大多数，我原谅他们。我的工作目的之一，就是说服他们中的大多数，知道进步之必要，现代性之必要。我深知他们的偏狭既基于生存与发展中的困惑与压力,也是基于对历史的无知。但能荣任评委的大人们,都知识深广,难道还囿于成见而不能读文而知人,知人而问世?难道他们的现实关切就如此狭隘?难道我历时数年,抚今追昔,孤独寂寞,写成《瞻对》一文,只是何建明先生轻飘飘一句话,是一个得过小说奖的人想显示自己才华横溢,贪心不足,吃了碗里又望着锅里,想再得一个报告文学奖,以致误闯了别人的禁地?

又或者,《瞻对》一文和他们投下了庄严一票的那些作品相较,艺术水准太差?语言?结构?在哪一方面有贻笑大方的败笔?以致在任何方面都不能入哪怕一个评委大人的法眼,以致要得零票?

评委实名投票,是实名给谁看?读者?文学?社会?还是谁?

以此就教于第六届鲁迅文学奖报告文学组诸评委。

写此文前后,还有很多人劝我做沉默的大多数,不然就是永远自绝于这个奖项。我也深谙中国社会某些角落和一些人内心总是潜藏着光照不见的黑暗,因此,自然也思之再三。但我坚信,这不仅仅关乎我个人的短暂的终将消失的荣誉,更关乎社会的正义,更关乎要抗议一些人假文学之名以非文学的手段伤害文学的尊严。所以,我终于决定要发出我以上的疑问。

我愿意看到,鲁迅先生因以他命名的这个文学奖的繁荣与每一个奖项都能实至名归而露出微笑。

我愿意看到，自己不因这个奖项的得或失而影响正在进行的写作。

我愿意看到，发此疑问后，不被打击报复，并希望我自己和其他写作者再来参加这个奖项时，以文学之名，受到公正的对待。所以如此，是因为，这个奖项是国家授权某一机构执行的文学事业，即便我对这一奖项当下的评委们充满疑问，但对这个艰难前行的国家依然怀抱美好的希望与祝愿。

前路漫漫，我们今天的书写，我们今天围绕文学书写的种种作为，也必将为后人所书写，成为将来的报告文学或"非虚构"。就像我们的文学前辈们种种文学的非文学的作为正在被今天的人们所书写与评判。我愿意看到，将来我的子孙不会因为我今天的作为而感到羞耻。

又及：此文写就，我总担心有什么出于个人义愤的偏激之辞与不当之处，所以，又放在手边两天。今天又读过，修改了两三处不准确的表达，自觉不是出于个人目的的诛心之论，才下决心发给几天前就表示愿意刊发此文的《四川日报》。

随风远走

——茅盾文学奖颁奖礼上的答词

又听见了杜鹃的声音：悠长，遥远，宁静。

1994年5月，我坐在窗前，面对着不远处山坡上一片嫩绿的白桦林，听见了从林子里传来的杜鹃的啼鸣声。身后的音响低低回荡着的是贝多芬《春天》与舒伯特《鳟鱼》优美的旋律。那个时候，音乐是每天的功课。那片白桦林也与我有十几年的厮守，我早在不同的时间与情景中，为它的四季美景而深浅不一地感动过了。杜鹃也是每年杜鹃花开的季节都要叫起来的。不同的只是，在那个5月的某一天，我打开了电脑。而且，多年以来在对地方史的关注中积累起来的点点滴滴，忽然在那一刻呈现出一种隐约而又生机勃勃、含义丰富的面貌。于是，《尘埃落定》的第一行字便落在屏幕上了。小说所以从冬天开始，应当是我想起历史时，心里定有的一种萧疏肃杀之感，但是因为那丰沛的激情与预感中的很多可能性，所以，便先来一场丰润的大雪。我必须承认，这都是我自己面对自己创建的文本所做的描摹与分析,而不是出于当时刻意的苦思。我必须说,那时的一切都是一种自然而然的流淌。

《尘埃落定》就这样开始了它生命的诞生过程。

今天,我已经很难回想起具体写作过程中的每一个细节了,眼前却永远浮现着那片白桦林富有意蕴的变化。每天上午,打开电脑,我都会抬眼看一看它。不同的天气里,它呈现出不同的质感与情愫。

马尔康的春天来得晚,初夏的5月才是春天。7月,盛大的夏天来到。春天清新的翠绿日渐加深,就像一个新生的湖泊被不断注入水一样(我有两行诗可以描摹那种情境:"日益就丰盈了/日益就显出忧伤与蔚蓝")。那种浓重的绿,加上高原明亮阳光的照耀,真是一种特别美丽的蓝。10月,那金黄嘹亮而高亢,有一种颂歌般的庄严。然后,冬天来到了。白桦林一天天掉光了叶子。霜下来了,雪下来了。茂密的树林重新变得稀疏,露出了林子下面的岩石、泥土与斑驳的残雪。这时,小说里的世界像那片白桦林一样,已经历了所有生命的冲动与喧嚣,复归于寂静。世界又变回到什么都未曾发生也未曾经历过的那种样子。但是,那一片树林的荣枯,已经成了这本书本身,这本身的诞生过程,以及创造这个故事的那个人在创造这个故事时情感与思想状态的一个形象而绝妙的况喻。

直到今天,我都会为了这个况喻里那些潜伏的富于象征性的因子不断感动。

写完最后一行字，面对那片萧疏的林子，那片在沉睡了一个漫长冬季后，必然又会开始新一轮荣枯的林子，我差不多被一种巨大的幸福感击倒。对我而言，这是一次创造，也是一次隆重的精神洗礼。然而这一切，都在1994年最后几天里结束了。

故事从我的脑子里走出来，走到了电脑磁盘里。又经过打印机一行行流淌到纸上。从此，这本书便不再属于阿来了。它开始了自己的历程，踏上了自己的命运之旅。我不知道别的作家同行有没有这样的感觉，但我却深深感到，我对它将来的际遇已经无能为力了。

一个人有自己的命运。一本书也是一样。它走向世界，流布于人群中的故事再不是由我来操控把握了，而是很多人，特别是很多的社会因素参与进来，共同地创造着。大家知道，它的出版过程有过三四年的曲折期。后来就有朋友说，那曲折其实是一种等待，等到一个特别合适面世的机会。找到最合适机会出声的角色，总会迎面便撞上剧场里大面积的喝彩。

之后的一切，就是大家都熟悉的一个故事了。幸福的家庭都是相似的，幸运的书的命运也都是相似的。读者的欢迎，批评界的好评，各种奖项与传媒的宣传。这本书的命运进展到这样一个模式里，我与之倒有了一种生分的感觉。我不能说这一切不是我所期望的。我只是要说，这些成功的喜悦与当初创作这本书时的快乐与刚结束时体会的那种巨大的幸福感确乎是无法比较的。

我说过了,这本书离开我的打印机,开始其命运旅途之后,它的故事里便加入了很多人的创造。在此,我对每一个看重它、善待它的有关机构、领导、师长、朋友表示衷心的谢意,感谢你们在我力所不及的地方,推进了这本书的故事的进展。如果要为施惠于这本书的人开一个名单,那将会是长长的一列。同时,每一本书走向公众之后,每一个读者都在阅读过程中不断参与和创造。在此,我也要向每一位读者表示我的谢意。

今天,当《尘埃落定》与我的名字联系在一起,频频出现在报端时,我确乎感到,它是离我远去了。是的,它正在随风而去。而对我来说,另一个需要从混沌的背景中剥离出来的故事,又在什么地方等待着了。

人是出发点，也是目的地

——第七届华语文学传媒大奖获奖词

谢谢华语传媒大奖直接让作家本人以自己的名字来得到这个奖项。

过去得奖，我不太觉得跟自己有太大的关系，因为那些奖项总是给予某一部具体的作品，你走上领奖台时，感觉好像是那本书懒得出席，而派出的一个代表。虽然那本书是你自己的作品，出自你的笔下。但在我的感觉中，得奖的不是我，而是某一本书，或者是某一篇小说。我没有因为得奖而特别高兴过，并不是因为什么特别高妙的原因。我在另一次的得奖演说中说过这样的话：故事从我的脑子里走出来，走到了电脑磁盘里，又经过打印机一行行流淌到纸上。那是十多年前，现今随着网络的普及，连打印这个过程也省略了。一个"发送"的指令，这本书就如此轻易而神秘地离开了。从此，这本书就不再属于我了。它开始了自己的历程，踏上了自己的命运之旅。我不知道别的作家是不是有过这样的感觉，我却深深感到，从此，我对它将来的际遇是无能为力了。作家的责任是写出好作品，但作家不能对书本的命运提供一个万全的保险。在此点上，作家和他的书只能听凭好运气的光临。一个作家所能保证的，就是在写作的过程中做最大的努力，这是我有自信的一个方面。自信是因为奉献了全部的心智真诚。同时，却无力也不愿为作品以后的际遇而承担责任。于是，当一本书得了某个奖项，我都归因于这本书的好运气。它遇到了那么多喜欢它的人，而不是我。而我这个写作了它的人，未必就有那么讨人喜欢。或者说，写作者如果要忠于一个作家的职责，也许还会制造出一些对立面，而不是让所有人都与自己站在同一个立场上。正是因为这样一个原因，当我代表某一个作品登上领奖台时，我的确不是显得那么欢欣鼓舞。

但是，今天登上这个领奖台有些不同。一个作家当然是因为创作的作品而享获奖励，毕竟，这一次，至少在形式上，我的感觉是这个奖项直接给予了作家本人，而让他的作品藏在了这个人的后面，我直接感到我的劳动得到了肯定。于是，这一次，我真切地想要对使我得奖的机构与评委表示深切的谢意！

在今天这样一个时代，不只是知识分子，就是一般识文断字的读书人，眼光都越来越向外。外国的思想、外国的生活方式、外国的流行文化，差不多事无巨细无所不知，对巴黎街边一杯咖啡的津津有味，远超过对于中国自身现实的关注。而中国深远内陆的乡村与小镇，边疆丛林与高旷地带的少数族群的生活越来越遗落在今天读书阶层,更准确地说是文化消费阶层的视野之外。所以,我对自己关于深远内陆与少数族群的书写,还能得到这样的关注、这样的肯定、这样的支持而感到宽慰。尤其是,这种肯定来自一个有影响力的媒体,来自一些一直在进行负责的社会文化批评的评委,更使我深感荣幸。我特别想指出的是,有关藏族历史、文化与当下生活的书写,外部世界的期待大多数时候会基于一种想象。想象成遍布宗教上师的地方,想象成传奇故事的摇篮,想象成我们所有生活的反面。而在这个民族内部也有很多人,愿意做种种展示(包括书写)来满足这种想象,让人产生美丽的误读。把青藏高原上这个民族文明长时期停滞不前,描绘成集体沉迷于一种高妙的精神生活的自然结果。特别是去年拉萨"3·14"事件发生后,在国际上,这种"美丽"的误读更加甚嚣尘上。尤其使人感到忧虑的是,那样的不幸事件发生后,在国内,在民间,一些新的误解悄然出现——虽然并不普遍,但确实正在出现。这些误解会在民间,在不同民族的人民中间,布下互不信任的种子。在很多年前,我就说过,我的写作不是为了渲染这片高原如何神秘,渲染这个高原上的人们生活得如何超然世外,而是为了祛除魅惑,告诉这个世界,这个族群的人们也是人类大家庭中的一员。他们最最需要的,就是作为人,而不是神的臣仆而生活。他们因为蒙昧,因为弄不清楚尘世生活如此艰难的缘故,而把自己的命运无条件托付给神祇已经上千年了。20世纪以来，地理与思想的禁锢之门被渐渐打开。这里的大多数人才得以知道，在他们生活的狭小世界之外还有一个更为广大，更为多姿多彩，因而也就更复杂，初看起来更让人无所适从的世界。而他们跨入全新生活的过程，必定有更多的犹疑不决，更多的艰难。尘世间的幸福是这个世界上绝大多数人的目标，全世界的人都有一个共识：不是每一个追求福祉的人都能达到的，更不要说，对很多人来说，这种福祉也如宗教般的理想一样难以实现。于是，很多追求这些幸福的人也只是饱尝了过程的艰难，而始终离渴求的目标越发遥远。所以，一个刚刚由蒙昧走向开化的族群中的那些普通人的命运理应从这个世界得到更多的理解与同情。我想，我所做工作的主要意义就在于此：呈现这个并不为人所知的世界中，一个一个人的命运故事。

我所以强调以个人命运为对象的叙事方式，首先当然是因为这是一个小说家必然的方式，更重要的是，我并不认为，一个僧侣，或者别的什么人，有资格合情合理合法地代表这个神秘帷幕背后的所有的人。只有那些一个一个的个体，众多个体的集合，才可能构成一个族群、一种文化的完整面貌，只有这种集合，才能真正地充实一个概念。可悲的是，无论是在中国，还是在中国那个被叫作西藏的地方，总是少数人天然地成为所有人的代言。而这些代言往往出于一己之私，或者身处其中的利益集团的需要，任意篡改与歪曲族群与文化这些概念的内涵。

我自己就曾经生活在故事里那些普通的藏族人中间,是他们中的一员。我把他们的故事讲给这个世界上更多的人听。民族、社会、文化,甚至国家,不是概念,更不是想象。在我看来,是一个一个人的集合,才构成那些宏大的概念。要使宏大的概念不至于空洞,不至于被人盗用或窜改,我们还得回到一个一个人的命运,看看他们的经历与遭遇,生活与命运,努力与挣扎。对一个小说家来说,这几乎就是他的使命,是他多少有益于这个社会的唯一的途径,也是他唯一的目的。当然,还有很多因素会吸引一个小说家,我们讲述故事所依凭的那种语言的秘密,自在的也是强大的自然,看似稳定却又流变不居的文化,当然还有前述那些宏大的概念,但人才是根本。依一个小说家的观点看,去掉了人,人的命运与福祉,那些宏大概念是没有任何意义的。所以,对一个小说家来说,人是出发点,人也是目的地。在我的理解中,小说家是这样一种人,他要在不同的国度与不同的种族间传递信息,这些信息林林总总,但归根结底,都是关于沟通与了解,而真实,是沟通与了解最必需的基石。很多时候,看到外界对我脱胎其中的文化的误读仍在继续,而在这个文化内部,一些人努力提供着不全面的材料,来把外界的关注引导到错误方向的时候,我会对自己的工作感到绝望。但绝望不是动摇。这种局面正说明,需要有人来做这种恢复全貌的工作,做描绘普通人在这种文化中真实的生存境况的工作。而今天得到的这个奖项,正是对我所从事的工作的最大的理解与支持。我要在此对这种同情与支持再次表达深切的谢意。

今天，在得到一个享有美誉的文学奖项的眷顾时，我更要感谢文学。

对我来说，文学不是一个职业，一种兴趣爱好。文学对我而言，具有更为深广的意义：它是我自我教育、自我提升的途径；是我从自我狭小的经验通往广大世界，进而融入大千世界的唯一方式。我生长于荒僻的乡村，上过学，但上过的小学、初中和中等师范都是最不正规的那一种。上小学和初中是在"文革"期间。大家知道，那时的学校应该没有给学生提供什么好的世界观，甚至可以说，那种教育一直在教我们用一种扭曲的、非人性的眼光来看待世界与人生，让我带着这种不正确的世界观走入了生活，而那时我置身其中的生活似乎也不会给一个年轻人好的指引。社会上只有少部分人在自觉排除过去的年代注入体内的毒素，更多人以为因这些毒素而发着低烧是一种正常的状态。好在我遭逢了文学。不是当时流行的文学。那些尘封在图书馆中的伟大的经典重见天日，而在书店里，隔三岔五，会有一两本好书出现。没有人指引，我就独自开始贪婪地阅读。至今我也想不明白，自己怎么就能把那些夹杂在一大堆坏书和平庸的书中的好书挑选出来。大家知道，我自己来自一个宗教压倒一切的文化。但是，在众神与凡人之间，那么多的神职人员却让人对宗教失去了信仰。但在回首往事时，我曾想过，上天真的有一种巨大的意志，在冥冥之中给予人超越凡尘的帮助吗？那个时候，我并没有想过要当一个作家。我只是贪婪地阅读，觉得这种阅读是一种很好的自我教育。在我周围，至多是有善良的人，但没有伟大的人。但在书的背后，站立着一个一个的巨人，在夜深人静的时候，他们就会站出来，站在台灯的暗影里，指引我，教导我。也许是有些矫枉过正了，以后，我拒绝过很多再次走进学校的机会。这当然是来自我过去的经验。但我很放心把自己交给文学，让文学来教育我，提升我。

在我的经验中，大多数人都在为生存而挣扎，而争斗，但文学让我懂得，人生不只是这些内容，即便最为卑微的人，也有着自己的精神向往。而精神向往，并不是简单地托付给中介机构一样的神职人员，或者另外什么人，就可以平稳地过渡到无忧无虑无始无终的天国，而是在自己的内心生出能让自己温暖也让旁人感到安全与温馨的念想，让它像一朵花结为蓓蕾然后悄然开放，把众多的种子撒播在那些荒芜的土地之上。

文学的教育使我懂得，家世、阶层、文化、种族、国家这些种种分别，只是方便人与人互相辨识，而不应当是竖立在人与人之间不可逾越的界限。当这些界限不只标注于地图，更是横亘在人心之中时，文学所要做的，是寻求人所以为人的共同特性，是跨越这些界限，消除不同人群之间的误解、歧视与仇恨。文学所使用的武器是关怀、理解、尊重与同情。文学的教育让我不再因为出身而自感卑贱，也不再让我因为身上的文化因子，以热爱的名义陷于褊狭。

文学的教育使我懂得，自己的写作，首先是巩固自己的内心，不是试图去教育他人。文学是潜移默化的感染，用自己的内心的坚定去感染，而不是用一些漂亮的说辞。

我不想说，我和自己的同时代人一样，接受的是一种蔑视美、践踏美的教育，至少，那是一种没有审美内容的教育，或者说，是以粗暴，以强力，以仇恨为美的教育。我自己也曾用这样的眼光来打量这个世界。是文学让我走出这个内心的牢狱，让我能够发现并欣赏这个世界上的美，在美还不普遍的时代怀着对美更高的憧憬。

我这样说，当然包括感谢文学让我成为一个作家，改变了我的命运。更重要的是，是文学关于人类普遍命运的教育，关于增添人性光辉的教育，关于给这个世界增加更多美好的教育，关于一个人应该有丰沛而健康情感的教育，把我这样一个生长于蒙昧而严酷环境中，因而缺乏对人生与世界正确情怀的人，变成了一个大致正常的人。如果说，我对将来的自己还有更大的信心，也是因为相信，通过文学这个途径，我将吸取到更多的人类的精神成果，相信通过这样的学习与吸收，自己将变得更加正常，更加进取，更加健康。

穿行于异质文化之间

——在国际比较文学学会上的演讲

十分荣幸有这样一个机会,以一个已经开始怀念生命与创作的青春时代的作家的身份,在这样一个大会上来表达一些关于文学的想法。

我不是专门的批评家,不是文化学者,而是以一个作家的身份在这里发言。我想,当一个作家表现良好的时候,他也具有以上这些专家的某些敏锐与深刻的素质;当一个作家表现庸常,那么,他就什么都不是了,连一个作家的称谓也难以担当。我想,大会所以提供给我这个讲坛,可能是因为在中国当代文学格局中,我还当得起作家这样一个称谓,我想更是由于我个人身份与创作上有一些比较特殊的地方,或许会让一些与会的与我同样曾经年轻、同样想在文学上有所作为的,也许更野心勃勃的同行,看到一个较有意味的成长个案。

个案的搜集与探究不能帮助我们建构理念,但我们可以期望,也许这个案会有助于我们固化理念,并使理念的表达更加有力,更加丰满。

我是一个用汉语写作的藏族人。

我出生于四川省西北部的阿坝藏族羌族自治州。从富饶的成都平原,向西向北,到青藏高原,其间是一个渐次升高的群山与峡谷构成的过渡带。这个过渡带在藏语中称为"嘉绒"。一种语义学上的考证认为,这个古藏语词的意思是靠近汉人区山口的农业耕作区。直到目前为止,还有数十万藏族人在这一地区过着农耕或半农半牧的生活。我本人就出身于这样一个在河谷台地上农耕的家族。今年我四十二岁,其中有三十六年,都生活在我称其为肉体与精神原乡的这片山水之间。到今天为止,我离开那片土地还不到六年时间。

从童年时代起,一个藏族人注定就要在两种语言之间流浪。

在就读的学校,从小学,到中学,再到更高等的学校,我们学习汉语,使用汉语。回到日常生活中,又依然用藏语交流,表达我们看到的一切,和这一切所引起的全部感受。在我成长的年代,如果一个藏语乡村背景的年轻人,最后一次走出学校大门时,已经能够纯熟地用汉语会话和书写,那就意味着,他有可能脱离艰苦而蒙昧的农人生活。我们这一代的藏族知识分子大多是这样,可以用汉语会话与书写,但母语藏语,却像童年时代一样,依然是一种口头语言。汉语是统领着广大乡野的城镇的语言。藏语的乡野就汇集在这些讲着官方语言的城镇的四周。每当我走出狭小的城镇,进入广大的乡野,就会感到在两种语言之间的流浪。看到两种语言笼罩下呈现出的不同心灵景观。我想,这肯定是一种奇异的经验。我想,世界上会有越来越多的人加入这种体验。

我想,正是在两种语言间的不断穿行,培养了我最初的文学敏感,使我成为一个用汉语写作的藏族作家。

从地理上看,我生活的地区从来就不是藏族文化的中心地带,更因为自己不懂藏文,不能接触藏语的书面文学。

我作为一个藏族人更多是从藏族民间口耳传承的神话、部族传说、家族传说、人物故事和寓言中吸收营养。这些东西中有非常强的民间立场和民间色彩。藏族书面的文化或文学传统中,往往带上了过于强烈的佛教色彩,而佛教并非藏族人生活中原生的宗教。所以,那些在乡野中流传于百姓口头的故事反而包含了更多的藏民族原本的思维习惯与审美特征,包含了更多对世界朴素而又深刻的看法。这些看法的表达更多地依赖于感性的丰沛而非理性的清晰。这种方式正是文学所需要的方式。

通过这些故事与传说,我学会了怎么把握时间,呈现空间,学会了怎样面对命运与激情。然后,用汉语,这非母语却能够谙熟运用的文字表达出来。我发现,无论是在诗歌还是小说中,这种创作过程中就已产生的异质感与疏离感,运用得当,会非常有效地扩大作品的意义与情感空间。

汉语和汉语文学有着悠久深沉的伟大传统，我使用汉语建立自己的文学世界，自然而然会沿袭并发展这一伟大传统。但对我这一代中国作家来说，不管他源于中国五十六个民族中哪一个民族，成为一个汉语作家并不意味着只是单一地承袭汉语文学传统。我们这一代人是在中国面对世界打开国门后不久走上文学道路的，所以，比起许多中国前辈作家来，有更多的幸运。

其中最大的一个幸运，就是从创作之初就与许多当代西方作家的成功作品在汉语中相逢。

我庆幸自己是这一代作家中的一员。我们这一代作家差不多都可以开列出一个长长的西方当代作家作品的名单。对我而言，最初走上文学道路的时候，很多小说家与诗人都曾让我得到新鲜的启示，感到巨大的冲击。仅就诗人而言，我就阶段性地喜欢过阿莱桑德雷、阿波利奈尔、瓦雷里、叶芝、里尔克、埃利蒂斯、布罗茨基、桑德堡、聂鲁达等。这一时期，当然也生吞活剥了几乎所有翻译为中文的西方当代文学大师的作品。

大量的阅读最终会导致有意识的借鉴与选择。

对我个人而言，应该说美国当代文学给了我更多的影响。我个人认为，许多当代的文学流派都产生于欧洲，美国小说家并没有谁刻意地用某种流派的旗号作为号召与标志，但大多数成功的美国当代作家都能吸收欧洲最新的文学思潮并与自己的新大陆生活融合到一起，创造出一个崭新的文学世界，而且更少规则的拘束，更富于来自大地与生活的创造性与成长性。

因为我长期生活其中的那个世界的地理特点与文化特性，我对那些更完整地呈现出地域文化特性的作家给予了更多的关注。在这个方面，福克纳与美国南方文学中波特、韦尔蒂和奥康纳这样一些作家，就给了我很多启示。换句话说，我从他们那里，学到很多描绘独特地理中人文特性的方法。

因为我是一个藏族人，是中国的少数民族，少数民族文化的非主流特性自然而然让我关注世界上那些非主流文化的作家如何做出独特、真实的表达。在这一点上，美国文学中的犹太作家与黑人作家也给了我很多的经验。比如，艾巴·辛格与托尼·莫瑞森这两位诺贝尔文学奖获得者如何讲述有关鬼魂的故事。比如，从菲利普·罗斯和艾里森那里看到他们如何表达文化与人格的失语症。我想，这个名单还可以一直开列下去，来说明文学如何用交互式影响的方式，在不同文化、不同国度、不同个体身上发生作用。

我身上没有批评家指称的那种"影响焦虑症"，所以，我乐于承认我从别处得到的文学滋养。

在我的意识中，文学传统从来不是一个固定的概念，而像一条不断融汇众多支流，从而不断开阔深沉的浩大河流。我们从下游捧起任何一滴，都包容了上游所有支流中的全部因子。我们包容，然后以自己的创造加入这条河流浩大的合唱。我相信，这种众多声音的汇集，最终会相当和谐，相当壮美地带着我们心中的诗意，我们不愿沉沦的情感直达天庭。

佛经上有一句话，大意是说，声音去到天上就成了大声音，大声音是为了让更多的众生听见。要让自己的声音变成这样一种大声音，除了有效的借鉴，更重要的始终是，自己通过人生体验获得的历史感与命运感，让滚烫的血液与真实的情感，潜行在字里行间。

文学本身要带给这个纷乱世界的本是一个美好的祝愿，在这里，我最后要带给各位的是，对更为年轻的同行们未来的创造致以最美好的祝愿。

谢谢大家！

我是谁？我们是谁？

——在东南亚和南亚作家昆明会议上的演讲

我是一个用中文写作的作家。依我的理解，中文就是中国人使用的文字。在更多情况下，这种语言有另一个称谓：汉语。这个词定义了这种语言属于一个特定的民族：汉族。如果这样定义，民族主义者自然会义正词严地责问，为什么不用母语写作？你不爱自己的民族？

中国地理版图内生活着五十六个民族。国家宪法也认定，中国是一个多民族的国家，如果你要顺利完成与所有人的交流，你就必须使用一种公共语言。所以，我更愿意这样介绍自己，说我是一个用中文写作的作家。中文这个称谓，我想意味着，这是多民族国家的所有人共同使用的国家语言。大多数情况下，人们会把这种情形描述为一种单向的归化——"汉化"。一种民族主义将此当成文化的胜利，另一种民族主义自然将此当成一种文化的失败。

而真正的语言现实是，当一种语言成为国家语言，有许多其他语言族群的人们加入进来使用这种语言，并用这种语言进行种种不同功能的书写时，其他族群的感知与思维方式，和捕捉了这些感知，呈现了这些思维方式的表达也悄无声息地进入了这种非母语的语言。于是这种语言——在全世界范围内讲是英语，在中国就是中文——因为这些异文化元素的加入，而悄然发生着改变，被丰富，被注入更多的意义。于是，一种语言就从一个单一族属的语言变成了多族群多文化共同构建的国家语言，甚至有可能像英语一样，成为一种世界性的语言。其实，对中文来说，这种建构是一直在进行的。比如魏晋南北朝时期，从书面上讲，是佛经的大量翻译带来的这种语言的极大变化。这不只是一些新的词汇与句法的出现，更重要的是随着这些新词与句法的进入，这种语言所表达的情感与精神价值产生了巨大的变化。人们常说，中国人的精神世界是儒释道三教合一，那么，佛教这种异文化的加入，首先是通过新的语言建构来实现的——语言建构在先，精神变化在后。不是中国人都成了佛教徒，但大多数中国人的精神空间中，都有了佛教的精神气质。

这种多文化建构与丰富国家语言的事实也广泛发生在民间。今天，中国任何一个多文化多族群共生共存的边疆地带，那里的口头语言交流中也正在发生很多新鲜的事实——不同的口音，不同的表达，不同的词汇。我经常在边疆地带游走，其中最吸引我的因素之一，正是这样一种意味深长的生机勃勃的语言现实：口音混合的，词汇杂糅的语言现实。那其实是一种语言新的生长。

遗憾的是，很多时候，我们只是依凭一些落后于时代的意识形态工具，去评判与描述充满生机的语言现实，这样除了使我们自身陷于言说的苍白与尴尬外，并无益也无碍于语言本身的丰富与成长。

我常问自己是哪个民族的人。在身份证上，我的族别一栏标注是藏族。在这个世界上，很多国家的身份证上并不需要标注你是哪个民族，在中国这却是必需的。我生长在一直就是藏族聚居地的地方，从我写作开始到今天，除了在一份叫作《科幻世界》的杂志做总编的十年间，写过一些与族属无关的普及科学常识的文字，我写作诗歌、小说、电影，都取材于藏族的历史或现实生活。所以，我就更该是一个藏族作家了。这种身份，也曾给我一种强烈的归属感与自豪感。

但现在，这种情形有所变化。

背景自然是民族主义的高涨。更准确地说，这些年来，与国家主义相混同的民族主义在中国高涨，同时也刺激了国内包括藏族在内的地方民族主义的高涨。就是在这样的背景下，我的身份成了一个问题，成了很多人的质疑对象。是的，我是一个混血儿。我身上有一半的藏族血统。也就是说，我的身体内还有别的。血缘如此驳杂，但在我们习以为常的身份识别系统中，却只能选择一个族别。尽管这个选择是完全自由的，但选择了这一种,就意味着放弃甚至是否认了另外的血缘。而我所选择的这个民族中,有些血统纯粹的人,和我并不知道他们血统是否纯粹的人就出来发动攻击。他们大致的意思是,作为这个民族的作家,首先应该有纯粹的血统;其次,应该用这个民族的母语进行写作。否则,就意味背叛。

今天的世界,越来越多的人,都在使用非母语进行交流沟通,也有越来越多的不同文化背景的人使用同一种语言创造新的文学。那些在非母语领域中写作而获得成就者,已在文学领域中开辟出一片新的天地,创造出一种瑰丽而崭新的文学景观。可是在我所在的文化语境中,属于哪个民族,以及用什么语言写作,竟然越来越成为一个写作者巨大的困扰,这不能不说是一个病态而奇怪的文化景观。也正因为此,且不说我写作的作品达到什么样的水准,就是这种写作本身,也有了一种特别的意义,这就是对于保守的民族主义与狭隘文化观的一种坚决的对抗。

今天中国的文化现实,如此丰富与复杂,但很多时候,中国的知识群体,有意无意间,还在基于简单的民族主义立场来面对这种现实,还常常基于对后殖民理论的片面理解与借用,机械地理解与言说诸如"身份"之类的问题,而少有人去追问这种理论的现实根由与意识形态背景,不能不说是一种遗憾。

是的,我们生活在一个巨变的时代,现实复杂而丰富,却很少有可以依凭的思想资源,所以,我们一边前行,一边得不断向自己提问：我是谁？我们是谁？

其实，也就是在向所有提问者回答，我是谁，我们是谁。

我相信，这也是我们今天所从事的文学工作，已然超越了文学本身，而具有更重要更广泛意义的原因之所在。

中国的少数民族文学，以及我自己

——在马德里塞万提斯学院中国西班牙文学论坛上的演讲

我很担心，在这样一个讲坛上，在如此有限的时间里，在彼此刚刚开始互相交流与了解的不同语种的文学中，我要讲中国文学中构成最为丰富的方面，即所谓少数民族文学的情况，可能太过复杂了。昨天，从马德里的街道上走过，我看到那么多中国游客，簇拥在一个作家的白色雕像前照相留影。我想，他们都明白，那个人就是塞万提斯，他们也知道，这座白色雕像前黑铁铸成的牲口和主仆二人，一位叫作堂·吉诃德，一位叫作桑丘。但我不能设想，当一群西班牙游客到了中国，站在一个伟大文人的塑像前，会有这样一种熟悉的程度。这正是一个生动的隐喻。说明了，近代以来，在文化格局上，总是东方向着西方尽力地敞开，而西方，沉溺于自己某种文化上的优势，东方只是一个隐晦而模糊的概念。

全世界都向着西方敞开，东方的不同文化之间，却彼此隔绝与孤立，尽管中国和埃及，都是世界文明的最早创造者，仍然难以超脱这种格局。

今天，我作为一个有少量作品被西班牙语所翻译的中国作家，来向西班牙语的作家同行们，向中国文学的研究者谈谈中国的少数民族文学。

考虑到大家对对中国文学肯定知之甚少，那么，中国少数族裔文学的情况，可能就更加隔膜了。所以，谈文学之前，得先谈谈中国民族构成的情况。

中国有五十六个民族。作为主体民族的汉族人占到了人口比例的92%。于是，其他的五十五个民族就有了少数民族这样一个特别的称呼。这个少数是指人口的少数。而且，这五十五个民族，相互之间有着非常大的差别。人口最多的壮族与满族，在一千万人以上。而人口在十万以下的民族有二十二个，总人口才六十三万。在中国大陆的世居民族中，人口最少的珞巴族，才两千多人。

这些民族其他方面的情况也很复杂。

既有像藏族和蒙古族这样，生产方式、宗教信仰都相当一致，历史上就有很复杂深切关系的；也有些民族，如果不是生活在同一个国家，可能永远都不会发生任何交往，甚至可能永远不会得到彼此间的任何信息。比如，西藏南部，也是中国西南角的八千多人的门巴族和遥远东北角上的六千多人的鄂温克族，就是这样的状况。但是今天，他们的子弟可能在同一所大学里学习共同的课程，他们甚至有可能一起讨论两个民族在同一个时代、同一个国家所面临的共同的机遇,以及他们各自文化面临的共同危机。

就以文学所必须依赖的文字与语言来说,这五十五个民族的情况也很复杂。

有些民族有语言,也有自己的文字,比如外界知道比较多的维吾尔族、藏族、蒙古族这些民族。更多的民族只有语言,没有文字。也有一些民族,在中华人民共和国成立后,因为国家的支持,创制了自己的文字。但至今仍然有一些民族只有语言而没有文字。也有的民族,曾经有过自己的语言文字,比如满族,但经历了清王朝对中国的长期统治后,现在几乎全体都使用汉语与汉字了。

这种情况,就决定了现在中国的少数民族文学,除了一些有久远的文字历史和深长的文学传统的民族有自己的母语文学作家,有民族语言的杂志、图书和专业出版机构外,大多数少数民族作家都是采用汉语进行文学创作的。而且,很多有自己母语文字的民族的作家,出于传播上的考虑或其他原因,也有相当部分用中国通行的官方语言进行各种体裁的文学创作。

正是因为上述原因,要简单概括中国少数民族作家的汉语文学的创作情况也是非常困难的。最主要的原因,当然是因为各个民族社会发展水平和文化教育水平有差异。有些民族,有较高的社会发展水平,有完整的文化体系,有自己的文学传统,这样的民族中,自然就容易产生创作水平较高的作家。而有些民族，在中华人民共和国成立之前，还处在原始部落阶段，没有自己的文字，没有传授知识的学校，文学创作也是一个巨大的空白。但在中华人民共和国成立后，首先是有了现代意义上的教育，然后才产生出自己民族的作家。

所以，当中国少数民族作家聚会时，彼此之间在创作水准上自然会呈现出巨大的差异。一些最优秀的作家，不仅能以其作品处于中国当代文学的最高水平上，一些成功的作品还通过翻译在国外出版。还有一些作家，创作水平较低，但在他们自己民族的文学史上，已是非常非常重要的，其重要性甚至超过别的民族涌现出来的那些最优秀的作家。因为，这些人是他们自己民族的第一代作家，是自己民族的书面文学的奠基人。他们用汉语写作，一些人甚至用自己民族刚刚创制不久的文字进行写作。他们不是延续、发展和丰富一种文化，而是创造出一种文化，创造着自己民族的文化与文学的传统。

我本人，就是这个复杂的构成群体中的一员。

我所属的民族有千余年的书面文学传统，还有更深远的口头文学传统。我们首先是由这种传统所滋养，然后，才谈得上对延续与丰富这个传统做些微贡献。这个贡献，就是在新时代的背景下，在这个相对封闭的传统中，采取一个开放的姿态，学习别的语言，并在这个语言提供的更多思想资源与文学资源中，在这种开放的语言所提供的更宽广的视野中，来反观自己的人生以及自己民族的命运和传统——包括文学的传统，并试图通过这样的方式与整个国家的人们和全世界的人们对话。

今天,我来到这里,也是为实现这种愿望的一种努力。而如此复杂的一种文化现状,请原谅我说得如此简单。

我只感到世界扑面而来

——在渤海大学小说家讲坛上的演讲

这次受《当代作家评论》杂志林建法先生的邀请,来渤海大学参加交流活动,他预先布置任务,一个是要与何言宏先生做一个对话,一个是要我准备一个单独的演讲。无论是何先生预先传给我的对话要点,还是林建法主编的意思,都是要我侧重谈谈民族文学与世界文学,或者说是民族性与世界性之关系这样一个话题。这是文学艺术界经常谈及的话题,同时也是一个越谈越歧见百出,难以定论的话题。

去年10月到11月间,有机会去墨西哥、巴西、阿根廷做了一次不太长的旅行。我要说这是一次很有意思的旅行,一方面是与过去只在文字中神会过的地理与人文遭逢,一方面,也是对自己初上文学之路时最初旅程的一次回顾。在这次旅行中,我携带的机上读物,都是20世纪80年代阅读过的拉美作家的作品。同行的人,除了作家,还有导演、演员、造型艺术家。长途飞行中,大家也传看这几本书,并在不同的国度，不同的地理环境中交换对这些书的看法，至少都认为：这样的书，对直接体会拉丁美洲的文化特质与精神气韵，是最便捷、最有力的入门书。我说的是同行者的印象，而对我来说，意义显然远不止于此。我是在胡安·鲁尔福的高原上行走，我是在若热·亚马多的丛林中行走，我是在博尔赫斯的复杂街巷中行走！穿行在如此广阔的大地之上，我穿越的现实是双重的，一个实际的情形在眼前展开，一个由那些作家的文字所塑造。我没有机会去寻访印加文化的旧址，但在玛雅文化的那些辉煌的废墟之上，我想，会不会在某一座金字塔和仙人掌交织的阴影下与巴勃罗·聂鲁达猝然相逢。其实也就是与自己文学的青春时代猝然相逢。

之所以提起一段本该自己不断深味的旅行，是因为在那样的旅途上自己确实想了很多。而所思所想，大多与林建法先生给我指定的有关民族与世界的题目有着相当直接的关系。对我来说，在拉美大地上重温拉美文学，就是重温自己的80年代。那时，一直被禁闭的精神之门訇然开启，不是我们走向世界，而是世界向着我们扑面而来。外部世界精神领域中的那些伟大而又新奇的成果像汹涌的浪头，像汹涌的光向着我们迎面扑来，使我们热情激荡，又使我们头晕目眩。

林建法先生的命题作业正好与上述感触重合纠缠在一起，所以我索性就从拉美文学说起，其间想必会有一些关涉民族性与世界性这个话题的地方。

所谓民族性与世界性，在我看来，在中国文学界，是一个颇让人感到困惑，却又长谈不已的话题。从我刚踏上文坛开始，就有很多人围绕着这个话题发表了很多的看法，直到今天，如果我们愿意平心静气地把这些议论做一个冷静客观的估量，结果可能令人失望。因为，迄今为止，与二十多年前刚开始讨论这些问题时相比，在认知的广度与深度上并未有多大的进展。而且，与那时相比较，今天，我们的很多议论可能是为了议论而议论，是思维与言说的惯性使然，而缺乏当年讨论这些话题时的紧迫与真诚。一些基本原理已经被强调了一遍又一遍，可是具体到小说领域，民族化与世界性这样的决定性因素在每一个作家身上，在每一部成功抑或失败的作品中究竟起到怎样的作用，尤其是如何起到作用，还是缺少有说服力的探讨。

这个题目很大，如果正面突破，我思辨能力的贫弱马上就会暴露无遗。那么，作为一个有些写作经验的写作者，我将结合自己的创作实践，结合自己的作品，来谈一谈自己在创作道路上如何遭逢这些巨大的命题，它们怎么样在给我启示的同时，也给我更多的困扰，同时，在排除了部分困扰的过程中，又得到怎样的经验。把这个过程贡献出来，也许真会是个值得探求一番的个案。

谈到这里，我就想起了萨义德的一段话：所有文化都能延伸出关于自己和他人的辩证关系，主语"我"是本土的，真实的，熟悉的，而宾语"它"或"你"则是外来的或许危险的，不同的，陌生的。

以我的理解，萨义德这段话，正好关涉所谓民族与世界这样一个看似寻常，但其中却暗含了许多陷阱的话题。"我"是民族的，内部的，"它"或"你"是外部的，也就是世界的。如果"它"和"你"，不是全部的外部世界，那也是外部世界的一个部分，"我"通过"它"和"你"，揣度"它"和"你"，最后是要达到整个世界。这是一个作家的野心，也是任何一种文化在当今世界的生存、发展，甚至是消亡之道。

就我自己来说，从20世纪80年代开始写作，那时正是汉语小说的写作掀起文化寻根热潮的时期。作为一个初试啼声的文学青年，行步未稳之时，很容易就被裹挟到这样一个潮流中去了。尤其是考虑到我的藏人身份，考虑到我依存着那样一种到目前为止还被大多数人看得相当神秘奇特的西藏文化背景，很容易为自己加入这样的文化大合唱找到合乎情理的依据。首先是正在学习的历史帮助了我。有些时候，历史的教训往往比文学的告诉更为有力而直接。历史告诉了我什么呢？历史告诉我说，如果我们刚刚走出了意识形态决定论的阴影，又立即相信文化是一种无往不胜的利器，像相信咒语一样相信"越是民族的就越是世界的"这样斩钉截铁的话，那我们可能还是没有摆脱把文学看成一种工具的旧思维。历史还告诉我们，文学，从其产生的第一天起，就作用于我们的灵魂与情感，无论古今中外，都自有其独立的价值。它是文化的一个重要的组成部分，它可以丰富一种文化，但绝对不是一个用于展示某种文化的工具。

文学所起的功用不是阐释一种文化，而是帮助建设与丰富一种文化。

正因为如此，我刚开始写作就有些裹足不前，看到了可能不该怎么做，但又不知道应该怎么做。刚刚上路，就在岔路口徘徊，选不到一个让人感到有信心的前行方向。你从理性上有一个基本判断，再到把这些认识融入具体的写作实践中还是一个非常艰难的过程。具体说来就是，这样的认识只是否定了什么，那么你又相信什么？又如何把你所相信的观念形态的东西融入具体的文本？从80年代中到90年代初，应该说，我就这样左右彷徨徘徊了差不多十年时间。最后，是大量的阅读帮助我解决了问题。

先说我的困境是什么。我的困境就是如何用汉语来写汉语尚未获得经验来表达的青藏高原的藏人的生活。汉语写过异域生活，比如唐诗里的边塞诗，"西出阳关无故人"，就是离开汉语覆盖的文化区，进入异族地带了。但是，在高适、王昌龄们的笔下，另外那个陌生的文化并没有出现，那个疆域只是供他们抒发带着苍凉意味的英雄情怀，还是征服者的立场，原住民没有出现。王国维在《人间词话》中说过："纳兰容若以自然之眼观物，以自然之舌言情。此由初原,未染汉人风气,故能真切如此。北宋以来,一人而已。"我依此指引,读过很多纳兰容若的东西,却感觉并不解决问题,因为所谓"未染汉人风气",也是从局部的审美而言,大的思想文化背景,纳兰容若还是很彻底地被当时的汉语和汉语背后的文化"化"过来了的。

差不多相同意味的,我可以举元代萨都剌的一首诗:"祭天马酒洒平野,沙际风来草亦香。白马如云向西北,紫驼银瓮赐诸王。"

"沙际风来草亦香""白马如云向西北",与边塞诗相比,这北地荒漠中的歌唱,除了一样地雄浑壮阔,自有非汉文化观察感受同一自然界的洒脱与欢快。这自然是非汉语作家对于丰富汉语审美经验的贡献。但也只是限于一种个人经验的抒发,并未上升到文化的高度。而且,这样的作品在整个浩如烟海的中国文学中并不多见。

更明确地说,这样零星的经验并不足以让我这样的非汉语作家在汉语写作中建立起足以支持漫长写作生涯的充分自信。

好在我们已经生活在一个与纳兰容若和萨都剌们完全不同的时代,其中最大的不同,就是我们有条件通过汉语沟通整个世界。这其中自然包括了遥远的美洲大陆,讲拉丁语的美洲大陆,也包括讲英语的美洲大陆。

在这个时期,美洲大陆两个伟大的诗人成为我文学上的导师:讲西班牙语的聂鲁达和讲英语的惠特曼。

不是因为我们握有民族文化的资源就自动地走向了世界，而是我们打开国门，打开心门，让世界向我们走来。

当世界扑面而来，才发现外面的世界不是一个简单的板块，而是很绚丽复杂的拼盘。我的发现就是在这个文学的版图中，好些不同的世界也曾像我的世界一样喑哑无声。但是，他们终于向着整个世界发出了自己洪亮的声音。聂鲁达们操着西班牙语，而这种语言是几百年前他们的祖先从另一个大陆带过来的。但是，他们在美洲已经很多很多年了，即便是从血统上讲，他们也不再全部来自欧洲。拉美还有大量的土著印第安人以及来自非洲的黑人。在几百年的时间里，不同肤色的血统与文化都在彼此交融，从而产生出新的人群与新的文化。但在文学上，他们还模仿着欧洲老家的方式与腔调，从而造成了文学表达与现实、与心灵的严重脱节。拉丁美洲越来越急切地要用自己的方式表达自己，并向世界发言。告诉世界，自己也是这个世界中一个庄严的成员。如今我们所知道的那些造成了拉美文学"爆炸"的作家群中的好些人，比如卡彭铁尔，亲身参与了彼时风靡欧洲大陆的超现实主义文学运动，还能够身在巴黎直接用法语像艾吕雅们一样娴熟地写作。但就是这个卡彭铁尔，在很多年后回顾这个过程时，这样表达为什么他们重新回到拉美，并从此开始重新出发。拉丁美洲作家，"他本人只能在本大陆印第安编年史家这个位置上找到自己存在的理由：为本大陆的现在和过去而工作，同时展示与全世界的关系"。

他们大多不是印第安人，但认同拉丁美洲的历史有欧洲文化之外的另一个源头。这句话还有一层意思，我本人也是非常认同的，那就是认为作家表达一种文化，不是为了向世界展览某种文化元素，不是急于向世界呈现某种人无我有的独特性，而是探究这个文化"与全世界的关系"，以使世界的文化图像更臻完整。用聂鲁达的诗句来说，世界失去这样的表达，"就是熄灭大地上的一盏灯"。

的确，卡彭铁尔不是一个孤证，巴勃罗·聂鲁达在他的伟大诗歌《亚美利加的爱》里就直接宣称，他要歌唱的是"我的没有名字不叫亚美利加的大地"。如果我的理解没有太大的偏差，那么他要说的就是要直接呈现那个没有被欧洲语言完全覆盖的美洲。在这首长诗的一开始，他就直接宣称：

> 我来到这里，是为了歌唱历史
> 从野牛的宁静，直到
> 大地尽头被冲击的沙滩
> 在南极光下聚集的泡沫里
> 从委内瑞拉阴凉安详的峭壁洞窟
> 我寻找你，我的父亲
> 混沌的青铜的年轻武士

接下来，他干脆直接宣称："我，泥土的印加的后裔！"

而他寻找的那个"混沌的青铜的年轻武士",不是堂吉诃德那样的骑士,而是一个相貌堂堂的古代印加勇士。

我很为自己庆幸,刚刚走上文学道路不久,并没有迷茫徘徊多久,就遭逢了这样伟大的诗人,我更庆幸自己没有曲解他们的意思,更没有只从他们的伟大的作品中取来一些炫技性的技法来障人耳目。我找到他们,是知道了自己将从什么样的地方,以什么样的方式重新上路出发,破除了搜罗奇风异俗就是发挥民族性,把独特性直接等同于世界性的沉重迷思。

从此我知道,一个作家应该尽量用整个世界已经结晶出来的文化思想成果装备自己。哲学、历史学、地理学、人类学……不是把这些二手知识匆忙地塞入作品,而是用由此获得的全新眼光,来观察在自己身边因为失语而日渐沉沦的历史与人生。很多的人生,没有被表现不是没有表现的价值,而是没有找到表现的方法。很多现实没有得到的观察,是因为缺乏思想资源而无从观察。

也许无论是地理还是文化都丰富多彩的拉丁美洲就具有这样的魅力,连写出了宏大严谨的理论巨著《文化人类学》的人类学家列维-斯特劳斯,当他考察的笔触伸向这片大陆的时候,也采用了非常文学化的结构与语言,写下了《忧郁的热带》这样感性而不乏深邃的考察笔记。

所以,我准备写作自己的第一部长篇小说《尘埃落定》的时候,就从马尔克斯、阿斯图里亚斯们那里学到了一个非常宝贵的东西。不是模仿《百年孤独》和《总统先生》那些喧闹奇异的文体，而是研究他们为什么会写出这样的作品。我自己得出的感受就是一方面不拒绝世界上最新文学思潮的洗礼，另一方面却深深地潜入民间，把藏族民间依然生动、依然流传不已的口传文学的因素融入小说世界的构建与营造中。在我的故乡，人们要传承、需要传承的记忆，大多时候不是通过书写，而是通过讲述来传承的。在高大坚固的家屋里，在火塘旁，老一代人向这个家族的新一代传递着这些故事。每一个人都在传递，更重要的是，口头传说的一个最重要的特性就是，每一个人在传递这个文本的时候，都会进行一些有意无意的加工。增加一个细节，修改一句对话，特别是其中一些近乎奇迹的东西，被不断地放大。最后，现实的面目一点点地模糊，奇迹的成分一点点地增多，故事本身一天比一天具有了更多的浪漫，更强的美感，更加具有震撼人心的情感力量。于是，历史变成了传奇。

是的，民间传说总是更多诉诸情感而不是理性。有了这些传说作为依托，我来讲述末世土司故事的时候，就不再刻意去区分哪些是曾经真实的历史，哪些地方留下了超越现实的传奇飘逸的影子。在我的小说中，只有不可能的情感，而没有不可能的事情。于是，我在写作这个故事的时候，便获得了空前的自由。我知道，很多作家同行会因为所谓的"真实"这个文学命题的不断困扰，而在写作过程中感到举步维艰，感到想象力的束缚。我也曾经受到过同样的困扰，是民间传说那种在现实世界与幻想世界之间自由穿越的方式，给了我启发，给了我自由，给了我无限的表达空间。

这就是拉美文学给我带来的最深刻的启发。不是对某一部作品的简单的模仿，而是通过对他们创作之路的深刻体会找到了自己的道路。

二十多岁的时候，我常常背着聂鲁达的诗集，在我故乡四周数万平方公里的土地上漫游。走过那些高山大川、村庄、城镇、人群、果园，包括那些已经被丛林吞噬的人类生存过的遗迹。各种感受绵密而结实，更在草原与群山间的村落中，聆听到很多本土的口传文学，那些村庄史、部落史、民族史，也有很多英雄人物的历史。而拉美"爆炸文学"中的一些代表性的作家，比如阿斯图里亚斯、马尔克斯、卡彭铁尔等作家的成功最重要的一个实践，就是把风行世界的超现实主义文学的东西与拉丁美洲的印第安土著的口传神话传统嫁接到了一起，从而创造出一种全新的只能属于西班牙语美洲的文学语言系统。卡彭铁尔给这种语言系统的命名是"巴罗克语言"。他说："这是拉丁美洲人的敏感之所在。"是不是为了标新立异才需要这样一种语言？不是。他说："为了认识和表现这个新世界，人们需要新的词汇，而一种新的词汇将意味着一种新的观念。"

这句话有一个重点，首先是认识，然后才是表现，然后才谈得上表现。但我们今天，常常在未有认识之前，就急于表现。为了表现而表现，为了独特而表现。为什么要独特？因为需要另外世界的承认与发现。

在我看来，一个小说家在写作过程中，感受更多的还是形式的问题：语言、节奏、结构。任何一个环节处理不好，都会让你失掉一部真正的小说。一个好的小说家，就是在碰到可能写出一部好小说的素材的时候，没有错过这样的机会。要想不错过这样的机会，光有写好小说的雄心壮志是不够的，光有某些方面的天赋也是不够的。这时，就有新的问题产生了：什么样的形式是好的形式？好的形式除了很好表达内容之外，会不会对内容产生提升的作用？好的形式从哪里来？这些都是小说家应该花大量的时间——在写作中，在阅读中——去尝试，去思考的。

我从2005年开始写作六卷本的长篇小说《空山》，直到今年春节前，才终于完成了第六卷的写作。这是一次非常费力的远征。这是一次自我设置了相当难度的写作。我所要写的这个机村的故事，是有一定独特性的，那就是它描述了一种文化在半个世纪中的衰落，同时，我也希望它是具有普遍性的，因为这个村庄首先是一个中国的农耕的村庄，然后才是一个藏族人的村庄，和中国很多很多的农耕的村庄一模一样。这些本来自给自足的村庄从20世纪50年代起就经受了各种政治运动的激荡，一种生产组织方式，一种社会刚刚建立，人们甚至还来不及适应这种方式，一种新的方式又在强行推行了。经过这些不间断的运动,旧有秩序、伦理、生产组织方式都受到了毁灭性的打击。维系社会的旧道德被摧毁,而新的道德并未像新制度的推行者想象的那样建立起来。我正在写作《空山》第三卷的时候,曾得到一个机会去美国做一个较长时期的考察,我和翻译开着车在美国中西部的农业区走过了好些地方。那里的乡村的确安详而又富足,就是在那样的地方,我常常想起斯坦贝克的巨著《愤怒的葡萄》。那些美国乡镇给人的感觉绝不只是物质的富足,那些乡镇上的人们看上去比在纽约和芝加哥街头那些匆匆奔忙的人更显得有自尊与安闲。但在斯坦贝克描述的那个时期,这些地区确实也曾被人祸与天灾所摧残,但无论世事如何艰难,命运如何悲惨,他们最后的道德防线没有失守,当制度的错误得到纠正,当上天不再降下频仍的灾难,大地很快就恢复了生机,才以这样一种平和富足的面貌呈现在一个旅人眼前。

但这不是我的国度,我的家园。

20世纪80年代,我们的乡村似乎恢复了一些生气,生产秩序短暂恢复到过去的状态,但人心却回不去了。而且,因为制度安排的缺陷,刚刚恢复生机的乡村又被由城市主导的现代经济冲击得七零八落。乡村已经不可能回到自给自足的时代了,但在参与到更大的经济循环中去的时候,乡村的利益却完全被忘记了。于是,乡村在整整半个世纪中失去了机会。而这五十年恰恰是世界经济发展最快的五十年,也是经济发展让数以亿计的人们物质与文化生活都得到最快提升的五十年。所以，我写的是一个村庄，但不只是一个村庄。我写的是一个藏族的村庄，但绝不只是为了某种独特性，为了可以挖掘也可以生造的文化符号使小说显得光怪陆离而来写这个异族的村庄。再说一次，我所写的是一个中国的村庄。在故事里，这个村庄最终消亡。它会有机会再生吗？也许。我不忍心抹杀了最后希望的亮光。

那么，这个故事是民族的还是世界的？这本书的内容，是独特的还是普遍的？在整个写作过程中，我最大的努力就是不让这样的问题来困扰我。

那时，我就想起年轻时就给我和聂鲁达一样给我巨大影响的惠特曼。他用旧大陆的英语，首先全面地表现了新大陆生机勃勃的气象。在某些时候，他比聂鲁达更舒展，更宽广。那时我时常温习他的诗句："大地和人的粗糙所包含的意义和大地和人的精微所包含的一样多/除了个人品质什么都不能持久！"

他还常常发出欢呼："形象出现了/任何使用斧头的形象，使用者的形象，和一切邻近于他们的人的形象/形象出现了/出入频繁的门户的形象/好消息与坏消息进进出出的门户的形象！"

这也是我对文艺之神的最多的企求：让我脑海中出现形象，人的形象；命运事先就在他们脸庞与腰身上打下了烙印的乡村同胞的形象；生命刚刚展开，就显得异常艰难者的形象；曾经抗争过命运，最后却不得不逆来顺受者的形象。与惠特曼不同的是，我无从发出那样的欢呼，我只是为了不要轻易遗忘而默默书写，也是为了对未来抱有不灭的希望。

正是从惠特曼开始，我进入英语北美的文学世界，相比南方的拉美作家，应该说，更大群、更多样化的美国作家的作品，特别是美国犹太作家和黑人作家给了我更持久的影响与启发。

写作《尘埃落定》的时候，我吃惊小说怎么这么快速地完成了。而在写作《空山》这部小说的时候，我却一直盼望着它早一点结束。现在，它终于完成了，我终于把过于沉重的担子从肩上卸下来，心中却不免有些茫然。很久，我都不让这部小说出现在我的脑海中，直到要来参加这次活动，觉得该谈一谈，才让它重新进入我的意识中。如果需要回应一下开始时的话题，也就是说，这部小说是民族的还是世界的，或者因为它是民族的，因此自动就是世界的。我想，有些小说非常适合做这样的文本分析。但我会更高兴地看到，《空山》不会那么容易地被人装入这样的理论筐子里边，不是被捡入装山药的筐子，就是被捡到装西红柿的筐子——我想有些骄傲地说，可能不大容易。直到现在，我还是只感到人物命运的起伏——那也是小说叙事的内在节律，我感到人物的形象逐一呈现——这也关乎小说的结构，然后，是那个村庄的形象最初的显现与最后的消失。民族、世界这些概念，我在写作时已经全然忘记，现在也不想让这些彼此相斥又相吸，像把玩着一对电磁体正负极不同接触方式一样把玩着这样的概念，我只想让自己被命运之感所充满。

需要申明一点，小说名叫《空山》与王维那两句闲适的著名诗句没有任何关联。如果说，这本书与拉美文学还有什么联系，那就是写作过程中，我常常想起一本拉美人写的政论性著作《拉丁美洲被切开的血管》，因为我们的报章上披露，在我这本书所写的那个五十年，中国的乡村如何向城市，中国的农业如何向工业——输血。是的，就是这个医学名词，同样由外国人拥有发明权。

最后，我想照应一下演讲的题目，那是半句话。整句话是：我只是打开了心门，我没有走向世界，而是整个世界向我扑面而来！

没有一种固定不变的民族文化

——在法兰克福书展上的演讲

这个演讲的题目是别人给我的,这个话题着实使人犯难。

这是个很多人都谈过的题目,我就在不同的场合听很多人谈过,主要是从理论上论证在这颗叫作地球的行星上保持文化多样性的必要性,而更多的人,不过是人云亦云罢了。没有全球化的说法时,也没有文化多样性的说法;有了全球化,文化多样性的说法也随之出现了。今天,在政治和经济领域谈全球化是政治正确,高明的人在谈,不高明的人更是要谈。因为不高明的人更害怕自己跟不上潮流,怕自己政治不正确。当然,这些人同时也要谈与全球化相矛盾的文化多样性的保持。如此展开话题是一种时尚,表示谈话的人具有普世价值观。时尚前卫和政治正确,在文化领域中总是受到鼓励的。

教授、艺术家、记者、有学历的官员和商人一方面高度赞同政治与经济的全球化,一方面又一致赞同在这样一种趋势下,要多多保持各个地区与民族的文化特性,即和生物多样性意思大致一样的文化多样性。我也想顺着这个意思来谈，顺着大家的意思，依着逻辑上十分圆满自洽的理论，又时尚又正确，赞同主流意见的人如果不能得到特别奖赏，至少非常安全，何乐而不为呢？接下来却有一个问题，那就是我们大部分时间都身处现实之中，而不是在与外部世界相隔绝的各种讲坛上。在强大的现实场景之中，生活与历史，包含着文化因素的那一部分生活与历史的实际演进却是另外一个样子。

今年夏天，我去参加一个中国与韩国作家的对话会，会议的后半段，去附近一个高原湖泊区观光旅行。这个湖位于青藏高原，湖畔的草原上生活着许多藏族人。他们或者在草原上游牧，或者在湖畔一些宜于耕作的土地上种植一些能够在高原的短暂夏天迅速生长的农作物。我们到达的那个时段，湖畔成千上万亩的土地开满油菜——当地一种农作物金黄色的花朵。在这里，几百平方公里的湛蓝湖泊是可以观赏的，包围着湖泊的草原是可以观赏的，藏人的游牧是可以观赏的，他们种植的庄稼形成的花海也是可以观赏的。在全球化的语境中，这些可观赏的存在被叫作资源——旅游资源。顺理成章，凡是资源都会得到开发。旅游公司、酒店、环湖公路已经建立并在进一步完善。游客从空中、从陆地向此地会聚。游客来自中国的各个地方，来自世界的不同国家。汉语、英语、日语、法语、西班牙语，那么多不同的语言在湖畔响起。酒店里挂着好多个时钟，除了本地时间,还显示着纽约、巴黎、东京等地的时间。这就是全球化。在这表象之下,旅游公司的运作,酒店的管理,旅客们的兴趣所在,机场的建立,铁路的运行更是全球化的。

接下来的问题就是文化问题了。具体而言,是当地的游牧的、农耕的藏民族的文化。我想大致包含了这样一些内容,他们的宗教,他们的生产方式,他们的饮食起居习惯,再深入一些,他们的自然观与历史感。游客的到来,当然是因为作为多样文化之一种的存在。但这些游客的来到,是对这个整体的文化有足够的兴趣与尊重吗?在实际的情形中,可能情况并不是这样。

现实的情况是,人人都可以感到经济的力量很强大,游客——外来的观赏者以消费的名义具有了一种左右当地文化走向的力量。在游客进入一个异族的生活空间之前,已经有了一个期待。这种期待不是基于对别种文化的真正理解,而是出于一种想象,并且希望那个文化能够符合自己的想象。因为经济的考量,当地政府和能从旅游业中获益的老百姓会因此被驱动,来分解自己作为一个整体的文化,放大甚至改写那些符合同时作为外来者与消费者想象的部分,提供出来,使资源转化为收益,而另外一些部分,就被有意无意地遮蔽。于是,自在的文化越来越具有表演性。适于表演与展现的部分,不断生长,而不适于表演与展现的部分就被遗忘。年深日久,这个文化就被重新改写与塑造了,而且是在文化保护的名义之下。我想,这种现象不只是藏族文化所面临的窘境,也是其他处于弱势的文化所面临的普遍状况。

我在很多地方旅行,发现那些经过改编与修饰的民间歌舞,已经从那些表演性的场所重返乡间,覆盖了更民间更朴素的那些真正的民间歌舞。而那些被覆盖的本是那些经过美饰的东西的源头。这是一种文化的消失。在中国,这种消失并不如西方一些人所想象的是出于一个巨大的文化灭绝的阴谋,而是一种因应了经济全球化而自发进行的过程。因为每一次微小变化的驱动力,都来自在全球几乎完全相同的旅游业运行模式中,源于最大限度博取游客的欢心的惯常做法。这些惯常做法的重点就是让游客的欢心转化为实实在在的金钱。

有文化的人——不,我看还是说受过些教育的人更为准确——喜欢空洞地侈谈文化。在前面说到的那个会上,中韩两个国家的作家坐在一起就谈了好多文化,而且,谈得都很正确。一方面拥护全球化,一方面呼吁保持文化多样性,然后,坐上旅游公司的大巴士去到异族人的草原。到达湖畔时,许多人以湖泊草原作为背景照相。这时,虽然不是节日,但几个穿着节日盛装的藏族小姑娘出现在游人中间,她们就是附近那些放牧牦牛与绵羊的牧民的孩子。她们来提供一种消费,和游人一起照相。每当有满载游客的大巴士停下,她们就出现了。她们当然不知道新来的这一车是一群作家,但知道这些人和以前的大巴士载来的那些人一样,希望在照片中除了美丽风景,还有异族人的身影相伴。所以，十来岁的孩子用熟练的汉语和不熟练的英语与想跟她们合影的人严肃地讨价还价。然后，再换一副天真烂漫的笑容与达成交易的游客一起合影。我的一些同行就这样留下了与她们在这个湖畔的倩影，因为他们的职业与名气，其中有些照片，将来某个时候还可能发表在报刊或网上。我旁观着这热闹场景时就想，这些小姑娘用很不文化多样性的方式在外来者的照片中"表演"了一次文化多样性。没有人强迫，每一辆旅游车停下，来自世界各地不同国度的人们走下车来，她们就把这种收费的表演重复一次。我很注意那些照相的同行们在这个过程中的反应。我想，好多人已经忘记了我们在城市酒店的会议厅里说过的那些话题，他们不再说文化了，也不再深究这种消费与被消费的循环往复对文化的意味了。只是有人抱怨这些小姑娘要价太高了，抱怨本该淳朴的民族，本该天真的小姑娘怎么变得如此势利了。

其实，即便深究又有什么用处呢？

就在这个场景之外，还有很多事情变化了。这些变化让游客不喜欢，比如：牧人不再天天骑在马上，他们发现骑着摩托车放牧显然更轻松自在；他们用拖拉机犁地，用收割机收割成熟的小麦；只要经济能力允许，他们还推倒那些样式与功能延续了上千年的房屋，新修起功能更齐备，居住起来更舒适的，但与外部世界的房子更相像的房子。当整个民族文化不能孕育出富于建设性的创造力的时候，弱势的民族就总是在通过模仿追赶先进的文化与民族，希望过上和外部世界那些人一样的生活。

当全球化的进程日益深化时，这个世界就不允许有封闭的经济与文化体存在了。于是，那些曾经在封闭环境中独立的文化体缓慢的自我演进就中止了。从此，外部世界给他们许多的教导与指点，他们真的就拼命加快脚步，竭力要跟上这个世界前进的步伐。正是这种追赶让他们失去自己的方式与文化。

局面所以如此，难道不正是全球化过程中，那些坐着火车来，坐着飞机来，坐着旅游巴士来的外部世界的人们促成了这样的变化吗？这个游客可能是一个政府的公务员，难道不是其所供职的政府所倡导的政策导致了这种变化？这个游客可能是某个跨国公司的雇员，难道不是跨国公司的运作模式导致了这种局面的出现？这个游客也可能来自某一所大学或研究机构，难道不是这些机构所提供的相互矛盾的思想让人左右为难？

从强势的外部世界来的人看到这种情形总是感到失望，他们会说，我们只是要你们学习我们的政治文明与经济文明，文化上你们应该保持住自己的东西。但究其根本，这不过是一些把观赏异族文化作为消费行为的消费者的抱怨罢了。

大部分时候，我们讨论文化都是假定其能独立于政治、经济的运行，其实，文化从来不能独立于这两个强大存在。我想，上面所举并不是一个孤立的案例，这样的情形并不只是发生在中国。今天的中国人也去外国旅行。我自己就曾在夏威夷考察当地土著的生活，在南美洲探访印第安人，无论在哪里都可以感受到，文化，或者说文化的一部分如何被强势的政治体制与经济形态按照需要重新塑造并加以呈现。

我这样说，可能要让很多人不高兴了，认为我反对保持文化多样性，认为我反对保持自己的民族特性。我完全认同文化应该多样性的观念，只要基于一个人的基本归属感，不需要什么理论也能深知不同的文化自有不同的历史与价值，如果自然发展，更为人类的未来发展提供不同的可能性。但文化从其产生那一天起，就从来没有独立于经济与政治，甚至是经济与政治活动的一个直接结果。我作为一个写作者，热爱自己民族的文化。但一个已经在历史进程中处于弱势的民族，其文化已经不可能独自在一个封闭环境中自我演进了，不然，我也不可能讲着这样的语言，站立在这个讲台之上。可以肯定这首先不是因为文化的变化，而首先是拜经济全球化所赐。我来到此地，当然是因为不同族群不同国度间文化交流的需要，但根本原因还是由于图书出版作为一个产业运作而提供了这个可能，正因为有书展这个图书交易平台，我才能站到这个讲台上说这么一些话。这么说来，我自己就是全球化的一个结果，不然，以我对知识的兴趣与天资，此刻应该在西藏的某个寺院里研习佛教经典吧。

作为一个作家，我不会空谈文化多样性，我也不知道如何在宏观的层面上保持弱势民族的文化特性，使这个世界成为一个文化基因特别丰富的世界。我所能做的，只是在自己的作品中记录自己民族的文化——在全球化的背景下，她的运行，她的变化。文化在我首先是一份民族历史与现实的记忆，我通过自己的观察与书写，建立一份个人色彩强烈的记忆。我常常感到，文化在似是而非的空谈中被架空，被悬置。如果情况不是这样，而是每一个人设身处地，都来做一点具体的事情，都来把正被高度发展的商业作为产品的文化，往文化的本体，往文化的整体性方面矫正一点。也许，有一天，当经济全球化的推行者们意识到这种模式强加给了弱势文化怎样的戕害，愿意使全球的文化真正恢复多元而且平等的格局时，我们的文化基因库里还有足够的储存，作为恢复这种格局的有价值的资源。在这方面，我不是一个乐观主义者，因为这种局面的出现，需要那些主宰并导引着这个世界前进方向的人们的觉悟。而历史经验告诉我们，人的觉悟是多么艰难。今天，全球性的经济危机，正是资本的无止境的贪婪所致。资本贪婪时，连普通百姓的生计都抛之于脑后，还遑论什么文化的保护。所以，我对文化多样性的悲观其实是源于对人性的悲观。

但是，即便是最为悲观的人也会对这个世界怀有一些美好的期望，所以，我也对不同文化间彼此平等，弱势文化真正被尊重，抱着一份美好的期待。尽管我知道，这种期待其实相当渺茫。

地域或地域性讨论要杜绝东方主义

——在第三届中澳文学高峰论坛上的演讲

每当我在旅行之中,无论是以一小时几公里的速度穿越一片荒野,从一个村庄到达另一个村庄,还是乘着航空器,以一小时几百公里的速度飞越岛屿星列的大洋,从一片大陆到另一片大陆,我都会观察和琢磨地理学意义上的"地理"。一块被冰川从高处山峰搬运到谷地中的孤独的岩石,海洋中的一座岛、一片陆地刚刚出现在视野中时,陆地伸入海洋的岬角,那些被海浪拍击的海岸,都是一个旅行者醉心关注的天造地设浑然天成的美感。

但我知道,今天我们在这里讨论的"地域"这个概念,并不是一个纯地理学的概念。"地",在中文中是大地,是地理。而"域"这个字,却不只是地理,而是具有文化意义的某个范围。决定这个范围的,是生活在那个特定区域之内的人的社会,是族群,是文化,是某种生产方式与社会组织方式,甚至是某种特定的意识形态。因为这个"域"的存在，完整的地理上便有了种种人为的界限。

地域，便成为特定政治的、经济的、文化的空间，置身其上的便是国与族的存在。正由于此，不同地域既可以是一个交互的空间，也可以是人为划定的意识的疆界。也是因为这个原因，在我们的文学表达中，关涉地域时，除了极少数的文字是关于纯粹的地理存在外，大多数文本所呈现的，其实便是那个特定地域中的人群物质与精神生活的双重构建。从古到今，很多的作家，都对自己所生活的地域进行着不倦的书写。这些书写，为我们呈现了那些地域中的某种现实，成为我们的文化记忆。值得注意的是，由于地域的书写往往与特定的国或族的意识相关，在这种情形下，由于政治的，或者写作者自身献身国或族的意识构建的热情，地域性的书写往往也会加入意识形态的合唱，而失去文学家本该具有的基本立场。用萨义德的话来说，就是书写者因此失去把个人的或局部的危机普遍化地与整个人类命运相联系的愿望与能力。

文学当然是无从离开地域的，因为地域本身就是一个题材，同时也是一个意义的空间。当一个书写者进入这个特定的空间，就会听到来自不同方向的呼喊。这些呼喊是一种祈求，也是一种命令。来自内部的呼喊是：说出我们！你是挑选出来的代言人，说出我们！而我们是什么？我们是这个地域上的全体吗？往往不是。那些对你用祈使句说话的，其实只是这个全体中的少数，是这个全体中那些掌握话语权与其他权力的少数——我们这个社会每一族群中，总有优越感十足的人把自己当成全体的当然代表来对我们发出种种指令。同时，当我们进入某种地域性的写作时，也会听到来自外部的强烈的声音，这个声音同样也是优越感十足，专横却意识不到自己的专横。这个声音是说：来吧，说出你们！说出你们！说出不一样的你们！

本来，身在某个地域而写出这个地域，是一件自然而然的事情，因为人必须在某种空间中活动，要写人的活动，就必然写出那个空间，人也必须依存于某个族群或文化，写出这种相互依存的关系自然就写出了那个社会与文化。但是，这样一件在文本建构过程必然会发生的事实，在大多数情形下，并不被人们特别注意与讨论。因为，地域作为一种显性的空间，一种隐形的疆界，只是文本的一个背景。当我们对存在于那个背景之上的人生与社会内容有忠实表达的时候，这个背景也会自然浮现，而且并不需要特别强调。但是，当这种书写不是发生在文化中心，而是转移到那些被视为边疆的，被视为蒙昧世界的地带时，书写的对象变为某个少数族群的时候，人们却会有意无意间开始强调地域这个概念。这时，地域或者地域性其实已经带上另外的意思。这时，它的意思已经悄然转换，变成了"异域"。

这个"异域"，正是萨义德所指称的东方主义的两个特征之一。

我二十多年的书写生涯中所着力表现的西藏，正是这个世界最乐意标注为异域的地区。当我书写的时候，我想我一直致力的是书写这片蒙昧之地的艰难苏醒。苏醒过来的人们，看到自己居然置身在一个与其他世界有着巨大时间落差的世界里，这也是这个世界与其他世界最关键的不同。面对这种巨大的落差，醒来的人们不禁会感到惊愕，感到迷惘与痛楚。他们上路，他们开始打破地理与意识的禁锢，开始跟整个世界对话，开始艰难地融入。当我开始写作的时候，就非常明确，作为一个写作者，最大的责任就是记录这个苏醒的过程，这个令人欣慰，也同时令人倍感痛苦的过程。因为当今之世，在这个星球上，任何一个偏远角落，任何一个无论用了多长时间将自己封闭在过去时代的族群，最终都必须面对这个世界。如果你不打算面对，外部的势力也会用强力逼迫，大声呼喊着，让你融入这个世界。早在20世纪初叶，英国人就从当时的英属印度出发，以大炮和刺刀开路，直接进军拉萨，强迫当时的西藏地方政府建立商道，与外部世界交换商品，架设电报和电话线路，和外部世界交换信息。正是从那个时候开始，西藏打破长达千年的中世纪的迷梦，就算不是全体，至少有一部分先知先觉者，开始艰难寻路，寻求通往新世界的道路。我充分意识到，我所要做的，就是这个过程的一个敏锐感受者的同时也是一个忠实的记录者。

我以为这样的行为在这个世界是会受到欢迎的，但二十多年的写作实践告诉我，情形并不真是这样的。

我发现，正因为这特别的地域，我的书写会受到意识形态和消费主义的双重挤压。而这种挤压的思想根源正是基于东方主义的先验的规定性。

我清楚记得，当我第一次在美国出版我小说的英文版，那时，我的英译者、经纪人、出版社都抱着巨大的热情与期待，但书一上市，就传来不好的消息，因为这样的书写并不符合一些人关于西藏的先验的想象。这些人不是普通人，而是人类学家，是宗教学者。这些人甚至感到愤怒，因为那些现实的书写颠覆了他们对于西藏的规定性，没有把西藏写成一个祥云缭绕的宗教之国，一个遗世独立的香格里拉。我特地研究过西方人对于西藏书写的变化。在20世纪50年代以前，关于西藏的书写其实还是相当客观的，那就是写西藏的自我封闭，写进入西藏是如何艰难，进入以后看到的社会生活又是多么蒙昧与残酷。但是，到50年代以后，这种书写开始发生有趣的变化，西藏开始被美化，被越来越多的文字描绘为一个上师们导引着人们一心向善的精神高地。所以，我不得不说，这种现象的出现，其实是出于意识形态的敌意而进行的有意遮蔽。

而今天的消费主义文化更没有兴趣去追究生活的真相，我甚至在欧洲某国这本书的朗诵会上，遇到一个妇女郑重告诉我，她不同意书里头写到了对人施用刑罚，原因就是："那里是西藏啊！"

对于这个世界上的很多人来说，也许西藏这个地域真是具有某种不可思议的魔力的，不然，怎么会有那么多人面对此地时就会采用一种不学理不现实的态度？这是否也是因为某种强烈的意识形态的支配呢？

在当今世界的文化格局下，尤其是在消费趋向上，这个世界上的后发展地区——比如我自己的文字所一直表达的青藏高原，会自然被那些自以为取得了中心位置的文化中人用来在这片原始地域中，去寻找一种自己生活中所稀缺的特质。他们已经政教分离，但希望这个世界上还保存一种宗教地区的样板。他们已经发展出一种在社会组织和科学技术方面都非常复杂的现代文化，而希望在这个世界上有一群人杜绝与牺牲现世生活而保持一种简单的"神性"的虔诚。这种文化消费心态，在中国这个国家内部也是普遍存在的。这种消费心态，就是总要把青藏高原这个地域当成整个现代文明世界（包括那些努力走向现代文明世界的世界）的一个已被默许的例外，把这个地域的地域性先验地设置为现代文明世界的一组反义词。如果正面是复杂，那反面就是简单；如果正面是庸俗与卑下，反面就是纯洁与崇高；如果正面是世俗，反面就是宗教。其实那些地方的人本有着自己的宗教，偏要舍近求远，去别处寻找。

我们应该记住苏珊·桑塔格说过的话："认为现实正变成奇观，是一种令人诧异的地方主义。这是一小群生活于世界富裕地区的有教养人士看事物习惯的普遍化。在富裕地区，新闻已变成娱乐——这种成熟型的观点，是'现代人'添置的主要资产，也是摧毁真正提供不同意见和辩论的传统党派政治形式的先决条件。它假设每个人都是旁观者。它执拗地、不严肃地认为，世界上不存在真正的苦难。但是，把整个世界与安乐国家里那些小地区等同起来，是荒唐的——安乐国家的人民拥有一种奇怪的特权，既可做，也可拒绝做他人的痛苦的旁观者。"

我只是希望，当我们从文学的立场出发，讨论地域或地域性这样的问题时，首先得祛除东方主义的魅惑，这既包括西方对东方的东方主义，也包括东方内部此一地域对彼一地域、此一文化对彼一文化的东方主义，地域才能首先还原成真实的地理，并在此基础上，进行基于同样标准的关于地域性的认真探求与追索。只有这样，不同的地域与文化间才能进行真正的关注与交流。

也只有回到没有文化或意识形态偏见的立场上，讨论地域与地域性才有真正的可能。也只有这样，我们的文学表达才会有被真正当成文学的可能。

文学和社会进步与发展

——在罗马亚非学院中意文学论坛上的演讲

在电脑上敲下这个题目的时候，我自己差点哑然失笑。但我还是乐于来做这个由论坛命题的演讲。

所以差点失笑，是因为乍听之下，这个题目属于经济学家或工程技术专家，只有他们才心甘情愿把自己紧缚在隆隆前行的时代列车之上。这辆列车由技术与经济的力量推动，前行的速度越来越快。而我这样的人，在这辆风驰电掣的列车上时常会产生失重之感，眩晕，不适，想半途下车，想看清楚因为速度太快而从眼前一掠而过的那些景物与图像，更想看清楚，是不是有人在铜管乐队高奏的进行曲声中，被前进不已的时代落下了。但是，大多数时候我们还是留在车上，即便偶尔在某个中途站点下车停留盘桓一阵，好像也不是为了离开，而是为了等待另一条路线上的列车疾驰而来。

所以如此的原因非常简单，因为在中国这样一个东方国度，一个曾经深受那些在某个历史时期走在了前面的国家或大公司所剥夺、所伤害的国度，每一个人都有与生俱来的落后恐惧症。这种恐惧症曾被一个英明的政治家总结成一句非常通俗的话："落后就要挨打。"

这是一句被所有中国人高度认同的话。

虽然说如今是民主观念大行其道的时代，但真正的实行还是在单一国家的某些政治实体的内部，而超越出这个尺度时，"落后就要挨打"还是世界政治格局的一种真实写照。中国人也将此理解为对个人境况的一种描述。从很遥远的古代起，中国的知识分子常常把"国家"这个词的构成调换一下位置，叫作"家国"。大多数时候，他们并不是要强调先家后国，而是家在国中，家赖国存的意思。如此一来，社会的进步被视为个人生存与发展的前提也就顺理成章了。

我们成长于这样一种文化中间，历史的经验也强化着这种差不多是与生俱来的观念。所以，作为一个中国作家，非但不会自外于社会的进步与发展，而且会把自己所得到的种种发展机会，包括越来越充分的文学表达的可能性，视为社会进步与发展的一个结果。

作为一个中国的少数族裔的作家，这种经验无疑更加牢固。

我们的父辈，或者再上一辈，除了自己生存的那一方小小的土地，对广大的世界一无所知。就在五十多年前，我家乡深山中的一个部落首领，还问一个代表中央政府的官员："中国大，还是我的领地大？"

这个部落首领不过统辖着一片两三千平方公里的山地，和这块山地中生活的几千更加蒙昧的子民，但他还是很骄傲地向中央政府的官员发问"中国大，还是我的领地大"。在社会的闭锁没有松动以前，这个部落就是我的部落，这个人天生就是我们部落中最为英明、最为伟大、最为智慧的人。

如果这种闭锁的社会没有被打破，那么，我今天最大的可能就是替世袭了这位首领位置的他的后代，放牧一群羊。我所熟悉的就是我的爷爷、我的外公他们也非常熟悉的几座雪山，一条河流，和这些雪峰与河流之间的那些高山牧场。如果我运气再好一些，那么，可能出家成为某一个寺院里的一个喇嘛，除了熟练地诵读一些经文，我的所知也不会更多。至多是因为不用出汗劳作，而产生出一种虚妄的高贵之感罢了。

所以，我肯定是一个对社会进步与发展抱持着赞赏态度的人。

前些年，我的一本书在美国出版。不久后，出版社给我来了一封信，说一个美国的人类学家对这本书感到失望，不只是失望，简直就是愤怒。因为他看到一个在过去时代里长期固化的文化标本产生了变化；而作为这个标本中一个微小的构成的人，非但没有对此强烈抗议，竟然还对这样的变化表示了赞许。

我的回应很简单。我希望持这种论调的人复苏一个人最基本的"理解的同情"。最简单的方式就是两个人互换一下位置。这个人来做我，我来做他。如果他如我一样来自一个蒙昧已久的社会，而到这一代人时，他们面前终于出现了种种新的可能性，我会替他庆幸。或者，让我的儿子去美国做教授，让他的儿子到西藏放羊。这个世界，不同的人，不同的国家，都有发展与进步的权利。而不是基于某种叫作"文化"的理由，任一些人与国家时时进步，而要另外一些人与社会停滞不动，成为一种标本式的存在，来满足进步社会中那些人对所谓文化多样性的观感。

从纯理论的角度出发，我也是一个文化多样性的拥护者，也非常强烈地希望在社会进步的同时，传统的文化能受到更多珍视与传承。可是，发轫于西方并席卷全球每一角落的全球化，并不只是一场跨国跨洲跨文化的经济洪流，同时，它也是政治的，更是文化的。全球在同一种经济规则与政治规则下总体运行的构想，就来自一种对进步与发展高度迷恋的文化。这种文化造成的结果，就是这个世界没有人敢停下脚步，包括创造了这种文化的文化中的那些人。这种取得了种种优势，包括道德优势的文化来势凶猛，迫使所有文化都来参与"对话"。这种对话，唯一的结果就是弱势的文化被"说服"。今天在这里，我也是来"对话"的，但我的意见会真正被倾听吗？所以有这样的疑问，当先行的文化给这个世界规定了统一的标准，还有文化能真正自外于"进步"，而遗世独立吗？

近百年来，一代代中国作家都在呼吁，赞许社会的进步。

还有相当多的人身体力行,传播社会进步的思想,积极参与推动社会的进步。其中,创造了新的白话文学的最优秀的那些作家,大多数都是先在西方接受了教育,然后,回到自己的国家,以在西方接受的种种思想观念来观察中国这个停滞已久的社会。他们都无一例外地支持社会的变革,渴望社会的进步。

甚至中国近代的革命,也首先始于文学方式的革命——语言的革命与内容的革命。虽然这些发起文学与思想革命的作家们,分属于不同的政治阵营,各自秉持不同的政见,也就是对社会发展与进步路径的看法不同,但不会有人反对发展与进步。我们甚至可以说,自近百年以前的新文化运动以来,中国作家就是这个国度里最为追求进步的一群人。作为他们的后辈,我们这一代作家身上自然流淌着他们的热血。

如果说我们和前辈有所不同,那就是当中国在政治上获得了真正的独立,经济上也取得了超乎寻常的发展,我们不会再一味呼唤与期待进步,也不再一味为每项具体进步而欢呼,而是把注意力更多地转向在这个高速发展过程中产生的种种问题。

历史地看,从由哥伦布们开始的大航海时代以来,这个世界上一些国家与族群的进步与繁荣的前提,是另一些国家与族群被剥夺与牺牲。同样地,即便是在一个国家、一个民族的发展过程中,在其社会的内部,大致相同的情况还会上演。那就是国家以大多数人的利益为理由,而忽视一些个人的权益。进步的时代,也会有悲剧产生,那是个人的悲剧——没有搭上飞速前进的时代列车的人的悲剧,或者是不能适应高速运行速度的个人的悲剧。有些时候,这样的悲剧甚至是群体性的,一些少数族裔,一些特殊的社群,一些地区,都可能被作为进步的"代价",被忽略,被遗忘。

我的长篇小说《空山》,就表现了城市化进程中,乡村的破碎与牺牲。

这种破碎是伦理的、文化的、环境的,更是关于人心的、情感的。在社会进步的同时,失去稳定的社会,人们情感的荒芜,以及对个人命运失去自主,都让我们不再对社会进步一味保持乐观肯定的看法。

作为作家,有责任提醒这个社会,真正的进步是所有人共同的进步与发展,也有责任使公众注意,真正的进步不只是经济与技术的,更应该是政治与文化的。历史地看,假进步与发展之名,一些国家与民族被剥夺;现实地看,一些民族与国家的进步,并没有充分地从历史中获得经验,而是继续以进步与发展的名义,牺牲环境,牺牲一些特定的人群。一个作家,特别是一个后发国家的作家,在赞同并参与社会进步发展的同时,有责任用自己的写作提醒这个社会,进步与发展,不能再是社会达尔文主义式的胜利。无论是个人还是文化,都应该被珍视,被"同情的理解"所观照。

当然,这样的局面的出现,还只是一部分人的理想。但毕竟,我们已经怀抱有这样的理想。

一个中国作家的开放与自信

——就从翻译谈起

就我个人而言，对翻译的感情可能更复杂。

在每一部关于中国抗战的电影电视剧中，几乎都会出现一个翻译。他们穿着中国的便服，戴着日本的军帽，传达的也总是来自侵略者不祥的消息。我从刚刚看得懂故事的时候开始，耳濡目染的就是这样关于翻译的漫画式形象。这自然是创造性疲软、思维习惯性懒惰造成的后果。众所周知，翻译不都是这样的。早在我少年时代的生活中，就已经熟悉另外一种翻译。那时，我生活在一个以嘉绒语为日常语言的村庄。人们用这种语言谈论气候、地理、生产、生活，以及各式各样简单或复杂的情感。当然我们还用这种语言谈论远方——那些我的大部分族人从未涉足的，却又时时刻刻影响着我们生活的远方。我所讲的这种嘉绒语，今天被视为一种藏语方言，而很多远方的人群却讲着另外的语言。近一些是藏语里各种方言，远一些是不同的汉语。在我的家乡，人们的确把汉语分为不同种类。前些年，一个老人对我谈起我的爷爷时说，那是个有本事的人，他会讲两种汉语，甘肃的汉语和四川的汉语。除此之外，还有电影和收音机里时时响起的普通话。那时，我们一个小小的村庄里就有着不同程度地操持别种语言的人，有他们在，两个或更多只会一种语言的人就可以互相交换货物，交流想法。这些会别种语言的人，往往还能带来远方世界更确实的消息。在我少年时代的乡村生活中，这些会翻译的人形象高大，他们聪明、能干、见多识广。那时，我还没有上学，但我已经有了最初的理想，就是成为一个乡村的口语翻译家。

后来，村子里有了小学校。我开始学习今天用于写作的这种语言。我小小的脑袋里一下塞进来那么多陌生的字、词，还有这些字词陌生的声音。我呆滞的小脑袋整天嗡嗡作响，因为在那里面，吃力的翻译工作时刻在进行。有些字词是可以直译的，比如"鸟"，比如"树"。但更多的字与词代表着陌生的事物，比如"飞机"。还有那么多抽象的概念，比如"社会主义"和"共产主义"。在我那建立在上千年狭隘乡村经验的嘉绒语中，根本不可能找到相同或相似的表达，这是我最初操持的母语延续至今的困境。即便这样，我也骄傲地认为自己正在成长为一个可能比以前那些乡村翻译更出色的翻译家。

是的，当我在年轻时代刚刚开始写作的时候，我觉得自己不是在创作，而是在翻译。这使得我的汉语写作，自然有一种翻译腔。我常常会把嘉绒语经验世界中的一些特别感受与表达带到我的汉语写作中。当小说中人物出场、开口说话时，我脑子里首先响起的不是汉语，而是我的母语嘉绒语，我那个叫作嘉绒的部族的语言，然后，我再把这些话译写成汉语。当我倾听故土人物的内心，甚至故乡大地上的一棵树、一丝风，它们还是用古老的嘉绒语发出声音。自然，我又在做着一边翻译一边记录的工作。刚刚从事这种工作的那些年，有时，我会忍不住站到镜子前，看看自己是不是变成了电视剧里那些猥琐的日军翻译官。还好，这种情形并没有出现。我在镜子中表情严肃，目光坚定，有点像一个政治家即将上台发表演讲的那种模样。

20世纪80年代，我和这一代作家一样，开始了贪婪的阅读，其中绝大多数是翻译文学。从乔叟到爱伦·坡，从托尔斯泰到马尔克斯，从惠特曼到聂鲁达，从庞德到里尔克。一度，他们的经验显得比杜甫和苏东坡的还要重要。我们记得那些作家诗人名字的同时，也记下了一些翻译家的名字。他们把整个世界带到了一代不懂外语的中国作家面前，使我们得以从一开始，就以歌德所预言的那种世界文学的标准书写自己的故事与经验。虽然，这些年有一个来自歌德故乡的汉学家总在说，不懂外语的中国作家不可能成为世界文学的一部分，并引起了作家的愤怒。但这对我没有影响。因为从我写作的那一天起，我就只想尽力成为一个好作家，而不是某一民族的、某一国度的作家。自然，也没有想过怎样使自己成为一个世界的作家。

中国的新文化运动最具价值的工作之一,就是大规模的翻译。通过翻译新的思想、新的知识、新的表达而全面刷新了中国人的精神世界。甚至汉语这种语言从文言文到白话文的嬗变,新的词汇、新的语法、新的修辞,也是借翻译之功才得以完全。

更早一些,从东汉到唐几百年间持续不断的佛经翻译也极大地改变了汉语的面貌,丰富了汉语的内涵与表达。从新文化运动以来的表达中,中国文化总被描绘成一个封闭的系统。而正是大规模的翻译突破了这个一度高度闭合的系统。今天,随便走进中国任何一家书店,一座图书馆,外来图书之多,也许其他任何一个国家都难以比肩。翻译图书的数量与在图书总量中的比例,也不妨看成是一个国家、一种文化开放程度的可靠指标。

仅就文学来讲,没有翻译,世界文学的版图就难以完善。而中国现当代文学的成就,如果没有翻译的推动,也是根本不能想象的。所以,我对翻译这个事业,以及翻译家这个职业,是信任与尊敬的。

但我又不得不说,这种对翻译的依赖与期许是在阅读各种汉译作品的过程中建立起来的。而今天,我们要做的工作,就是推进汉语文学作品的对外翻译,一种我们已经习惯了的那些翻译的反向翻译,一种文化输出。在中国人看来,这是一件自然而然的事情，是一件向世界敞开、与世界对话的努力，是到一定阶段就必然会发生的。之前，通过持续不断的翻译，我们知道了整个世界；现在，这个翻译要扭转一下方向，把汉语译成各国语言，也要让世界知道中国，了解一点中国的文化，中国的人民，中国的事情，中国人的情感与心思。这是近几年来中国文化走出去的一种努力。这十几年间，我也有少数作品被翻译为十多种语言，在国外发行。我随着这些书出国，而不仅仅是作为一个好奇的游客，这当然是一个令人欣喜的过程。但当最初的兴奋过去，我也感受到中国文学的翻译可能并不像自己最初所期待的那样，一路都是友善的鲜花与掌声。因为有各式各样的汉学，也有各式各样的翻译，这是一个复杂的存在。我的情形更特殊，我还会遇到藏学。我常常遇到这样的情景，说藏学不是汉学，所以用汉语写出的藏族社会，也不是真正的这一民族的文学。

记得我第一本书在美国出版时，翻译和出版方都抱着很美好的希望，但书刚上市，就遇到了认为旧时的藏人社会是人间天堂的藏学家。他反对写出这个社会的残酷与蒙昧，人们痛苦的挣扎。这样的人在西方社会很有能量，令翻译和出版方感到担心与忧虑。也是在一个西方国家，我被一个翻译带去参观一座藏传佛教寺院。其实，这位翻译是要带我去看一个关于中国藏族聚居区的展览。展览的是青藏高原上比较简陋的乡村学校的照片。那位翻译这么做当然有他的用意，他还特意问我有什么感觉。我问他：这些学校的面貌确实让人感到汗颜，但青藏高原上还有很多像样的学校，为何没有展出？另外，这些把寺庙盖到外国来的人，他们统治青藏高原的时候，竟连这样简陋的学校也没办过，那么他们基于什么样的道德感来办这个揭露性的展览？最后，我告诉这位翻译，我今天之所以能从事写作，并因为写下这些文字而来到他的国家，正是拜我的小村庄开天辟地出现的那所简陋的小学校所赐，让我可以在两种不同语言间不断往返穿梭，重新建设我们精神的世界。那样的小学校培养了我对语言魔力的最初体验。如此这般把它作为一种政治工具，在我看来，不仅不是起码的尊重与理解，更是一种挑衅。

翻译不只是一件匠人般的技术工作，虽然这个工作天然地包含了巨大的技术含量，翻译也跟意识形态、文化观念密切相关。而被翻译，其实也是一个被衡量、被挑选的过程。尤其是发生有关中国文学的权衡与挑选时，尤其是有关藏人这个族群的文学表达时，可能也并不完全是基于文学本身的考量。虽然我依然愿意自己的文字可以传播到更远的地方，但同时我也知道，这条道路上我们遭遇的并不都是同情之理解，还会充满艰辛。

我所以这样说，是因为这些年也看到被翻译的诉求在某种程度上可能会影响到中国文学的面貌，可能在某种程度上影响到文学创作的初衷，而使其去扮演某种角色。翻译成外语的中国文学图景与中国文学本身并不真正吻合。我当然对那些翻译过我作品的朋友们充满感激，但我也不打算试图因为应对翻译的挑选而改变自己写作的初心与路径。其实，无论是文学创作还是翻译，都是有关不同文化不同族群不同语言间的相互的理解与沟通，按佛教观点讲，这就是一种巨大的善业。但中国文学在被翻译过程中还得准备好接受种种非文学的挑战与考验。在我的嘉绒母语中，把翻译叫作有两条或两条以上舌头的人。在更遥远的古代，一个把大量佛经翻译为汉语的外国翻译家鸠摩罗什，也说翻译就是用舌头积累功德。今天在中国西北的一个地方，还筑有一个高塔，人们相信，塔下就藏着鸠摩罗什的舌头舍利。

今天，在这个确实存在着不同的意识形态的世界上，一方面我们热切地期待着走向世界，一方面也要警惕来自外部的意识形态对我们的文学可能造成的伤害。而翻译家们如果能够坚持基于人、基于文学的那些最基本的原则，向世界介绍中国的作家与中国的文学，也会在人类交流史上造成一个巨大的善业。

而在我看来，一个中国作家，也只有书写了真正基于中国人感受的文学，书写了基于汉语这种语言，并对这种语言有所创新，有所丰富，有所发展的文学，其作品才有可能成为真正的世界文学。

文学表达的民间资源

——在中央民族大学等高校的演讲

很长一段时间了,我必须不断地谈《尘埃落定》,这个来自越来越遥远时间的一个部族集体记忆深处的故事。谈主题,谈文本,谈语言,谈作为背景的社会与政治,谈有些哗众取宠的趣闻逸事。这是我被引导着进入自己作品的规定角度,也是在大多数情况下,我们试图进入一部作品时最方便的门径。但这种方便法门,并不总能让我们顺利地登堂入室。与此同时,一些特别的门径完全被忽略了。对某些作家来讲,这种忽略可能致使其不能完全地进入真正的文学状态。这种错误的另一个结果可能是,一部作品找到了很多读者,却找不到一个能做出恰当诠释的批评家。

在我看来,好些非常有名的、被很多人诠释过的作品,都面临着这样的尴尬。最著名的两本书,是两个得诺贝尔奖的作家的代表作。一本当然是马尔克斯的《百年孤独》,一本是莫瑞森的《宝贝》。我不知道这两本书在西班牙语和英语的语境中是怎样被批评的,但我知道,这两本译为中文已经很长时间的书,在中文的语境中是被怎样批评与言说的。这些批评与言说,如果只是批评圈子里的自说自话倒也罢了,但这些批评的结论与得出结论的方式,往往影响到很多读者的阅读方式,也影响到许多写作者的路径取向。

比如莫瑞森小说中的差不多无处不在的鬼魂,它是怎么在这部小说中出现的?它为什么会出现?仅仅是作家有意设置的烘托气氛的手段,或是赋予了特别意义的象征性符号?它最初的来源是否就是作家的灵感突至?至少在我看到的批评中,这些可能真正让人感兴趣的问题却在有意无意之中被忽略了。一些批评忙于揭示其中可能包含的美国社会矛盾和美国民主政治的虚伪,这其实和很多美国人诠释中国文学的方式如出一辙。也有一些批评则断章取义,把一部完整的作品为我所用,支持我论点的东西,便加以呈现,否则便让其永远沉陷在那束理论之光照不到的黑暗之中。我们看到过在黑夜的世界里,一束光如何照亮很小的一片地方,而舍弃了真正广大存在的景象。当今的批评中,这种景象实在十分普遍。

莫瑞森是一个非常杰出的作家,但在中国批评界与创作界中,她的名声远比马尔克斯要小。《宝贝》这部杰作也常常被忽略,而人人都能够谈的是《百年孤独》——从小说开头的那一句话,到书中那些光怪陆离的场景,再到纯政治性的对殖民主义的揭露与抗议等。而且,大家也都因此知道了一个词:魔幻现实主义。这个主义代表了一个喧闹的、多彩的、差不多随心所欲的、无所不能的文体。魔幻在这里的意思差不多与魔术相当。魔术可以引领我们逃避真实。

自《百年孤独》登陆并风靡中国以后，所有富于想象的作品，都面临被贴上一个魔幻标签的危险。我特别担心，那个遥远的、曾经十分喧闹的、令人匪夷所思的、已经重新陷落于记忆与雨林深处日渐朽腐的马孔多镇，会被中国文学当成所有超凡想象的唯一源头。

在当年的魔幻热潮中，我便开始琢磨马尔克斯和马尔克斯们是怎么开始魔幻起来的。于是读胡安·鲁尔福、卡彭铁尔、阿斯图里亚斯、富恩斯特等一系列的拉美作家，看这群人的想象为什么会发生集体性的爆发。在此之前，拉美大陆的作家只是用西班牙语写着一些西班牙式的小说。终于，这些急于摆脱旧大陆影响的人们，建立了自己独立的诗歌帝国。这个帝国的核心是聂鲁达。聂鲁达的诗歌王国的制高点《马楚比楚》，便是美洲大陆本土的印第安文化最辉煌高峻的圣殿。

这首诗也为我们解读整个拉美的文学"爆炸"提供了两条重要的线索：一条，来自欧陆的超现实主义文学的影响；一条，拉美本土印第安文化传统在西班牙语的拉美文学中的复活。

在拉美，这样两条在时空上相距遥远的意识之流奇妙地汇集到一起，产生出一条新的河流。这条河流在一个新大陆上，激情四溢地四处流淌，随时随地开辟出新的河床。我们应该看到，这样一种文学大潮的出现，既与来自外部世界的最新的艺术观念与技术试验有很大关系，更与复活本土文化意识的努力密切相关。但在大多数情况下，我们是把马尔克斯们当成一个孤立的事件来看待的。至少，从众多的评介文字中，我们只能得出这样的印象。拉美的文学"爆炸"就像关于宇宙起源的大爆炸假说一样，没有任何先决的条件，魔幻现实主义所受的超现实主义的影响被忽略了。而作家们发掘印第安神话与传说，复活其中一些审美与认知方式的努力则更是被这种或那种方法论圈定了界限的批评排除在视野之外。

从此，魔幻现实主义这样一个未必明了的概念便常常用来指称所有具有超现实因素的作品。这种简单化的方式，把整个拉美的"爆炸"文学等同于魔幻现实主义，魔幻现实主义又等同于马尔克斯一个作家，马尔克斯一个作家又等同于《百年孤独》这一部作品。就其从把复杂纷纭的事物变得简单与绝对这一点来说，我们的很多批评家应该改行去做"数学家"了。

当然，如果这仅仅是用以评介那些作品，我们也无话可说，但这种批评方式很快又蔓延到对中国当代文学的评介之中。新时期的中国文学从技术到观念，受了很多不同流派不同风格不同思想的作家的影响。这种影响往往是以重叠而交叉的方式发生的，这样复杂的影响方式在成功作家的成功作品中体现得特别明显。这句话用另一种方式来表达就是，一个只会模仿的作家绝对不会是一个好的作家。当今的批评往往用剖析模仿性作品的方式来对待那些富有创造性的作品。

即便我们要把中国作家所有的创新努力都算到模仿外国作家的账上,那么,一些具有异质感,有些超常想象与超现实场景的作品,也绝非对一个魔幻现实主义、一个马尔克斯的反复模仿那么简单。前面我已经提到了一张与马尔克斯同道的拉美作家的名单。虽然我见识不多,也还读过许多富于幻想性的作品。比如法国人埃梅,比如意大利人卡尔维诺,还有前面提到的莫瑞森(就读读《所罗门之歌》那富于超现实意味的开头吧)等人的作品。如果说到一些单篇的作品,我们至少可以提到卡夫卡的《变形记》,尤瑟纳尔的《王佛保命之道》。所以,我不知道是中国批评家偷懒只读了马尔克斯,还是如此一致地崇拜着马尔克斯。

也许,我们认为文学的想象到马尔克斯为止,所以,任何作家的作品出现超现实的场景都是在马尔克斯的香蕉园里"跳舞"。也许,我们认为超现实的现象、诗意的想象是魔幻现实主义的专利,所以,中国作家在这方面的任何建树,都侵犯了人家的专利权。

文学源流的梳理,自从有文学批评,有文学史以来,就开始进行了,而且积累了很多各有所长的方法。但是,中国当代文学得到的对待往往过于简单了。在这样一个境况下,如果有谁还盼望对另一个源头,即本族文化的源头与基因进行一些梳理与考量,那也会成为一个超现实的想象。刚才说过,马尔克斯们那种多彩多姿、喧闹不已的文体，有很大一部分，来自他们对印第安神话与传说的研究，其中包含了他们复活已经日渐湮灭的印第安文化意识的共同努力。在我看来，当下的一些中国作家也在做着同样的努力。

这里，我想谈谈自己的书——《尘埃落定》。关于这本书的真正批评不多，但就我看到的而言，多是做了一些源流上的大致梳理。所以，我就想避开这个路数，来谈谈这本书的民间文化来源。

这本书取材于藏民族中的嘉绒部族的历史，与藏民族民间的集体记忆与表述方式之间有着必然的渊源。当然我只能做一些感性的陈述，而不是理性的归纳。这一方面是由于我个人缺乏做理性归纳的系统的学术训练，同时，我也担心，过于理性的阐释会损伤感性表述的能力。

我也常常问自己别人常来问我的问题：这个故事是怎么来的？这个故事中的人物是怎么来的？为什么用这样的方式讲述这样一个故事？恰好借近段时间为人民文学出版社编辑文集的机会，检点旧作，重新梳理一遍自己近二十年的文学创作道路，也就从其中发现了一些端倪。

最近的一个例证，是一篇发表于1987年《西藏文学》上的短篇小说《阿古顿巴》（长江文艺出版社"跨世纪文丛"《月光下的银匠》收录）。阿古顿巴，是的，就是差不多每个藏族人都能讲几个有关他的故事的那个阿古顿巴。我不知道是哪个伟大的无名的民间艺术家最先创造了这个人物，但我知道，在漫长的历史进程中，在不同的地区，在不同的藏语方言中，无数的老百姓不断地添加着、丰富着这个人物的故事，使之成为一个代表了大多数人心愿与理想的人物，一个平凡的英雄，一个与占统治地位的强势群体相对抗的平民英雄。更有意思的是，在所有这些故事中，都没有关于阿古顿巴形象的正面描写。这一切促使我开始想象他是什么样子，什么样的出身，什么样的经历，什么样的性格，更主要的是，他因为什么获得了那种觉悟。于是，我在好奇心的驱使下写出了那个短篇小说。从最浅的层面上来说，是想为这样一个伟大的民间英雄造像，给他制作一份情感与思想档案，一份生活履历。在那篇小说中，阿古顿巴是较之居住于宏伟辉煌的寺院中许多职业僧侣具有更多的佛性的人，一个更加敏感的人，一个经常思考的人，也是一个常常不得不随波逐流的人。在我的想象中，他有点像佛教的创始人，也是自己所出身的贵族阶级的叛徒。他背弃了握有巨大世俗权力与话语权力的贵族阶级，背弃了巨大的财富，走向了贫困的民间、失语的民间，走到了自感卑贱的黑头藏民中间，用质朴的方式思想，用民间的智慧反抗。

或者，在写作《阿古顿巴》这个故事的时候，傻子的形象就呼之欲出了："阿古顿巴一生下来，就不大受当领主的父亲的宠爱……阿古顿巴从小就在富裕的庄园里过着孤独的生活。冬天，在高大的寨楼前面，坐在光滑的石阶上享受太阳的温暖；夏日，在院子里一株株苹果树、核桃树的树荫下陷入沉思。他的脑袋很大，宽广的额头下是一双忧郁的眼睛，正是这双沉静的、早慧的眼睛真正看到了四季的开始与结束，以及人们早以为熟知的生活。……'他就那样坐在自己脑袋下面，悄无声息。'"

在故事中，阿古顿巴四处漫游，他每到一个地区，"他的故事已经先期抵达"，"部落里已经有人梦见阿古顿巴要来拯救他们"。

他告诉人们，自己是阿古顿巴。

"人们看着这个状貌滑稽，形容枯槁的人说：'你不是阿古顿巴。'"

故事里的阿古顿巴甚至有可能成为先知式的人物，但他这个百姓的代言人最终却受困于百姓无止境的要求，也受困于绝望的爱情，最终还是成了一个孤独的、有些异禀的俗人。

这个故事是把民间流传的许多阿古顿巴的故事串联了几个而写成的。

《尘埃落定》出版以后，许多专业人士从西方文学传统中，从汉语言文学传统中，追溯傻子少爷这个形象的缘起。是的，不管我们属于中国这个民族大家庭中的哪一个民族，只要你用汉语进行创作，你就必须遵从汉语言的深厚绵远的传统，自然而然地，就要从这个传统中寻求启示和滋养。而从20世纪开始，又有许许多多的西方文学经典被翻译为汉语，于是，通过汉语这种伟大的语言，我们的文学视野扩展到了整个世界。我们说这是个资源共享的时代，我想绝不仅仅是指物质资源的共享，更为重要的是文化资源的共享。所以，我非常乐于承认自己通过汉语受到的汉语文学的滋养，也非常乐于承认自己受到的世界文学的影响。

一个令人遗憾的情况是，一方面西藏的自然界和藏文化被视为世界性的话题，另一方面在具体的研究中，真正的民族民间文化却很难进入批评界的视野。所以，阿古顿巴这个民间传说中的人物与《尘埃落定》中的傻子之间，那种若有若无的联系不被人注意，好像就成了一个命定的事情。

我曾经坚定地认为，作为一个写作者，不应该出来对自己的作品进行诠释与说明。但是，面临目前的情况，我不得不违背自己的原则，出来对这个故事，对故事里的人物的民间文化来源做一些说明。因为这不仅关涉对我的某一部作品的诠释，而且中国很多少数民族文学的作家作品都可能遭逢这样一个情形，至少，在我所接触到的有关藏族的作家作品的评说中，对民间文化影响的忽略应该说是一种广泛的存在。好像我们的知识之树越壮大，学科的分支越多，民间文化资源的开掘、整理与严格的文学批评之间的鸿沟就越巨大。两个学科的研究人员可能就工作生活在同一个机构，但在学问上完全可能老死不相往来。而创作实践中的我们，或者是我自己，却不能依据学科的分野来规划自己所创造的那个世界的疆界。我们可能就在这些学科之间的边疆地带获得很好的成长。

回到《尘埃落定》这部小说。在塑造傻子少爷这个形象时，我并没有很理性地告诉自己，为了一个生动的故事，为了一个能够超越一般历史真实与生活真实层面的故事，我需要一个既能置身一切进程之中，同时又能随时随地超然物外的这样一个人物。但当写作开始，小说的意义空间与情感空间逐渐敞开，我意识到了这样一种需要。这时，我想到了多年以前在短篇小说中描绘过的那个民间的智者阿古顿巴，憨厚而又聪明的阿古顿巴，面目庸常而身上时时有灵光闪现的阿古顿巴。在他一系列的故事中，他从来没有复杂的计谋和深奥的盘算，他用聪明人最始料不及的简单破解一切复杂的机关。

于是，我大致找到了塑造傻子少爷的方法，那就是大致与老百姓塑造阿古顿巴这个民间智者一样的方法。

我说大致，是我自信自己完全不必照搬这个模式，而应该有所创造与发展。

我的傻子少爷大部分时候随波逐流，生活在习俗与历史的巨大惯性中间，他只是偶尔灵光闪现，从最简单的地方提出最本质最致命的问题。因为人们习惯于复杂的思考，而在那些最简单的地方，却从未有人发言，所以，他的那些话便几乎成了真理。是的，情形就是这样。所以，我知道民间文化的精华是怎样被忽视，被遗忘的。而我生于民间，长于民间，知道在藏民族的日常生活中，强大的官方话语、宗教话语并没有淹没一切。在这里，我必须说，不是我开掘了这个宝库，而是命运给了我这个无比丰厚的馈赠。

至于说，从一个古老民间传说的人物到一个现代小说中的人物，在这个奇妙的过程中，发生了怎样的流变，怎样幻化，又怎样重新定型，这是一个复杂的理论问题。我相信在文学史上也应该存在着与之类似的现象，也有很多批评家进行过多方专门的探讨，并且希望这种有益的探讨能够继续下去。

《尘埃落定》引人注目，其中的一个重要因素，当然是因为傻子这个特别的形象，除此之外，这本小说的文体，准确地说，它讲述故事的方式也引起了较多的关注。我在文体上的成功，许多眼界开阔的批评家都正确而敏锐地指出了写作者从世界各国的书面文学中所受到的影响，也指出了我在此前的诗歌写作中所受到的比较纯粹的语言训练。但是，这种文体创造中所受到的民间文化的影响同样被忽略了。

这种忽略不是一种公正的现象。这不是对我的不公正，我从这本书中得到的好评与奖励与市场回报，早已超出了我的预期。这种不公正是对民间文化的不公正。所以，我觉得自己有义务来说明这种渊源。这种说明，既是对一种文体的来源做一个补充说明，也是对哺育我成长的母族文化表达深切的谢意。

在藏族普通百姓的生活中，书面文学的影响是极其微弱的。在漫长的历史过程中，书面文学深藏于寺院红墙之中，作为宗教传播的一种手段,被人为地神秘化了,远远地脱离了老百姓的日常生活。于是,一切需要传承的集体记忆,比如部族的历史,村落的历史,家族的历史,只是永不休止地在口头传递。一个少年,坐在冬日温暖的火塘旁出神地聆听。

我在一首叫作《庞大家庭》的诗歌中对此情景有过描绘:

> 祖父的额头日渐光滑明亮
> 和祖母的手臂一样,和
> 紫檀木雕成的一样,回声犹如黄铜
> 家人团聚的日子,在中央
> 多皱纹的父母承上启下
> 传递奶罐、茶、辣椒、盐
> 盐闪烁像奉在门楣的白色石英
> 我的同辈,兄弟姊妹
> 这个说,饼,那个说,奶
> 每一张脸都彼此相似,都像
> 树上被晒出紫红的果实
> 悬在空中是很长的时间很宽的空间
> 现在,听哪
> 茶在大家庭的血脉中声音细软
> 酒在大家庭的血脉中声音粗放
> 血脉贯通,同一种血抵达

一张张坚定固执的脸，声如铜缶

就这样，日子一天天过去，这个少年终于老去。

于是，在自己高大坚固的家屋里，在火塘旁，他又向这个家族新一代的少年人传递这些故事。每一个人都在传递，更重要的是，口头传说一个最重要的特性就是，每一个人在传递这个文本的时候，都会进行一些有意无意的加工。增加一个细节，修改一句对话，特别是其中一些近乎奇迹的东西，被不断地放大。最后，现实的面目一点点地模糊，因为众多的奇迹，传说一天比一天具有更多浪漫的美感，具有更加震撼人心的情感力量。于是，历史变成了传奇。

是的，民间传说总是更多诉诸情感而不是理性。有了这些传说作为依托，我讲述这个故事的时候，就不必刻意区分哪些是曾经真实的存在，哪些地方留下了超越现实的传奇飘逸的影子。在我的小说中，只有不可能的情感，而没有不可能的事情。于是，我在写作这个故事的时候，便获得了空前的自由。我知道，很多作家同行会因为所谓的"真实"这个文学命题的不断困扰，而在写作过程中感到举步维艰，感到想象力的束缚。我也曾经受到过同样的困扰，是民间传说那种在现实世界与幻想世界之间自由穿越的方式，给了我启发，给了我自由，给了我无限的表达空间。

今天，我所以在这里从人物形象与文体两个方面指出《尘埃落定》所受到的民间文化的影响，是因为这种影响被长久地忽略了。但是，我又特别担心，会有人觉得有了民间文化便有了一切，然后，又把我这一番话当成对书面文学影响的变相否认。所以，我必须说，这部小说的成功，还有很多方面的因素。比如我在地方史、宗教史方面积累的知识，比如能通过汉语言从各国优秀文学中吸取的丰厚的营养，比如我把我的故乡放在世界文化这个大格局和整个人类历史规律中进行的考量与思想。一本书的完成，是很多因素综合作用的结果，片面地夸大某个方面，将其视为决定性的因素，都不是一个科学的考量方法。

  最后我想说的是，汉语言文学自有其深厚的幻想传统，但是，自从有了源自苏联的文学观念以后，我们好像忘记了自己产生过《搜神记》《西游记》和《聊斋志异》这样一个优美自由的文学传统。当中国的汉语作家开始有意无意地接续上这个传统时，我们千万不要妄自菲薄，只从外国去寻找其遗传来源。

民间传统帮助我们复活想象

——在深圳市民大讲堂等的演讲

当我们立足于汉语言文学来讨论作家的想象力和这种想象力在构建文学世界时的积极作用时,就会发现这是一个危险的话题。在中国文学中,至少从20世纪50年代开始,文学批评中关于想象和想象力源泉的分析便消失了。在接下来的差不多整整半个世纪里,批评界的视野里没有想象的位置。更为奇怪的是,真正的自由想象也随即从诗歌、小说、戏剧,甚至别的艺术形式中消失了。

直到20世纪80年代后期,想象力才在汉语言文学创作中日渐复苏。

我之所以特别关注中国20世纪80年代后期的汉语言文学创作,是因为那是我在尝试过一段时间的写作后,开始有能力思考一些文学问题的时期。其中,如何在文学中重建想象,也是我思考较多的一个问题。那时,作为一个初出茅庐的写作者,作为一个旁观者,我怀着特别浓厚的兴趣关注着中国汉语言文学中一些特别新鲜的、富有更多创造性的因素的出现。

我想，我可以算是一个敏锐的旁观者，我觉察到了正在复苏的想象对将来创作的意义。在那样一个时期里，我除了关注着中国作家的表现，也特别有兴趣观察汉语文学批评界的表现。毋庸置疑，当时的批评界也从那些新锐作家崭新的作品中看到了中国文学中想象力在积蓄许久之后的爆发。可惜的是，批评界把这种想象力爆发的意义过分低估了。这种低估的具体表现就是，所有一切具有超现实意味的想象，都被很轻巧地梳理成是拉美魔幻现实主义或另外的什么主义与流派的流风所致。在这样一种估价中，外国作家被无原则抬高，与此同时，中国作家的创造性也无原则地被贬低了许多。而在此前，在我们这一代作家未曾经历的很长一段时间里，苏联文学理论模式成了评价中国一切创作活动与实绩的标准。如果说那时的文学批评界是迫于政治意识的环境险恶而只能发出这样整齐划一的声音的话，在我们成长的这一阶段，各种思想禁锢正在被打破，不同的人在不同方向对各种陈规陋习、各种僵死的教条发起有力冲击。就是在这样一种情景下，中国文学恢复文学本身应有的面目的努力，却都被批评界看成了西方文学各种流派在中国的种种遥远回响。

我不想在此拉出一个在创作中以不同形式爆发出超凡想象力而其意义被低估的作者的名单，因为这些作家中的大多数，至今还以一种较为理想的状态活跃在中国文坛上。但我不得不说，中国作家中的相当一部分对批评有太强的认同感，这在相当程度上妨碍了独创性，也就是作家个性的健康发展，甚至把可能使这个作家别具一格的想象力轻易便杀死在萌芽状态。我也不想在这里说，一些作家本身在认识自己的时候，也落入了批评的窠臼，在一些稍带理论性的总结中，大谈自己与一些外国作家或者是流派的渊源。于是，作家本人的创造被淹没了，作家背后那个浩大文化的潜在影响被不负责任地忽略了。更重要的是，在这样一种识见的笼罩之下，更多的通过想象的尽情挥洒来对庸常现状进行超越的可能性也被抹杀了。

因为中国文学要走向世界，所以，我们十分骄傲自己与西方的某些文化现象有了某种深浅不一的联系。而且，我们特别急切地愿意把这种联系的意义无限放大，最后放大到这种联系成了唯一的意义，并用这种放大的意义遮蔽了一些更有意义的，至少是更有潜在价值的创造。

我就是在这样一种背景下开始进行文学创作的：想象在我脑海里生长，但是想象的出现被当成一个作家进行技术性学习的结果，而不是被看成作家某种意识与心灵的苏醒，更不被看成文学从被动的对现实的摹写进展到了渴望着要自动建立一个自足的完整世界的地步。想象的天空一旦被单调的理论遮蔽，本来可以进入阳光地带的想象构建，又成了黑暗中的摸索。在中国更重要的一个现实还是，一个创作中的人，首先遭逢的不是批评家——在中国文坛，一上来便能遭逢批评家文字的作家，如果不是最最成功的作家，那也是非常幸运的作家——更多的摸索于黑暗而蒙昧的文字世界当中的人，要遭逢的是另一群人，各种各样的文学编辑。这群人对文学更加没有主张，更加语焉不详。有时，这样一个盲目的人群可以让人对文学感到深深的绝望。但我之所以能够坚持下来，不是日夜向往进入不断增加着名人牌位的文化庙堂，而是因为背后还有一个伟大而且宽广的民间。在民间那正在失去活力的文化传统中，有着非常优秀也非常顽强的表现方式与记忆方式。在我看来，这些口传文学的方式可以给从事书面文学创作的人一些更直接更有力的启示。这种启示是方法的启示，而不是仅仅将其作为一个庞大的素材库，一个巨大的故事与题材资源。在绝大多数情况下，文学界说到民间的时候，其真实的意义往往指向后者。

当然，在我们讨论民间的口头文化怎样成为书面文学的资源时，它作为一个庞大的故事来源、一个素材库存的意义肯定是存在的，但同时，我更想强调其在方法上给我们的启示，也就是民间文学处理题材或讲述故事的方式。在这方面，也许，汉语言文学中的西藏文学或者西藏题材的文学会是一个很好的例子。大家知道，真正当代意义上的西藏文学是在20世纪80年代末期由马原、扎西达娃等作家通过他们的创作实绩所建立起来的。他们的成功当然有很多原因，但我觉得其中很重要的一点，是在整个中国文学的格局中，这些人前所未有地放纵了自己的想象，而且通过大胆而有些恣意纵情的叙述，获得了一种表达的自由。这种现象很快便引人瞩目，也很快被批评界与作家们自己同拉美的魔幻现实主义联系起来，而且，外来的文化影响被当成了这一文学现象的唯一精神来源，造成了其内在价值未被全面开掘与认知的局面。在拉萨，在西藏那样一个特别的环境中，其他因素对作家或明或暗的影响却被有意无意地忽略了。这是一个令人感到十分遗憾的局面。

那也正是我从诗歌习作转向小说创作的时期。在这样一个时期里，我相信，民间的，或者说藏语文学传统应该有很多东西会提供给我们一些非常新鲜切实的经验。所以有这样一种认识，并不仅仅基于一种理性的思考，而是因为少年时代十多年乡村生活的浸染。我出生于一个藏人聚居的偏僻山村。在那样一个山村里，除了一所教授汉文的乡村小学，不存在任何书面形式的文化。但在那个时期，口头的文学却四处流传。现在想来，那种情形是多么的激动人心啊！每一个能够讲述的人都在传递故事，而每一个传递故事的人都在对口头流传的不固定的文本进行加工与修改。这些故事有关于家族的历史，村落的历史，部族的历史，但每一个讲述者，都依据自己的经验，自己的好恶，自己的想象，随时随地改造着这些故事。文本变动不居，想象蓬勃生长。

在创造欲望的鼓涌下，在想象之翼的扇动下，在这些口头文学文本中，现实与梦想，事实与虚构，时间与空间，人界与神界之间的界限被轻易突破了。在那些具有浓郁的超现实色彩的故事中,历史本身成了一种遥远的回声,在那幅被自由的想象涂抹得艳丽无比的图画中,现实本身,只剩下一点隐约的背影。大家知道这些东西,都是从历史事实中生长起来的,但如果谁想借此在这些故事中还原历史本来的面目,最终会发现自己的努力是多么的徒劳无益。

而这些伟大传说故事中的一个就是《格萨尔王传》。世界著名的法国藏学家石泰安(Stein)先生在第二次世界大战硝烟刚刚散尽的时候,来到中国,来到中国的西部藏族地区,便被这部史诗深深吸引,并从此开展了系统搜集与研究这部浩大史诗的工作。他说:"一个多世纪前,大家就已经知道高地亚洲有一部史诗或传说性的长诗,其主角英雄叫作格萨尔,他于其中始终是一个叫作岭的地区的王。无论现在所知的多种文本如何千差万别,这个故事的基本轮廓到处都是一样的。"

这个故事在整个藏族聚居区,到处都有人讲述,大致是这样的:

故事开始的时候,在岭王国和大地上一切地方,一切都开始堕落与恶化,却没有一个人能够改变这种局面。一位老者从天神处得到了派其三个儿子中的一个入主人间的许诺。天神的儿子降生人间时形貌丑陋,并从出生那天便成为其伯父迫害的对象,因为这个想独霸王国统治权的人感到了危险。但这孩子因为有神力的庇护,而成功逃脱了其伯父的种种阴谋伎俩。结果,这个孩子与其母亲一道被流放。就是在这种处境中,他镇伏四处为害的各种妖魔，因而在流放地区被拥戴为王。同时，他还爱上了他的伯父也在一直追求的一个叫珠牡的美丽姑娘。最后，他和伯父约定，以赛马来决定谁该成为岭国真正的王，胜者获得王位、美人珠牡及先祖积聚的财富。赛马的结果大大出乎人们的预料。那丑陋的孩子在神灵的庇护与神马的帮助下，大获全胜，登上了王位，娶珠牡为妻。不仅如此，他还容貌大变，有了光辉照人的男子汉的仪表。

从此以后，格萨尔作为一个扩张中的帝国的王，其一生扩展疆土与征服敌人的事业，在说唱艺人们吟唱的漫长诗章中，都被表述为对形形色色的妖魔的征服。一般而言，这样一个基本的故事是由六到八部史诗构成的。但在西藏的不同地区，不同的演唱艺人那里，这个故事主干上又衍生出了繁多的枝蔓，这些枝蔓构成了生动的单独的文本。据权威的专业研究机构的广泛搜集与统计，在整个西藏及邻近地区，由不同的艺人演唱，在不同地区流传，由整个故事衍生出的这些单独文本已经达到了一百二十余部。总的叙事诗行达到两百余万行之巨。据我的经验，这还不是一个最终的数字。法国藏学家石泰安先生在他的《西藏史诗与说唱艺人的研究》一书中正确地指出："没有任何成文文本，也没有任何口传文本能包括完整的全部故事。就我们现在得到的该故事的情况而言，它仍是以一种充满生命的和变化不定的形式出现的。"

当然，今天，这个世界已经在短短几十年中发生了很大的变化，口传文学因为文字强劲的普及而开始湮灭与固化。今后的人们将不再能接触到曾经生气蓬勃与流动不居的口头文本了。但是，口头文学中那种对想象的恣意的放纵是不应该被忘记的。特别是当今，文学让肤浅的现实感紧紧束缚住了想象，也束缚住了思想的时候，民间文学中那种在现实与超现实之间，在当下情景与想象世界之间随意跨越的自由精神应当是一个非常重要的文化资源。可惜的是，中国文学批评界与创作者的确有意无意漠视了这个传统。这固然与构成汉语文学的创作主体的汉族作家的背景文化中，民间口传文学传统不够强大有关，但在今天，汉语言文学已经有了更多不同语言与文化的中国人的文学的加入。在当下的语境中，这样一批有着不同语言与文化背景的中国人，亦即"少数民族作家"的文学往往被看成一种政策体现，一种文化装饰与点缀。直到今天，恐怕还没有人真正从文学的角度来看看这些所谓少数民族文学作品，除了为汉语言文学提供了一些新的题材样本之外，还增加了什么新鲜的东西。比如，这样一些异族人写成的汉语言文学作品，是怎样从自己的文化出发开辟了汉语言文学新的语感，新的想象空间，并找到了一些什么样的表达这些想象的更自如、更诗意，当然也更为文学化的方法。

一个人所以要成为一个作家，绝非仅仅要对现实做一种简单的模仿，而是要依据恢宏的想象，在心灵空间中用文字建构起另外一个世界。而建构这个具有超现实意味的世界的最重要的目的之一，便是能通过这种建构来探索生活与命运的另外的可能性。因为任何一个人在内心深处，绝不会甘于生活安排给我们当下的这个唯一的现实。也许，生活越庸常，人通过诗意表达，通过自由想象来超越生活的愿望就越强烈。

早在具有清醒的文学意识，并写出《尘埃落定》之前，我就像很多同胞一样，清楚地知道那些人人都参与创造与传递的神话、史诗以及有着淡淡历史影子的充满神迹的当地传说，对在艰难而庸常的生活中的人们来说意味着什么。所以，当我在文学道路上循着习见，直到在由别人规定的道路上跋涉了很长一段时间以后，我发现，这样对现实进行简单摹写，却又希望在这种摹写中体现出深刻思想的写作方法与我所熟悉的并为之迷醉的方式越来越远了。我所希望的文学那激动人心的宗教般的力量正在消失。

正是在这样一种认识的支配下，在出版了第一本短篇小说集的时候，我重新游历故土数万平方公里的大地，重温少年时代的记忆，重新把眼光转向了民间。其实，这时的一切都已经发生了很大的变化。变化之一便是那个创造了众多动人传说与神话的富于诗意的民间正在消失，以文字作为固定表现形式的另一种规范正在建立。尽管如此，擅长诗意表达的民间余韵犹存，使我可以带着恋恋不舍的心情去重温那种诗意，惜别那个时时有灵光闪耀的民间。那时的我也发生了很多变化，至少我已经通过强大周密的汉语接触到很多汉语言传统之内的与之外的有价值的东西。特别是在20世纪后半叶的世界文学各种流派中都可以看到的超现实的表达方式，给了我很深的印象，并且提醒我将其与西藏民间的口传文学中的许多因子相互映照，而且十分理性地发现了它们的价值。直到今天，我都不十分明白，因而特别想就教于中国批评界的是，为什么我们看不到构成中国各族文化的丰富民间文化正在对汉语言文学发生怎样的影响？如果限于教育，限于批评界习惯的狭窄视野，还算是情有可原的话，但那么多人对西方文学与理论趋之若鹜，为何讨论起中国作家富于想象力的创造时，总是那么简单地拿一部《百年孤独》作为万能的独门兵器，用其概括一切，从而差不多是无知而又粗暴地遮蔽了真正具有创造力的灵光闪耀！即便只在西方的书面文学中进行梳理，还有多少超现实技法在不同作家的不同作品中成功运用并成就了多少作家！而一些富有创造力的作家，他们的才情是如此的千差万别，怎么会全部不约而同拥向美洲全部拜倒在马尔克斯并不宽大的门廊之下！马尔克斯伟大吗？伟大。但这个世界上还有很多伟大的作家，很多想象力像他一样汪洋恣肆的作家，如果在我心中的名人堂里排一个座次，有好些作家的位置会排在他的前面。

即便是马尔克斯本人，其实也没有认同过加诸他身上的魔幻现实主义这样一个标签。针对这种说法，他认为，所谓现实，对每一个人来说是不一样的，这个抽象的字面上的"现实"，当你用感性的方式去把握和用理性的方式去框定时，会是完全不同的面貌。

他给自己所在的那个大陆的作家们取了一个名字：西班牙美洲的小说家。他说，这些作家的任务就是把在欧洲西班牙文学中被遗忘的古代西班牙文学传统恢复起来。他写道："在西班牙，长期以来，人们就在写那种缺少想象力和表现力、几乎为社会见证服务的小说。"他还说："在中世纪富有想象力的神志错乱中产生的骑士小说作者成功创造了一个什么都可能办到的世界。对他们来说，最重要的是故事的价值。"（以上引语出自云南人民出版社出版的《两百年的孤独——马尔克斯谈创作》）

这里有一个重要的概念，那便是故事的价值。这在中国同样是为批评界与创作界都很少进行正面讨论的重大问题。不讨论故事，不讨论故事在小说中怎样自洽与圆满，想象对文学建构的特别重大的意义自然就很难显现出来。其实，我们的汉语言文学也有深厚的传奇与幻想的传统，但在近代，这种传统却很奇怪地一下子萎缩了，萎缩到今天我们的想象力开始复活的时候，要劳我们的批评家去遥远的拉美寻找遗传密码。

我在写作《尘埃落定》的时候，就曾认真思考过，如果要表达一段历史，将采用一种什么样的方式，用什么样的方式讲述故事，讲述一个什么样的故事。我知道我将逃脱那时中国文坛上关于历史题材小说、家族小说，或者说是所谓史诗小说的规范。我将在这僵死的规范之外拓展一片全新的世界，去追寻我自己的叙事与抒发上的成功。就事实而言，《尘埃落定》确实取得了成功。也许，这样的成功放在别一种语言的环境里是不足为奇的，但这部写作于1984年，面世于1987年的小说，出现在当时的汉语的文学语境中，的确是一个异数，一个奇迹。

好在奇迹至少不会使我自己感到吃惊，因为滋养我成长的就是一种曾经非常相信奇迹的文化。从小这种文化就向我传达了很多创造奇迹，并讲述这些奇迹，使这些奇迹经过讲述之后仍然是奇迹的自由方法。这些方法不是什么独门秘籍，而是不为当下的生活现实所约束的丰沛情感与自由心灵。有了这两者，我们的想象便可以轻易跨越很多被习见规定了不能跨越的界限。只要我们不人为地在心灵世界中自建壁垒，这种在真实与虚构之间，在现实与超现实之间的界限，在想象世界中是不应该存在的。如果自己心中没有这样的魔障，那又何来跨越的困难。现实就是现实，想象就是想象，非现实或超现实的想象是我们内心愿望的一种挣脱束缚后的自由表达。从古到今，无论是那些湮灭于民间的众多才华出众的诗人，还是今天我们这样在任何一件作品中都要郑重写上自己名字的作家，想象都是上天赐予的一种特别的才华，我们都会为这种才华的充分施展而心醉神迷，而不需要别人来贴上种种标签，特别是用"魔幻"来修饰"现实"这样一个别扭的偏正词组来做一切想象力超常的作品的标签。

类型小说以及类型的超越

——在华中科技大学国家大学生人文素质教育基地的演讲

今天我的演讲题目是"类型文学"或者"类型的超越"。有些时候关于"超越"这个词,我都觉得有点儿太严重,我更愿意在平常的时候用另外一个词,叫"溢出"。溢出是什么概念?我们煮一锅牛奶,后来由于温度升高,于是它溢出我们原来给它的容器。

其实很多时候,我想我们的文学艺术,总是在追求这样的一种溢出的效应。就是在某一种类型当中——某一种类型好比是给了我们一种限定的表达分界,但是我们知道历史上最伟大的那些作品总是不能被它原来的那种类型给它的规定性所限定,所以它产生了一种溢出效应。

讲这样的一个问题还有第二个原因。第二个原因是这次来华科参加春讲,确实是王羲之所说"天朗气清,惠风和畅"的时候。打开窗户看见窗外的悬铃木,每天都在展开新的叶子,这么欣欣向荣,这么明亮,这么生机勃勃,更会感觉到这样的一些景象所象征的内在生命的勃发。我想这也是艺术所需要达到的一个境界。但是我想,春讲大部分是作家的一个自我展览。其实我在不同的场合,已经谈了很多次自己,更在那天"喻家山文学论坛"上被很多人谈过了。那天也有一个教授指出来说作家不应该进行很多的自我阐释,不要老是去告诉别人我的写作动机是什么、我的经历是什么。我觉得,这是一个很好的意见。

在文学生活当中,我们不断地在向别人学习,向古今中外的那些先行者们学习。我们在他们身上也得到了很多写作的经验,我们不过是在他们经验上进一步向前推进。在人文科学和自然科学方面其实都是这样的一种情况。所以今天我讲这样一个题目的时候,我想其实可以加一个副标题叫作"以圣·埃克苏佩里为例",不再是讲阿来本人。圣·埃克苏佩里是谁呢?他是一个1900年出生的作家——当然出生的时候他还不是作家,然后他在1945年以一个非常独特的方式告别了这个世界。他给我们留下了一系列的作品,而从他的第一部作品到他的最后一部作品,恰好跟他这个人的生命历程之间有一种特别有趣的互相映照的关系。我们经常讲作家需要有经历,在经历之上,在人生的经验之上建立起对于世界的看法,对人类生命的看法。圣·埃克苏佩里短短的一生——他四十多岁就离开了这个世界,他的一生,到他留下的所有作品,我觉得刚好是对这样一个艺术理论的最好的阐释,就是他的作品跟他的人生经历，跟他的思想变迁，跟他的情感状态发生了一种特别有趣的互相映照的关系。

他在1900年出生。刚刚过去的一百年对人类来讲是一个科学技术高速发展——以最快的速度，人类社会的进化在科学技术上忽然加速的一百年。所以我们经常说这一百年当中，科学技术带来的人类社会面貌的变化，可能比过去两千年、三千年的变化还要大，而且这样的一个巨大的惯性使之到今天还在加速。将来的人怎么来说我们这一百年我们不知道，因为我们是这一百年的当事者。

那么我们来看一看圣·埃克苏佩里。刚才我说他刚好出生在1900年，他是个富二代，比较有钱，但是他没有去干我们富二代通常干的事情，他总是在很好地感受这个时代。他在八九岁的时候，有一次，大概从乡下的庄园里头吧，要去巴黎，第一次坐火车。这样一个少年时代的人，他突然就对这种火车带来的、新技术带来的速度、力量以及机械构成的法则，跟自然构成完全不同的一个法则所展现的一种美——钢铁形式的那种美，就像法国人构建的埃菲尔铁塔那样的工业文明技术进步所带来的一种美产生迷恋。这样的一种迷恋几乎成就了他生命当中最重要的建树。当然大家知道他坐上火车不久，莱特兄弟就发明了飞机，发明了飞行器，飞上了天空，这个时间并不远。而且飞机技术进步非常快，首先就被一些爱好者、冒险家开始使用，圣·埃克苏佩里的叔叔刚好是这样一个人。所以大概在他十二三岁、十三四岁的时候,他就跟他的叔叔无数次地飞上了蓝天,他的从坐火车引起的对机械的迷恋演变成为对飞行的热爱。

但是很可惜第一次世界大战爆发,阻止了这样一个和平的生活进程。第一次世界大战很快就把飞机这样一种简单的飞行器迅速地用于战争,我们肯定看过一些影像资料,或者看过一些故事:最初都没有投弹设备,就是用面包篮子,提一篮子手榴弹追到敌人的阵地上把手榴弹往下扔。当然飞机还被用于侦察,用于拍照。但是正是"一战"刺激了飞行器的改造跟应用,所以我们说军事目的也是推动科技进步的强大驱动力。

所以第一次世界大战结束以后,飞机就迅速地普及,产生了民用航空业。那么民用航空最初用于什么呢?不是我们今天理解的货运,也不是我们今天理解的客运,因为那个时候飞机还很小,大概只能飞到三四千米的高度,而且飞的距离也很短。最初运用民航飞机的是邮政。1923年圣·埃克苏佩里就加入一个邮政航空公司了。那个时候的飞行跟今天大不一样,就是说那时候的飞行也是探险,他们需要开辟从法国一直到南美洲的布宜诺斯艾利斯这样一条航线,之前没有人飞过,没有人从欧洲出发,飞到葡萄牙然后飞到非洲,横渡大洋飞到南美大陆。其实这个时候他们这一帮人是一批飞行探险家,他们必须不断地开辟新的航路。那个时候也没有卫星云图,也不知道会遇到什么样的天气,也不知道这样的飞机能够承受什么样的天气。

圣·埃克苏佩里人生的第一阶段开始进行这样一种探险式的飞行，这是为这个世界开辟新的飞机航路的飞行。代价很沉重，就是他们曾经数次试图飞越南美的安第斯山。安第斯山很多地方有四千多米高，但是那个时候飞机的飞行高度极限大概是三千五六百米，不能再升高，不像今天的民航机一起来就能达到一万米。所以最后，他们三个人驾驶一架飞机在半夜撞在了一个山上，他的两个伙伴都死了。撞在山上也没有人知道，而且他颅骨骨裂，但他居然自己爬出来了，九死一生，大概在一个星期以后被当地的印第安人发现才救下来。

这是他的第一次探险飞行。就在付出这样的一个巨大的代价以后，他们正式确立了从巴黎到布宜诺斯艾利斯的第一条飞机航线。但是如果他仅仅如此的话，我们今天不会再讲述他。他自己在这样的飞行当中活了下来，但他对他死去的两位同伴，尤其是其中一个叫里维埃的人有一种特别深厚的感情，这个时候他就觉得心里对这样两个战友、跟他一起探险的朋友特别难以忘怀。这样一种强烈的情感催进的结果就是他写下了一本小说，叫《夜航》。

《夜航》讲述的是探险飞行，在20世纪80年代就有了中文的译本。它讲三个人驾驶三架飞机飞行在大海上空——他觉得死在山里不好看，他要让他的朋友死得更漂亮一些，他就把经验转用了。其实他在大西洋上确实也遇到过风暴，就是被卷进飓风。所以他觉得飓风当中,从几千米高空往海里陨落这种美,比撞在山上,肢体跟飞机一起四分五裂要更容易接受。所以他把他两个朋友的死亡转移到海上,写他们遇到风暴然后坠落牺牲。

从一般意义上讲,这里我们就要谈到一个类型。我们知道类型小说,或者说我们在对小说进行分类的时候,很早以前就有一种叫作探险小说。探险小说大概是从欧洲兴起。其实我们要找探险小说的最早的原体,从古希腊的史诗当中就可以找到:英雄们出去远征,然后再回乡。这些其实都建立了探险小说的基本的模型或者说母题——近来有一种文艺理论说今天全世界所表达的文学最基本的模式跟母题,我们都可以在希腊史诗或者古希腊的戏剧当中找到。这个意义其实是从题材的分类上讲的,《夜航》确实就属于探险的类型。

但是后来,随着欧洲到了中世纪以后,尤其是地理大发现以后,人们对全世界不断地进行寻找和探究,当然就完全在他们的这个世界当中构建了一种新型的小说样本,叫作探险小说。探险小说当中就包括了地理发现和人的英雄主义,地理的新发现加上人的英雄主义就构成探险小说的一个基本母题。基本母题往下继续发展,它就是今天文学的一个类型。就好比今天类型文学不断发展,后来就有了侦探小说、科幻小说等。今天我们中国人在不断地,尤其是在网络上创造很多不同的新的类型——穿越、奇幻,诸如此类,而且我们在这当中还要分出很多更小的类型来。

类型文学有个规定,我们都知道,或者它慢慢、慢慢就会形成一个套子。所以大部分类型文学就只是类型而已,提供了一时的消遣,并不提供什么特别的价值,比如说武侠小说。中国从古到今有多少武侠小说,但是可能将来我们可以记住的是金庸这个名字。他的作品跟所有的别的武侠小说比,当然满足了别的武侠小说的类型效应,给了我们所有关于武侠小说的元素,但是它其中关涉历史,关涉人生经验,甚至更高的就是把中国的武术上升到审美的层次,这是他做的。如果没有金庸先生的小说,我们很难想象你拍一个武侠电影可以得奖,在国际上得奖。因为他已经提炼出一种关于武侠的美学了,但是它跟实际的武侠之间有天壤之别。那么这就叫对类型的超越或类型的溢出。没有人这么讲过,这是我看小说的体会。所以将来谁要用这个概念一定要声明是阿来发明的。

很显然,这个时候就发现一个事情,就是说如果圣·埃克苏佩里仅仅是写这样一个事情,那么它跟过去的探险小说有什么好比的呢?没有什么好比的。但是当时发生了一件事情。这本书出来之前这个作者在文学界毫无影响,之前他也曾经写过一本不太成功的书,这是他第二部书。我们今天也不必再提起之前那本书的名字。当年,普通读者非常欢迎这本书。更重要的是,当时法国当代文学当中最大最有地位的一个人,也许大家知道这个人的名字,他叫纪德,他写过《背德者》《窄门》这样的一些很著名的小说。纪德在当时的法国文坛如日中天，是文坛领袖。纪德主动找到出版社说你们什么时候重印这本书，你们第一版快卖完了吧？如果你们重印我要给他写一篇序言——主动要求的，他并不认识圣·埃克苏佩里。出版社说这不就一本探险小说吗，虽然很好卖。纪德说，不。纪德在他的序言当中说了这样一段话，他说探险小说当然应该是惊心动魄的，而这种惊心动魄当中当然要展现人类英雄主义的高贵气概，同时也要在故事当中展现人的弱点、自暴自弃、失落感。这些东西在我们看到的探险小说当中早已不是什么新鲜事，就是探险小说写这些东西太多了，把故事编得离奇一点就行了。他说我们今日的文学太善于描写这些了，描写成这样有什么困难呢？但是持之以恒的意志让我们自我超越，这才是需要有人给我们指出的。他就指出了这个小说的真正价值所在。所以他说小说并不是在讲述一个冒险失败而引人同情的故事，而是在展示人类自我超越的力量。

如果没有他们这样一批坚毅的先驱，航空事业怎么会有今天这样的成就？在小说的结尾处，一次夜航的失败，飞行员的牺牲，被作者描述为伟大的开端，为什么？这个探险家肩负着对于人类伟大的责任。在文学当中讲这样的东西会虚假会空泛，但是从来，而且古今中外的文学都适用于一个词，叫高贵气概。文学需要这样一种东西。所以他说他们所经历的是一种沉重的胜利，是真实的人生，是关于奋斗的生命的礼赞。

这就是纪德自己要求给一个刚出道的小说家的小说写一篇序言的原因,就是它终于跟别的探险小说不一样。别的探险小说就写一段地理发现,经历了一番曲折。这样的文字在我们今天很流行的文字中太多太多,比如今天背着背包去了塔克拉玛干沙漠——其实塔克拉玛干沙漠非常容易穿越,但是他一定会把它描绘成一个九死一生的历程来表示自己多么强悍,多么与众不同,因为他的目的就是告诉人们,我是多么与众不同。有的老板很有钱,雇了很多人,背着所有东西登上了珠峰,回来又写了一本书,"我把世界的最高点踩在了脚下"。其实你说他是在赞颂人类精神还是在炫富呢?因为现在每年登上珠峰的有几百人,不算那些辅助的人。其中有一个日本老太婆创造了一个纪录,已经八十二岁了都登上去了。新西兰有个人十多年以前登过一次珠峰,冻伤了,失去了双腿,后来他换上了假肢,十几年后又上去了。这并不是多么困难的事情——今天看来,因为你是吸着氧气上去,不是过去珠峰刚刚开始成为探险对象的那样一个时候的状况。

今天我们有大量这样的冒险。谁又去了南极洲,拍一堆照片网上晒一晒,引起很多点赞。但是真正的冒险的本质是开拓人类经验的疆域,扩大人类的生存空间,在这样的冒险里我们看到人的意志所能产生的作用。因为那个时候技术已经抵达它的边界了,就像我说圣·埃克苏佩里他们飞越安第斯山的时候,飞机只能飞三千五六百米高,他们一定要冒险把它拉到四千米，这个时候，第一，他们自己可能会缺氧而死，第二，飞机可能会散架。最后他们确实也是撞了山，高度没有拉起来。就是在技术跟个人意志的极限之间，来挑战这样的一个东西的时候，这样的探险是有意义的。因为它体现的是人类意志，体现的是人类探索新的生存边疆的一种能力。

尽管它的结尾是悲剧性的，但纪德说这是一种代价沉重的凯旋。失败了吗？他们没有失败，他们是真正的凯旋者，他们负担着我们人类所有探索精神的荣耀。所以圣·埃克苏佩里不愿意让他的同伴撞在山上尸体四分五裂，而是完整地沉入大海，在海底静静安眠。他要用这样的一种方式表达对他失去的朋友、战友的怀念跟尊重。这是圣·埃克苏佩里生命阶段的第一部分。

写完这本书以后他又开始创造另外一种探险纪录。这个时候，大家知道越南是法国的殖民地——今天的越南、老挝等是法国的殖民地。这跟圣·埃克苏佩里没有关系，但是这个时候他和同伴们又开始建立从巴黎到河内的航线。建立了这条航线他们还不满足，那个时候他们好像还创造了一个最快的飞行纪录。那个时候不是喷气式飞机的时代，是螺旋桨飞机的时代，他们不停歇地飞行了三十六个小时。圣·埃克苏佩里永远是一个探险家，命中注定是一个探险家。他觉得他要创造一个新的纪录，就是他一定要不断地缩短一定距离内的飞行时间，以至于他要超限度使用飞机。这个时候有很多人不愿意和他搭档了,就说航线已经开辟成功了。在那个时代来讲,多飞半个小时跟多飞一个小时这中间有特别重要的意义吗?很多人不认同,但是他觉得他就应该挑战这个极限。当他在飞越地中海、飞越撒哈拉沙漠的时候,他又栽到沙漠里头了,又是一个人,这次倒没有太受伤。但是他没有想到他会栽到那,所以只带了一小瓶水,然后他开始走出这个沙漠,往埃及方向走,走了七天时间,终于被人发现,把他救了下来。这段经历对他非常非常重要,刺激了他另外一部伟大作品的产生。圣·埃克苏佩里是飞行家,是探险家,小说一出版又引起轰动,他在法国所有领域成了一个无人不知的英雄人物,几乎没有私人生活,整天处在公共视野之下被礼赞被关注。但不管是谁,在强大的大自然之下,一头栽到沙漠里头只剩一个人的时候,会突然发现生命的本质里头有一种深刻的孤独、无助。这样的一种情愫尽管只有七天时间,却在圣·埃克苏佩里的心里头深刻发酵,以至于他后来写了一本全世界关于孤独的最美丽的小说。在这个过程中他忽然意识到在所有的飞行当中他看到的另外一个角度,这时候他写了又一本书,叫《人的大地》。

《人的大地》突然变了。刚刚我们说他创造了纪录又在撒哈拉沙漠中遇险。我们知道英国有一个很有名的电影就是从飞机栽在撒哈拉沙漠中展开故事,这个不是一个驾轻就熟又很好的冒险小说的题材吗?但是他在飞行当中也在不断地积累经验,在扩展经历,他不想成为一个被一种类型所规定的小说家。今天我们因为商业上的成功，或者惯常的文学理论，特别愿意把一个作家固定下来：他是一个什么风格的作家，他是什么题材的作家。其实这也是一种文学的归类方式，就是把人规定成为某种类型，方便我们讨论，而且我们希望他不要发生什么变化。但是一个正常的作家，一个如果有足够的生命冲动的作家，他在不断地扩展自己的人生经验和人生视野，在这样的一个过程中不断地品味自己内在的情感跟思想的深度，他一定不会被一个类型所拘束，他也不会满足于自己在某一个类型当中已经创造的一种范式、一种风格或者找到的一种方法。除了他的人生之外，他一定也希望通过他的书写来不断丰富自己。我记得卡尔维诺说过一句话是：一个在阅读当中的人其实是两个人。阅读时他拿着书，他在经历另一种人生。那么一个创作中的人可不可以是更多的人？这是扩张生命经验、生命体验，那么他是不是很多人？一个人为什么要拒绝把自己变成很多人的一个可能呢？我想这也是艺术内在冲动的一个最重要的来源，而不只是为了追求商业的成功。被媒体被出版商所塑造的一个类型作家永远在这种类型当中打转，它只会增加一定的知名度跟一定的利益。钱当然可能在没钱的生命当中是重要的，但是钱在一定时候，它也是非常不重要的，而且生命当中显然有更重要的事情。至少在我自己来讲，我觉得我们满足了基本的生活以后，可能它就不是太重要的一个事了。

我想对于艺术家来讲（作家也是艺术家之一种），即便他是一个兼职的艺术家——圣·埃克苏佩里主要是一个飞行探险家,只要他有足够的生命冲动、原始的生命冲动,他一定不满足于这样的一个现状。所以他开始写另外一个东西。他注意到,就是一天他突然发现我们有一种特别的经验,就是我们所有过去的人都是站在地上看世界——古人没有办法,就爬到树上,再不行就爬到山上,杜甫说的"一览众山小"大概就是这样一个意思,但这样的视野毕竟有限,虽然已经是一个比较大的扩展我们视野的努力——在空间上。但觉得飞行时代一到来,一下把人升了这么高。爬上泰山,甚至攀上珠穆朗玛峰,这个点是固定的,就是地理坐标不能移动。不管你爬到多高,不管你望向任何一个方向,你只能看到周围规定的一个有限的空间。但飞行不仅把人提到高处,而且这个高处是移动的,在地球表面随处移动。他看见绿洲,看见大海,看见高山,看见田野,看见城市。他觉得这个时候人类已经变成另外一种东西。当然,可能他的宗教背景和我们不一样,他是信基督教天主教的人,这个时候他觉得他已经站在了上帝的高度。《圣经》里说上帝的灵在水上,俯瞰下界。他觉得获得了一个神一样的视野来看世界的时候,就产生一种新的,跟站在地面上的人不同的,看人与自然环境的关系的视角。过去我们看不见这种东西,现在看见了。所以这个时候他就写了一本书,叫作《人的大地》——看起来是个小说,但是再也不是探险小说那种类型模式,再也不是一种特别紧凑的结构,再也不是特别曲折的情节，也不是特别诡异的凶险的气候条件这种模式，就是缓缓地飞行，在飞机翅膀下面展开不同的大地的景观。视角改变了，他充分意识到他是人类中第一代用这样的眼光来看这个世界的人，因为这不是人人飞翔的时代。他就获得了一个新的视点。我们来听一听书中每一个章节的名字，我们就大概可以揣想它是一个什么样的小说。

《人的大地》第一章"航线"。他在"航线"之下，每一章都设置了提要，不是讲书的情节，而是说他要在这一章里，比如本章讲航线，不是讲别的。过去谁写过航线呢？没人写过航线，然后他写。在这章里，"我充分认识到，任何景物不通过一种文化、一种文明、一种职业来观察是毫无意义的"。他说在观察景物的时候，我们一定要带上人类文明的眼光，我们用这种眼光看非洲的大地、欧洲的大地、亚洲的大地是如此的不同，除了自然山水以外，跟人类几千年的活动、生产方式、文明所构建的精神气质也有关系。所以他提出任何景物不通过文化、文明以及特定的职业来观察都是毫无意义的。

第二章"同志"。这个同志是指真正的飞行当中的同志。在探险飞行中他越来越关心友谊——刚才我讲了他的第一本书《夜航》就是为了纪念这种同志式的、战友式的友谊而写的。这里头他不想炫耀他的探险，而是要纪念战友情。其实他那两个战友是暴尸荒野，没有人去收尸，他自己说过他要用另外一种方式来安葬他们。他在心灵当中给了他们一个隆重而庄严的葬礼，假想把他们安葬在大海里，尸身完整，并且在那样的一个温度条件下永远不腐烂，跟这个世界永远相伴。他用这样一种方式，要表达的是这样一种强烈的愿望。第二章要揭示这样一个东西："我的飞行职业的伟大之处首先在于团结起来。"你不能想象飞机座舱当中的三个人共同配合完成一个行动的时候，还没有一个共同的目标。不通过高度的协作和高度一致的精神，任务是很难达成的。他说："在所有的飞行当中，我只有一个真正的奢望，那就是人与人的真正的交往。"不是一般在生活当中出于社交礼仪打个招呼，"吃了吗？""你今天很漂亮！"诸如此类，他觉得这是出于一种礼貌的社交，不是真正的交往。在一个职业当中，在共同的冒险事业当中把人召集起来才是一种真正的交往。

第三章"飞机"。"飞机"的提要是这样的："每一个进步使我们更远离一点我们原先的习惯。"因为技术在不断地改变我们的视野。我们原来习惯的是在地面上看到的，视线尽头是一栋房子、三棵树，但现在高度升高了，我们看到所有的房子、成片的森林。我们可以完整地看见一座城市，我们可以完整地看见许多片森林，我们还看见森林被湖泊、山冈隔开，山林中间可能还有农庄，有牛羊……他看见一个更完整的世界，所以他说这个时候他获得一种新的体认。过去我们觉得我们人是大地的主人，当飞机飞到一定高度的时候，书中有一句话说:"人忽然消失了,最后房屋也消失了,我们那些可怜的建筑也消失了。只留下地球表面的色彩起伏,沟壑纵横。"这个时候他充分认识到其实我们还没有真正地在地球上建立自己稳固的家园,我们可能还是在宇宙当中漂游的、短暂的——他用了一个词叫"移民"。这是他的第三章。

第四章"飞机与星球"。"经过这番迂回曲折,就像听到婉转的谎言信以为真,旅途上满目又是灌溉良好的田野、葡萄园、草原,我们长期以来把我们的监狱想象得非常美丽"。飞起来以后他觉得我们只是局限于地面上,地面上的生活不管多么美好,就像局限于一个监狱一样。作为一个探险家,他认为人类应该向更广大的世界出发,所以他描绘的都是地球上特别漂亮的、灌溉良好的葡萄园、牧场、草原。

"我们长期以来把自己的监狱想象得非常美丽,一直认为这个星球既富庶又可爱。"但是经过飞行,我们突然发现,人类不仅跟小小的地面发生关系,当飞行时代到来,我们人跟整个地球也发生关系。这样一个比照一方面当然给人生提供了无数的可能性;另一方面,地球这样一个超大体量的物理存在跟一个人这样一个小体积的物理存在之间不是形成一个巨大的反差吗?这个时候我们人应该想到,我们应该有谦卑的、虚心的心态,因为这个时候我们发现我们对这个世界还所知甚少。只有一个一生都生活在一个村庄里的人才会想,我大概知道这整个世界,因为村庄里头有十几户人家、一百多棵树、五十头牛,这是很容易知道的。但是世界格局不断发生变化,所以圣·埃克苏佩里说:"如果我们只是在地球上从一个地方徒步到另一个地方,就好比从一个房间走进另外一个房间,嗅到空气中仿佛萦绕着一种老败的图书馆的气息。"这个老旧的图书馆永远没有装进新书,原来的旧书要么被人翻得很破了,要么从来无人问津,落满了灰尘,然后又被蜡烛的味道熏得失去了纸香和墨香。我相信古老的图书馆、没有更新的图书馆一定会有这样一种陈腐的、衰败的、布满尘土的味道。如果我们局限于这样的一个经验,那我们就可能带着古老图书馆的气息。他说:"虽然这样的香味比世界上所有的香料还要珍贵,但是同时它又是危险的,会引起我们的自我窒息。"

这是他的《人的大地》。这样的一本书,如果我们要从类型小说上讲,它改变了一种方式。西方有一种结构很松散的小说,大段的内容不讲述故事也不塑造人物,不推进情节也不干扰环境,而是像哲学家一样在那里沉思冥想然后把这种沉思冥想呈现出来,更多的是一种思想上的东西。这个类型在过去也有一个命名,叫哲理小说。圣·埃克苏佩里很自然地讲述了飞行给他带来的不同的生命体验。他并不想因为已经是一个成功的探险小说家以后这辈子就做一个探险小说家,就像我们今天会讲鬼故事的人就讲一辈子鬼故事。但这个很难,因为大家讲鬼故事恐怕都讲不过蒲松龄,甚至都讲不过纪晓岚。我不知道大家读过纪晓岚的《阅微草堂笔记》没有,《阅微草堂笔记》

也有大量的类似于《聊斋志异》的鬼怪的故事。我们可能很难讲过他们。文学类型在发展，作家自身也在发展。当圣·埃克苏佩里在一个领域当中已经成为第一流的作家，突破了这个类型的时候，让这个类型产生了一种强烈的艺术效应的时候，让别人再要写这个类型变得很困难了以后，他自己突然转型了。他这种转型不是为了转型而转型，而是跟他体会到的、体验到的生命历程有特别大、特别深刻的关系，因为他也是通过飞行积累了经验。

但是这个时候的经验是另一种经验，是关于人跟地球的思考，是关于人跟自然之间关系的思考，是我们跟所处世界的关系的思考。如果说过去的人对这个世界不太了解是因为科学技术没有使我们达到一个很高的视点，没有给我们建立一个广大的视野，所以我们假定有一个人在帮我们看这个世界，我们假定这个人把世界的所有秘密都通过某些经典告诉我们——基督教通过《圣经》，伊斯兰教通过《古兰经》，佛教就是通过更多的佛经，把它所看到的东西告诉我们，规定了一种世界秩序——宗教也是对世界秩序的一种规定，然后让我们遵从它，那么今天这个视点让给人了，我们知道，这个视点还在不断地升高。我们已经在大气层外建立了轨道站，它们每天都在回头观望着这个世界。人类已经从月亮上回望过这个世界，我们还会去到火星，我们还会去到别的地方，因为这个世界如此广大。但是天体物理学家告诉我们，很残酷，人类要永生是不可能的，因为就现在的技术条件来看，人类的生命将跟地球一起消失，再过20亿年、30亿年，太阳变成一个红巨星的时候——太阳会无限度膨胀——地球就没有了，被太阳吃掉了，当然人类也会变成一堆小小的灰尘。人类要逃脱这个命运就必须找到解决方法。

圣·埃克苏佩里已经预见到了移民，不是我们在地球上修一个水库，从丹江口淌到半山上去这样一个小小的移民，是我们要去外太空寻找另外的类似于地球这样的空间。因为太阳系已经进入中年，乃至晚年，大概还有50亿年这个系就没有了，而在这之前很早地球就没有了，太阳在自己的生命周期当中把地球吞没了。所以圣·埃克苏佩里建立起这样一个几何空间，当然他在那个时候还没有达到。他写这本书的时候是20世纪30年代，飞行时代才刚刚开启。八十多年前他写下了这本书，但是我们今天来看他总是愿意扩张自己的视野，愿意一点一点拓宽他的眼界。并不是突然之间有了一个天才一样的发现；人类产生第二个上帝，站得更高，告诉我们前一个上帝作废了，现在我是新上帝，你们都听我的，这样的情况大概也不会出现。靠的是人类的主动精神，一步一步往前推进。

圣·埃克苏佩里就这样地让人打开他的世界，发现他的世界。那么这时我们可以讨论一个问题：类型文学或者说文学的类型。美国有个文体学者叫作艾布拉姆斯，他表达了一个这样的观点，说我们为什么要建立文学的类型呢？这是现代科学发展的一个结果。有的时候做数学或者做别的东西,也需要建立一个跟它的学科相关的可靠的模型,文艺在这方面是在向数学或者向别的学科学习。如果建立一个数学模型,那一定是非常准确的,但是文艺又不可能把所有的东西都简单换算成数学单位、一个什么样的值,比如现在流行说"颜值"。当然我们自欺欺人这样说一说是可能的,但是要正式把它定量则是可笑的。当然也可能以此表达人类的一种雄心壮志,不是说北大有一个保安要创立一门"颜值学"吗?这是前几天我从手机中看到的消息。其实这样的努力过去民间都有,四川人看见一个漂亮女的,有些人会问你这样一句话:"她面上有几颗米啊?"几颗米就是等级,你说有十颗米就是满分,八颗米就是大概不错,要是眼睛再大一点点就是十分了。其实这也是确定"颜值"的一个努力。但是我们知道它总是不可靠的、大致的、边界模糊的。

艾布拉姆斯在探讨建立类型文学的时候,其实是特别想建立起来一些关于类型的模型:什么样的小说达到一些什么样的标准,它就是一个特别标准的探险小说;什么样的小说达到一定的什么样的标准,它就是一个标准的吸血鬼小说。当然西方有他们的分类,就像我们今天的类型、我们的分类一样。但是既然不能建立关于类型的可靠的模型,我们为什么又愿意从类型来讨论文学?就像刚才我说,自然科学方面也是这样。人类的经验是延续性的,我们关于小说的经验,小说表达经验、小说鉴赏经验的积累也是日渐增加的，如果不建立一些基本的模型，不对它们进行一些分类，如此不同的、这么多的小说结合在一起的时候，我们很难讨论。所以需要归类，类型也是对文学的一个归类。对作家来讲，对创作者来讲，使他在同样的领域当中，在有限的经验当中，能关注到他最应该关注的那些前辈作家，关注他所处的这条河流的上游，如果他正在创造中游的话；对鉴赏者来讲，他也已经建立起来一个美学序列，是可以讨论的。但是艾布拉姆斯说，必须同时充分地注意到，如果文学类型的划分或者文学类型的命名只是到此为止，我们也就等于宣判了类型文学的死亡，而我们讨论它的目的是助推它的成长。

这个时候他就说我们要注意到不同类型中产生的那些最优秀的作品，它们所创造的超越性，或者我们刚才所说的牛奶煮开了超过了规定的缸子。如果牛奶煮开了溢出了缸子把炉火扑灭了，这不是一件好事，第一，我们损失了牛奶；第二，我们还要花很多工夫来清理被牛奶污染的灶台。文学艺术所要追寻的刚好就是这种溢出效应，而能够驱动这种溢出的，就叫作作家的或者艺术家的创新能力，或者说他的独创性，就使他又一次开拓某一种类型的边疆。只有这样的类型文学，才是超越类型的。所以艾布拉姆斯也指出另外一种情况，就是今天文学史的构成中真正留下的作品，我们感觉到无法归类，就是因为每一种类型文学当中最顶尖的作品最后都溢出了类型，最后由这些溢出类型、溢出流派的文学作品构成了文学史。文学史中有这样的一些优秀的作品，如果我们只有关于类型的规定性，或者规定性太强，就抑制了作家独创的创造性。艺术之美也必须像圣·埃克苏佩里飞行所扩展的物理的、地理的边疆一样，在类型当中不断拓展新的边疆，这个边疆有时候叫审美，有时候叫情感，有时候它叫思想。

美国有一个很著名的文化批评家叫苏珊·桑塔格，她写过两部书，这两部书都不是很长，对文艺理论有兴趣的可以看一看。一本书叫《反对阐释》，《反对阐释》已经被讲得很多了，相比之下，另一本书讲得很少，叫《新感受力》，或者译成《培养新的感受》。因为只有这样才能把苏珊·桑塔格关于文艺的理想前后映照，使我们能够看得非常完整。《反对阐释》是说这个世界上已经出现了很多新的艺术样式，但是我们还总是试图用一些旧的理论工具来解释一些旧的理论已经不能涵盖的作品，所以我们要反对这样的阐释，拒绝这样的阐释。当然她是一个西方资本主义学者，我引述她的话并不代表我同意——她说进行过度阐释的两个最典型的思想工具一个是庸俗马克思主义，一个是弗洛伊德学说。

庸俗马克思主义有一个特征就是它只用阶级斗争分析对象，或者它把人类的行为完全解释成一个阶级学的动机：剥削、剩余。庸俗马克思主义的分析建构在这样一个思想基础之上，当我们把这样一个东西导引到小说中，来看一个小说中的人物关系的时候，它就变得很困难。你突然发现人类之间的关系不全是剥削与被剥削的关系，人与人之间的关系并不只是一个经济不平等的关系。比如圣·埃克苏佩里和跟他一起飞行的两个人之间怎么会建立这种关系？——圣·埃克苏佩里说他呼吁建立的是另外一种关系：人与人之间的交往。不是反抗你对我的剥削，或者是希望你钱比我多，你分一点给我，我们来一个平均财产、平均地产，不是这样的一个思路。而弗洛伊德学说的问题是把所有东西都解释成来自性的冲动，探险家一定都是一些特别性亢奋的人。但是这样的解释恐怕大家也不认同，难道不探险的人，他们就不性亢奋吗？

所以苏珊·桑塔格说我们反对过度的对文本的社会学意义或者心理动机的阐释的时候，我们要注意艺术带给我们的新的感受。每种新的艺术出现，就带来了一种新的感知世界的方法，这个时候你不是阐释它，而是去接受它。你接受了你就扩充了，因为你的感受是由过去的那些美学样本所建立起来的，它们给你一些艺术的规定性，比如中国人看月亮就有规定性，你看不出新鲜的东西。尽管阿波罗13号早在20世纪60年代、70年代就上了月亮，阿姆斯特朗告诉我们说这个月亮像什么样子，但是我们想起来，还是"对影成三人"，还是"千里共婵娟"。月亮升起来就是跟相思有关系，没有办法，民歌都要唱"月亮出来亮汪汪，想起我的阿哥在深山"。这是中国人关于艺术的规定性，我们落入一种象征的隐喻的境地，走到一条老路上去。那么为什么我们不能建立一种新的东西呢？我们能不能借助一种新的形式来呈现一个新的月亮呢？很难，但是一定有人会做。但当他们做到的时候，如果我们还拿李白的诗、苏东坡的词去解释它，那么这样的阐释我们就是要抗拒的。

苏珊·桑塔格告诉我们，你不要急着阐释，你先接受。因为它的感受会转化成你的感受，因为人类的感受是大家共同建立起来的。在今天这个全球化时代，这样一个人类的普遍经验就更是如此。我们的经验不光是在一些可描述的知识系统里头，其实在审美上，在别的地方，在不那么能明晰表达的地方，我们也会接受这样的一些东西。最直接的，如果说对文学我们感受还不是很强，比如说绘画，比如说音乐，在我们接受时是不是在给我们带来另外一些东西？我们用唱民歌的方式来阐释rap该怎么说呢？没有办法阐释。它们确实是不同的类型。而且类型很多时候会消失，中国的民歌的唱法在音乐史上肯定会消失，99.9%的rap也会消失，但是最后一定会在音乐史留下一点点。那么这些既是类型的，也是超越类型的。不光文学如此，音乐也是如此。

离题太久了，回到圣·埃克苏佩里。第二次世界大战爆发——我们讲人文历史总是跟大的历史有关，圣·埃克苏佩里非常爱国，身体不好，还冒险飞行，我们讲到他从飞机上就摔下来了两次。幸好那个时候不是喷气式飞机时代，螺旋桨飞机时代摔下来后果不是很严重，如果特别严重就没有圣·埃克苏佩里了，像今天的空难就很少有人会活下来。尽管他身体不好，第二次世界大战爆发后他还是应征入伍了，但是没打几仗，法国空军还没有真正升空作战，陆地上就败了。贝当政府以一种比较隐晦的汪精卫式的方式向德国投降了，一半法国让给德国人，南方也没有维希政府。这样的结果当然是圣·埃克苏佩里这样的人不能接受的，1943年，他流亡到了美国。

这样一个变化对他来讲特别致命。原来在法国他是一个什么样的人？《夜航》写出来后受到追捧，受到欢迎；《人的大地》也取得巨大成功，后来这本书再出版的时候，出版商说只有"人与大地"还不行，进一步美化他的书名，叫《人、星空与大地》，这样才能把这本书的精神气质概括出来，当然圣·埃克苏佩里也同意了。就是不管在他的探险飞行事业上还是在他的文学事业上，都在如日中天的时候，他失去祖国，开始流亡。他住在纽约，刚才我说他是富二代，城里的公寓不算，家里还在乡下有庄园，但是在美国没有人认识他，庄园搬不走，只能租一个小公寓。偏偏这个时候婚姻还出了问题，两口子太习惯成功了，不习惯不成功，两个充满失败感的人待在一起是一件很困难的事情。就像他，走上街没人认识他，过去在巴黎上街都要化装，戴帽子，戴口罩，戴眼镜，怕人认出他；现在大摇大摆出去，没人认得。美国人也很有姿态，说，法国佬不行吧，刚一打就投降了，还有脸跑到我们美国来。在这样一个环境里，由于失去祖国，生活完全跌落于深渊，人生残酷的另一面被他体验,悲凉,孤独,甚至都没有人说话,大约他英语也不是很好。法国人也很骄傲,觉得法语是世界上最优美的语言,如果在巴黎你用英语来问路,其实他听得懂,但他会告诉你我不会讲英语,请你讲法语。他们有这样一种骄傲。但是这个时候这一切都变成另外一种经验——真正的作家就善于利用各种各样的经验,在这种孤独状态当中,他就想起我前面讲的。

回溯一下我们埋下的伏线:他在撒哈拉沙漠里,有一次遇险,然后他走了一个星期,终于一个人走出沙漠,走到开罗附近被人发现,被人救下。他觉得他的前半生都看到人的可能性、技术的可能性、拓展边疆的可能性,这个时候他就意识到人也有很多不可能。他总说他同事之间的交往、人与人之间的交往,他发现在某种情况下,可能只在这种极端环境中,才能建立真正的人和人之间的交往。大部分情况下,人是一种特别孤独的生物,孤独甚至成为一种特别绝对的东西、难以超越的东西,突然在这个时候显出它的本质来,所以他决定要书写这份孤独。

这一写了不起。我相信在座的一定有很多人读过这本书——《小王子》,就是他在命运最悲惨的1943年写于纽约的。他就要写一种极端的个人的状态,所以这个时候你看他又采用另外的类型。我们可以把它定义成两个类型。一个是科幻小说,因为他设想了一个不存在的星球,这个星球之小呢,只能容得下他一个人在这儿来来去去,唠唠叨叨。这个星球上存在的事物也非常有限,他不断跟这几个事物唠叨,体现了人物特别孤绝的一个状态。当然反过来,我们也可以把它看成一个童话小说。你又发现另外一件事情,就是有时候成功的类型还跨越类型,一个是意义上的溢出,第二个是它可以跨越不同的类型。你愿意把它看成一部科幻小说,它当然是一部科幻小说;你愿意把它看成一部童话吧,它当然是一部童话。但是它仅仅是科幻小说吗?它仅仅是童话吗?很显然,不是。所以今天这本书在全世界已经印了两亿多次,还在不断印刷。我们可以回想,我们看文学要看紧张的,要看关系复杂的,要看思想深刻的,这些圣·埃克苏佩里在他创作的前阶段都给我们贡献过了,现在在贡献极其单纯的、极其纯净的、每一句话都能击中你的。这个作家随着他的成长,开始写这本书,而且他很好地运用了他在撒哈拉沙漠的飞行经验,因为我们知道《小王子》就是从他的那次撒哈拉空难开始的。我念一念《小王子》的这段开头:

> 我就这样孤独地生活着,没有一个真正谈得来的人。一直到六年前在撒哈拉沙漠发生了这次故障,我的发动机里有个东西损坏了,当时由于我既没有带机械师也没有带旅客,我就试图独自完成这个困难的维修工作,这对我来说是个生与死的问题,我随身带的水只够饮用一星期。

这是我刚才已经描述的,他是从当时他直接的处境开始写的。但他接下来没有说他是怎么艰难求生的,他就开始幻想他遇到了一个人:

> 我随身带的水只够饮用一星期。第一天晚上我就睡在这远离人间烟火的大沙漠上,我比大海中浮在小木排上的遇难者还要孤独得多,而在第二天拂晓,当一个奇怪的小声音叫醒我的时候你们可以想见,我当时是多么吃惊。这小小的声音说道:请给我画一只羊好吗?

这个大家分析一下,联系一下。他没有写自己逃生,他说我有一个奇遇:

> 请给我画一只羊好吗?给我画一只羊。我像是受到惊雷轰击一般,一下子就站立起来,我使劲儿揉了揉眼睛,仔细看了看,我看见一个十分奇怪的小家伙,严肃地向我凝望着,这是后来我给他画出来的最好的一幅画像。

小说是这样开始的。然后那个小家伙又说:"请给我画一只羊。"因为小家伙也很孤独,他希望有一只羊能跟他相伴。那"我"就开始给他画羊。第一只羊画出了,说你画得太大了,我这个地方太小装不下,给我画一只小的;又画一只小的，然后又嫌不好看。小王子有审美标准，说能不能画好看一点，我整天跟他相对，整天跟一个红鼻子小丑，我也受不了啊！小王子有审美要求。这表面看起来很简单，其实我们也可以把它看成人类精神相对的最基本的一些隐喻或者是象征。当然我们如果觉得这也算是一种过度阐释的话，那么我们可以回到纯净的文字本身来欣赏它。他就创造出这样一个文体。

我们来看他的一生，他就跟写作发生这么多的关系，但这种跟写作的关系更重要的是，不是为了写作而写作。今天我们的写作正成为一种职业，我也是一个职业作家，我就经常想，我能不能逃脱一个职业作家的那种写完这本书接着下本书写作的命运，而是我这一生在这世上游走、学习、经历，最后这些书不过是这样一个人生经历附带的产品？当然不因为附带而降低它的严肃性、审美性。

在这个意义上讲，经常有人问我说你喜欢哪位作家，或者他们直接问我崇拜哪位作家。我说我要崇拜一个人大概有点难，喜欢是可能的。他们其实特别希望我说出一些更知名的名字，像托尔斯泰呀，李太白啊，诸如此类。但如果是要找到一个作家，我觉得是特别完美的，他的作品跟他的人生之间有着这种特别良好的、特别光辉熠熠的互动关系，我想圣·埃克苏佩里是我的偶像。如果一定要说的话，我愿意这么说。他写完这本书以后，世界里的故事还在进行，所以他的人生故事还是要继续进行。

美国人开始参加第二次世界大战。开始后美国人做的第一件事情就是在撒哈拉沙漠那一带的北非参加战争。我们可能看过一部电影叫《巴顿将军》。巴顿将军跟德国人的战争就是从撒哈拉沙漠的北部开始的——跟隆美尔之间的战争从这开始。这个地方就成了盟军的根据地，反攻从这儿开始。第一个反攻的不是诺曼底，而是西西里岛，意大利的，就是从这儿出发。当然他们也大量地在这建立空军基地，飞到德国去侦察，去德国占领区侦察、轰炸。这个时候，圣·埃克苏佩里强烈地产生了一种愿望，他又回过头加入了美国人重新武装的法国空军。他曾经退出了投降的法国空军，现在建立起来的是另外一支开始反抗纳粹的法国空军。但是他的身体是如此之糟，第一，他已经不能当战斗机的飞行员，也不能当轰炸机的飞行员，他只能当侦察机的飞行员。就是天气特别好的时候飞得很高，高射炮也够不着，然后拍照。如果拍到一个新的目标，那么第二天战斗机和轰炸机就出发。但是因为他两次坠机，尤其是第一次他在山上坠机——他坠机的那个地方叫危地马拉，颅骨受伤后裂口其实一直愈合得不是太好，所以压迫到了神经吧，就经常周身疼痛僵硬。但是他回国参战的愿望又是那么强烈，几乎就像我们看我们的抗战电影里头，软磨硬泡一定要参加战斗、深爱自己祖国的这样的人。对他的体检很全面和严格，下来之后说，因为他懂飞行，不需要培训，如果他是一个新的飞行员，需要培训，就不用参军了。医生给他做的评估是只适合做四次飞行，就满足他的爱国热情让他飞四次，但他超极限，也是一次一次磨，飞了八次。1945年，飞了八次。第二天要退伍了，又磨，允许他飞第九次，他知道这一定是最后一次，第二天就要飞出去，那天晚上他没有睡觉，被子叠得很好，到城里酒吧里去喝了一晚上的酒。第二天上天飞行，从阿尔及尔出发，飞越地中海，到法国南部侦察飞行，就没有再回来了。

这是圣·埃克苏佩里生命的最后一天。那么这天发生了什么事情？因为圣·埃克苏佩里有这样高的成就，作为飞行员也好，文学成就也好，他的消失还引起后代人们的其他兴趣。后来有人研究这段历史，一查，恰好那一天欧洲的上空没有发生任何一次空战，二战时期光是法国空军被击落的飞机是一万一千多架，圣·埃克苏佩里驾驶的P38也是其中的一架，但是那一天确实没有发生任何的空战，没有这个记录。很多人就开始猜想，既然他的飞行被判定为最后一次，他已经无数次突破飞行的极限，那么他是否会觉得他的飞行生命已经结束了？作为一个飞行家、探险家，同时作为一个已经写过《夜航》，写过《人的大地》，再写过《小王子》的作家，他还能写出什么来呢？他的飞行结束了，所有这些经验的积累、表述的可能都是由他的飞行提供的，当他失去了他的飞行生涯以后，他还能靠什么经验来继续他的写作呢？尽管在这期间有一个德国人，因为圣·埃克苏佩里在欧洲太有名，曾经写过一本书说是他击落了圣·埃克苏佩里——这个世界上借不好的事情来出名的人很多，只要出名，好不好无所谓，这种事情过去就有。但是大家不相信，第一是因为这个世界上没有记录；第二是两种飞行器——侦察机和战斗机经常不在一个高度上，够不着。

一直到1982年还是1983年，我不太记得了，大家可以去查查这个年代，在地中海有一个渔民捞起来了一个手镯，钢铁的手镯，上面有圣·埃克苏佩里的名字和他老婆的名字。这个手镯是他完成某次飞行后他老婆送给他的，不锈钢的手镯。捞出来后大家就知道了那一天圣·埃克苏佩里是坠落在这个海当中的。那么他的坠落是以一个什么方式呢？是被动的还是主动的？由于圣·埃克苏佩里在欧洲一直被很多人崇敬和热爱，他们就组织了一支打捞队，花了很多很多钱搜遍这片海域，最后找到了他当年的飞机的一部分，然后送到非常高等的实验室里去分析这个飞机身上的伤痕。结果是：第一，没有枪炮打过的伤痕；第二，他们通过建立数学模型算出来，用三百多公里的速度、六十多度的角度插入水中，金属才能造成这样一种磨损，这样的角度是飞行员非常愿意飞的、非常漂亮的角度。大家从此就愿意相信是圣·埃克苏佩里在他最后一次飞行中做了一个神秘的自我了结。当然这个了结也是美丽的、高贵的，我想用高贵这个词。

就是这样一个作家丰富的作品跟人生之间的特别映照，正好我想用来讲我们的文学。因为今天文学已经变成了另外一种工具，用来出名，用来挣钱，用来干别的。但是这个时候不管是创作文学的人还是阅读文学的人，在今天这样一个消费社会当中，我们正在越来越远地离开文学本身所应该提供给我们的那些价值：情感的价值、审美的价值、认知的价值。我们在越来越多地关注它在消费社会中所建立起来的另外一些功能。首先它是一个赚钱工具，当然同时它也是赚取名气的工具，然后因为要更多地赚取钱跟名声，那些内容提供商或者出版者就会告诉我们：思考多累啊，娱乐一下吧！我们给你一点刺激，光说脑袋的事情多不好啊，我们说说下半身吧！就用很多商业推广的策略。而文学本身是提升人的，从古到今它都在美学的、哲学的视野当中，但是今天我们在把它泛娱乐化、泛消遣化，使它失去本身所应该闪烁的人性的光芒、美学的光芒。所以在今天这个讲座当中，回过头来讲一讲这个例子，我相信应该给我们很多很多的启发。这也是讲座开始的时候我说，我讲我自己，还要讲这样一些比较接近"高大上"的理由。大家一定会嘲笑说你看你卖不过网络小说家吧，你书卖不掉你就自我安慰吧，因为我们今天已经特别善于制造出这样一个语境来贬低一些文学本身应该存在的价值。我只是相信文学还有这样的一些功能，我只是相信圣·埃克苏佩里这样一个文学家的人生是更有意义的人生，比当一个每天坐在电脑面前吭哧吭哧码一两万字的人的生命更有价值，更有意义。谢谢大家！

文化的转移与语言的多样性

——在华中科技大学中文系的演讲

今天的话题主要是讲汉语言文学如何包容别的民族文学，或者是别的文化因素，因为这样的事情在今天的中国正在广泛发生。回顾文学史，其实这样的情况早就出现过。比如说读到汉代古诗的时候，就有"敕勒川，阴山下""天苍苍，野茫茫，风吹草低见牛羊"，这就是今天已经消失的鲜卑人的歌曲。就我们知道的，唐代王室中就有鲜卑人的血统。

但是我今天不太想纵观文学史或者是谈我的感受，我想讲另外一个使中国语言发生变化的例子。我想讲一个和尚的故事，一个印度和尚。这个印度和尚是一个后来深刻影响了汉语言的大翻译家，他的名字叫鸠摩罗什。今天中国很多佛教徒念的汉语佛经，其中有相当多最基本的佛经是由鸠摩罗什翻译定稿的。比如说佛教徒一定会念的《金刚经》，一定还会念的《无量寿佛经》，就是我们经常说的《阿弥陀佛经》，还有唐代的时候王维最喜欢的，也是唐代诗人最喜欢的《维摩诘所说经》——王维把他的字号叫作摩诘，就是跟这个经卷有关系。

鸠摩罗什这个人很有意思。我曾经在一篇文章当中说，佛教徒或其他宗教传教的人可能是这个世界上最早的世界主义者，或者说国际主义者。鸠摩罗什的父母是印度人，但他出生在西域的一个小国——龟兹，时间大概跟魏晋南北朝那段时期相当，就是公元300多年到400年这样一个时期。为什么西域会有那么多小的国家呢？因为那个时候西域大量的地方是戈壁和沙漠，人类只能居住在由天山的雪水所灌溉的一块一块绿洲里头。所以那个时候的西域，差不多每一块绿洲就会有一个城市，一些农田，形成一个小小的国家，比如龟兹、楼兰、渠勒、于阗、哈密。

鸠摩罗什长到几岁以后就去印度，在应该说是印度海拔最高的地方——克什米尔学习佛教。他到中国来时就成为一个高僧了。那个时候即魏晋南北朝时期，中国处于大分裂的状态：我们这一带叫东晋，北方有一个氐族人的政权叫前秦，前秦的皇帝叫苻坚。

这个时候的鸠摩罗什二十出头，很年轻。但是他的名声居然就通过那时不统一的中国，越过西域的沙漠，越过玉门关，经过凉州、瓜州、沙州（就是河西走廊），一直传到了长安。这也是佛教刚刚传入中国的时候。我看过梁启超先生的考证，说是东汉末期就有人开始翻译短篇的佛经，叫《四十二章经》，但是《四十二章经》不是完整的佛经，而是佛经当中的一些片段。

符坚大概是觉得这个国家需要不一样的信仰,居然为了把一个人弄到身边来传播教法,派了几万大军远征龟兹。我们知道历史上大量的战争是要掠夺资源开疆拓土,但这次符坚派出一个叫作吕光的大将带了五六万兵马,穿过河西走廊,越过西域的沙漠,到达龟兹,不为疆土,不为金银财宝,不为美女,目的只有一个,就是去抢一个和尚。

符坚给吕光下了一道命令说,你把这个人给我带回来,这是唯一的目的。这大概是中国战争史上的一个奇观。吕光真的很快势如破竹地就把龟兹拿下了,一路带着鸠摩罗什返回。返回时走河西走廊,第一站就是凉州。大家知道唐诗里面有《凉州词》,凉州其实就是今天甘肃省的武威市。进入河西走廊,翻过乌鞘岭,就是武威。走到武威的时候,前秦已经没有了——学过历史的就知道有一个淝水之战,符坚大概比较轻敌,中了计,用八十万人对东晋的八万人马,最后八十万全军覆灭了。

这场战争也在汉语里留下一些痕迹。我们经常说的成语"草木皆兵""投鞭断流",就是淝水之战留下来的一种语言记忆。吕光刚刚走到凉州,派自己出去打仗抢和尚的皇帝已经倒台了。那怎么办呢?他不走了,就在凉州自立了一个小政权,叫后凉,自己在当地当起皇帝来了。历史上有很多个凉国,比如前凉、西凉,他立的国是一个小国,叫后凉。

这个时候，鸠摩罗什就面临一个大的问题。苻坚在的时候，吕光不折不扣地执行苻坚的命令把这个人抢回来，但是并不理解要去抢一个和尚回来干什么。他自己大概是一个大老粗，而且那个时候中国还没有完整的宗教。因为宗教总是跟一些仪轨、戒律有关系，所以他就觉得一个和尚肯定有很多戒律，不吃这个，不吃那个，这个事情不能做，那个事情不能做，其中最大的戒就是色戒。他觉得这是个很奇怪的事情，尤其是色戒。他想，这个不行，我一定要把这个规矩给你破掉。他打下龟兹的时候，顺便就把龟兹的公主也抢来了，然后一路押着。本来他准备回去献给苻坚，哪知道苻坚因为淝水兵败，已经被自己的部下姚苌给杀掉了。

吕光觉得鸠摩罗什这个外国和尚很聪明，有文化，而自己是大老粗、计谋不足，那鸠摩罗什最好的出路就是给自己当军师。他经常为统治这个小国问鸠摩罗什一些问题，鸠摩罗什也经常能给他出一些好的主意。但如果让鸠摩罗什死心塌地地成为他的高级幕僚的话，一定要把他的色戒破掉，并且不再当和尚了。吕光没有想让鸠摩罗什弘扬佛教，天天晚上把他跟龟兹公主关在一起。终于有一天，鸠摩罗什把持不住，破了戒。所以鸠摩罗什就在武威这个小小的地方待了十多年，平常给皇帝吕光出谋划策，打一点小仗，出去抢一点牛马。

这无疑是对鸠摩罗什的巨大浪费。当然这个情况没有持续很久，大概二十来年。这个时候在长安的另一个皇帝，后秦的皇帝姚兴又想起来，当年我们这儿曾经派出去过人去抢一个和尚，怎么这个和尚还没有回来？一问才知道，吕光都在武威自己当皇帝了。姚兴说，这不行。所以后秦又派兵，又为了一个和尚而发兵凉州，把小小的后凉灭掉了。灭掉后凉的目的之一，当然是扩大疆土，但更重要的是把鸠摩罗什迎回长安。后秦将鸠摩罗什迎回长安后很快组织了大规模的"工作室"，那个时候叫道场。组织道场干什么呢？翻译佛经。

鸠摩罗什在长安的道场开始翻译佛经，译了几十年。姚兴这个人信佛。鸠摩罗什佛经翻译得好（因为之前也不断有人在翻译，有中国的和尚在翻译，外国来的和尚也在翻译佛经。但是就翻译佛经的数量、质量来讲，可能到今天为止还是鸠摩罗什翻译的佛经数量多，而且质量最高），数量多，质量高。皇帝就想，这个人太聪明了，这个种子很好，基因很好，如果这个人幡然悔悟，重新当和尚，穿上袈裟，又要戒色，那他一死，他的基因就没有了。不行。皇帝就又给他配女人，而且不是配一个，是配几个。鸠摩罗什没有办法，也不愿意再翻译佛经。佛教徒是要守戒律的，戒律里头经常说"三藏"。"三藏"是什么呢？佛教文字典籍有三种：一种叫作经，一种叫作律，一种叫作论，合称"三藏"。

第一藏，经。经是释迦牟尼的语录，就像《论语》是孔子讲的一样。释迦牟尼的弟子们记录的释迦牟尼曾经讲法的东西，叫作"经"。

第二藏，论。后世的高僧大德读了这些经以后，接受佛教的哲学思维，对这种思维的再阐释就是论。就好比后来的朱熹、王阳明，他们写的书就应该叫作论。当然这可能是不太恰当的比方。

第三藏，律。律就是讲规矩，讲戒律。佛教的戒律很复杂，一个普通的在家人要信佛教，最起码、最简单的是要守五条戒律：不要乱说话，叫作不妄语；不要吃刺激性的东西，首先是不饮酒，其次不吃对味觉有太大刺激的东西，拒绝对身体有过强的刺激；等等。如果是出家当沙弥，就要守八条沙弥戒。一步一步往上，一些高僧如果要守菩萨戒，他的戒律会有三百六十多条，就有很多很详细的规定。这叫作律。

鸠摩罗什翻译的就是"经"，今天汉语里头的佛经他翻译了很多，所以皇帝要给他很多女人，把他的基因留下来。但历史没有记载过他的基因是不是通过女人留下来了。他知道社会上对他有很多诟病：一方面崇拜他的才华，颂扬他传播佛教的功德；另一方面，尤其是佛教界不满他这种被迫不守戒律的行为。他圆寂之前，给弟子说过一句话，如果别的高僧大德做出了像我这么伟大功绩的话，那么死的时候通身都可以化为舍利。舍利是没有破戒的人才有的。他说，我因为没有守色戒，所以身体不可能化成舍利，但是我有一个地方有大功德——翻译。把佛教经典从一种语言变成另外一种语言，这是口舌之德，所以我的舌头会化成舍利，因为我有在两种语言之间互相翻译的功德。果然，传说他圆寂以后，他的舌头化成了舍利。

后来有人把他这些舍利送回当年吕光让他破戒的武威。今天武威市里还有一个高塔，叫鸠摩罗什塔。据说，这个塔下就是他的舌舍利。

我说这个故事是什么意思呢？今天我们在做翻译的时候，经常要求助于辞典，好像所有的语言，每一个词、每一个概念都有一个对应的表达。如果语言真是这样，那么我们今天很多的翻译就没有什么意思了，因为不会有文化的转换：一种语言跟另外一种语言只是发音不同，意思完全一样，完全可以对译，这样的翻译就没有价值了。

鸠摩罗什要开始翻译佛经的时候，觉得没有办法下手，因为佛经里头有一些概念（佛教首先是一门哲学，如果说中国有一点哲学的萌芽，那当然是战国时期的诸子百家了，也许还要加上后来比较宗教化的道家），在汉语里找不到对应的词来表达。比如说他译的《心经》里头有很著名的两句话，也许大家都听过："舍利子，色不异空，空不异色。色即是空，空即是色。……无眼耳鼻舌身意，无色香声味触法；无眼界，乃至无意识界；无无明，亦无无明尽。"其中的"色"与我们今天的"色"已经是完全不同的概念了。翻译佛经之前，中国的古典文献《诗经》《楚辞》《汉乐府》，这些先秦的表达里头有没有"色"，有没有"空"？肯定有"色"这个字，也有"空"这个字，但是表达的是什么意思？鸠摩罗什在翻译佛经的时候，使用了这两个字，表达客观存在跟主观意象之间的关系。这是两个已经有的字，但在此表达的是全新的意义。以前"空"就是空，坛子里没有米叫作空，水缸里没有水叫作空，是很具体的。"色"是什么呢？目遇之而成色，眼睛看见的叫作色。那个花是红的，这个花是白的，树叶是绿的；昨天晚上一个同学熬夜打游戏，眼圈是青的；诸如此类的，它们都是实体。鸠摩罗什翻译佛经使用这两个字的时候，将词义扩张了，变成了哲学性的、世界观的、抽象的表达。这个时候的"色"泛指世界上所有物质性的存在，而"空"完全达到哲思的境界。佛经翻译从魏晋南北朝时期开始，一直到唐代，集大成者当然是唐玄奘。由翻译佛经始，汉语发生巨大的变化。

今天我们念的《心经》的底本就是鸠摩罗什翻译，然后由唐玄奘再次翻译最后定稿的译本。我对照过鸠摩罗什和唐玄奘两人《心经》的译本，发现有很多表达不太一样，但是"色不异空，空不异色。色即是空，空即是色"这十六个字在鸠摩罗什的译本当中就已经定下了。

魏晋南北朝时期以后，不止鸠摩罗什一个人翻译佛经，众多佛经译者给汉语带来了一个大的变化——这个时候就开始出现了很多不一样的词。比如今天还在使用的"世界"，过去汉语里面没有这个词。在"世界"出现之前，中国人表达类似意思的大概是"天地"。但"天地"显得有点超脱，而"世界"里头"世"这个字包含了人生经历、人的生命体验，所以它和

"天地"相比有更强的哲学认知意味。

比如今天还有一个很正面的词"执着",表示坚持、持之以恒。佛教里的"执着"是在鸠摩罗什翻译佛经的时候出现的,但意思是负面的。佛教是反对执着的,要放下,不能执着。佛经里头有一个词叫"破执",要把这种"执着"破掉。

还有很多形容时间的词,比如今天说的"须臾之间",也是佛经里的词。还有"弹指间""一刹那",之前中国人没有这样的表达方式。这些都是佛经里时间的一些特殊的计量单位,今天听起来像形容词,其实它们是很准确的计量单位,计量一些不同的时间。佛经里最大的时间单位叫"劫",与我们今天说"抢劫""劫难"不同,但是有一个成语里还保持了这个字原本在佛经里的意义——"万劫不复"。

"劫"有多长呢?佛经对它有规定:最初的人可以活到八万岁,后来人的寿命慢慢开始缩短,每一百年缩减一岁,以至于缩减到释迦牟尼出世时候的五六十岁、七八十岁。由八万岁减到一百岁,大概要好几千万年吧,我没算过具体数字——佛经里面有句话,"算数譬喻所不能及",算数算不过来,这个时间太长了。劫还有小劫、中劫、大劫,从八万岁减到几十岁的几千万年叫一个小劫,二十个小劫构成一个中劫,四个中劫构成一个大劫。一个佛管一个世界要管一劫。我们今天这个世界据说由释迦牟尼来管。我们在庙里看见大肚子弥勒,我们叫他弥勒菩萨,他笑眯眯地坐在那儿。释迦牟尼这一劫的任务完成以后,就该他接手,他就成了弥勒佛,所以他也叫未来佛。释迦牟尼是现在佛,之前还有过去佛,十万八方都有佛。

佛教是众神教,神太多了。佛教给我们许的愿是人人都可以成佛。基督教不许这样,别的教都不许这样。基督教最多保证你可以去到天堂,但是不保证你能成神。但是佛教是说人人都可以成佛,所以将来世界上,人没有了,满空都飘着佛。

但是我自己不是佛,我要申明我也不是佛教徒,也不太相信佛经讲的东西都可以实现。佛经最著名的《阿弥陀佛经》讲:你们多念《阿弥陀佛经》,念到多少遍的时候就生成功德。所以我们看见很多人什么都不念,就念"南无阿弥陀佛",说是念多少遍就可以往生极乐世界,那儿是另外一个佛管的。那个极乐世界是什么样子呢?佛经里说那个地方很好,没有高山,没有丘陵,全是平地。平地景观没有变化,大家老待在平地没有起伏的地方好吗?而且极乐世界以琉璃为地。我们知道琉璃瓦都铺在房顶上,若脚底下都是琉璃,踩上去硬邦邦的,就像家里的瓷砖一样,虽然是彩色的,但舒服吗?也不一定舒服。这个世界里面尽是宝贝,比如佛教的七宝,琉璃、砗磲、珊瑚、玛瑙等就堆在路边;河里流的沙子都是金子,黄金粉铺成街道,路边栏杆上的绳子都是用金子做的,那里的金子就是我们的石头嘛!花不是地上开,天雨曼陀罗花,下的雨是花。

这就是西方极乐世界。有些时候我觉得那个世界其实意思不大。但是我为什么说佛经呢？因为我自己读佛经读得比较多，甚至经常做功课，但不是作为佛教信徒来做。

我觉得自己开始写作的时候就面临一个语言问题，也是刚才这位老师讲到的。我们今天讲的汉语普通话，是中华人民共和国成立以后开始推广的，以北京话为标准音。这样的普通话，可能就会有一个问题，或者是带来一些困扰。一个地方的语言总是建立在当地人感受和经验及思维特点之上的，这时候，别的语言中的一些独特经验跟特点，应该安置在哪儿呢？就汉语而言，从文化多样性的观点来讲，语言的多样性也是文化多样性的一种表现，是不是？

首先汉语也有许多不同的方言，就北方官话，就有不同的方言，如东北话、河南话、山西话、四川话等。长江以南的广大地区，汉语的方言就更丰富了。我们走到湖南，湘潭跟怀化的话是不一样的，株洲跟湘西的话是不一样的，更不要说浙江、福建、广东、广西。

这些方言的经验跟感受，怎么往普通话的系统当中移植？这是个问题。如果不移植就被普通话同化，每个人都变成了北京的胡同串子，卷着舌头说话，那点经验就是在北京胡同里面喝二锅头、吃涮羊肉的经验。我们今天说讲中国故事、中国经验、中国价值，如果以普通话概观，那么北京胡同串子很显然要覆盖整个中国，这是语言经验。

更何况中国还不只是有汉语。中国是多民族国家，中华民国的时候叫作五族共和,分别是汉、满、蒙、回、藏;中华人民共和国成立以后,有了《中华人民共和国宪法》,讲我们是多民族国家。而且我们进行了详细的民族认定,尽管那个时候做民族认定并没有那么扎实的人类学、民族志这样特别可靠的依据。不管怎么样,这个国家居然识别出来了五十多个民族。这些民族有自己的语言,这个语言当然也是建立在他们的历史记忆、生活经验以及他们的哲学或者是历史与哲学的抽象感受当中的。

各地方、各民族的经验怎样转移到新的语言当中去?这就面临一个语言现实:让仅仅是被规定为普通话的汉语方言同化所有语言呢,还是别的语言,在调整发音方式开始模仿普通话的时候,还能够把原来的语言——不管是汉语的方言,还是某一个非汉语的民族语言——转移到新的语言当中来呢?对这样的问题,我们只是在理论上论证,现实上很难量化分析。

这个时候佛经翻译给了我信心,这是我读佛经的理由——原来另外一种文化、另外一种哲学观念所支配的那些表达,那些感受,是可以通过翻译,或者是类似于翻译的改写来表达的。比如说我写作,不敢说是翻译,但在有意无意之间,写作同时也是文化的改写。佛经翻译中的词义变化,如上面列举的词,也是对异质文化的改写。这样的词远不止这些。

魏晋南北朝以后,通过翻译佛经,中国人的世界观、汉语的表达、词汇量都有一次爆发性的改变和增长。当然最重要的还不是词汇的问题,而是思想观念的变化,因为佛经翻译带来了新的思想。

这样的情况后来有没有出现过呢?当然又出现了,那就是跟中国的救亡运动结合在一起的新文化运动,或称五四运动。我更喜欢新文化运动这个表述。

新文化运动中,鲁迅、陈独秀、李大钊、胡适尽管后来都走上了不同的路,如有人加入共产党,有人加入国民党,有人成为鲁迅那样无党无派的人,但是他们的目标是一致的,就是要改造中国。为什么他们是从语言开始的?今天学界很少讨论这个问题,将其放在政治范畴里论述。中国是一个政治语境特别强的地方,每个人都愿意讨论国家的政治。所以今天很多时候讨论五四运动或新文化运动,是在政治上纠缠。但是我要问的问题是:五四运动为什么是从语言开始的?为什么从改造文言文开始?因为那个时候的语言已经不适应新的社会变化。我反对把五四运动的语言革命简单描述为白话文运动。白话文运动是简单地把文言文变成老百姓说的大白话,但我们今天读到的好东西有哪一句是真正用老百姓平常说的大白话写成的?没有。

这其中又有翻译之功。这一次翻译是更大规模的所有学科的翻译,包括自然学科的翻译。今天我们所有的自然学科,那个时候已开始大规模翻译。所有的哲学、政治、经济，也包括文学，都开始大规模翻译。今天会看到有些讨论说这些人都是翻译腔，这种观点不好。其实汉语的两次革命，都跟翻译有关。

幸好有翻译腔，今天的汉语，书面的以及口头的，才能容纳和接受全人类所有的思想之源。如果还是原来那种语言方式，要接纳今天这样丰富的世界恐怕是很困难的。

如果我们从语言的革命这样的角度来思考新文化运动，对它进行反思，会发现有些像"开历史倒车"的言论，几乎成了谬论，是不能成立的，它们的价值不在政治，而是语言的革命。语言的革命就是表达的革命、思维的革命。

美国有个文化人类学家叫作苏珊·桑塔格。苏珊·桑塔格有两篇最重要的文章，一篇是《反对阐释》。我们对一个作品不探讨其艺术价值、作品本身，而是去讨论附加的社会政治意义，这叫过度阐释。桑塔格说，过度阐释的典范之一就是庸俗马克思主义跟弗洛伊德学说。弗洛伊德学说把所有东西都归结为力比多、荷尔蒙，庸俗马克思主义把所有的阐释都归结为阶级斗争，都归结为经济分配的不平等。苏珊·桑塔格说，我们要从作品本身来讨论问题。

第二篇文章是《新感受力》，核心思想是：艺术不是要你去批评它，而是要你去感受它。欣赏文学艺术是你去感受它，敞开你的感官跟兴趣去感受它，而不是时时准备去评判它。你不是要成为艺术作品的主语，而是要成为它的宾语，你是被它支配的。从这个意义上来说,桑塔格还反对一个词,就是德国古典哲学当中的"审美"。美怎么要审呢?美怎么来审呢?美是感受,敞开心灵感受。

当我们这个世界试图对美加以评判的时候,这个世界就充满认知的、道德的、伦理的风险。

回过头来看新文化运动。如果它仅仅是白话文运动,不靠大量的翻译,那么就仅局限于口语形式的改变。然而,事实是口语跟翻译体的结合才可能构成今天白话文的基本面貌,或者说今天的汉语。我更喜欢台湾人把它叫作语体文,这是他们在推销一些词的时候用的更好的表达。比如说戴望舒的诗《过旧居》:"静掩的窗户隔住尘封的幸福",这样的语言是老百姓日常说的吗?戴望舒的诗说"我用残损的手掌抚摸",这样的话是老百姓平常吃完热干面说的话吗?不是的。这些语句建立在一个更规范的表达上。

更不要说我们在表达一个复杂的化学反应,表达一些抽象的哲学概念的时候,比如在谈黑格尔的辩证法时用的语句。施特劳斯在论述多样性时说,多样性的目的不是彼此封闭,不是疏离,而是融通与交汇。口语里头有这样的话吗?没有这样的话,甚至少用这样的词。但是要进行一些更高级、更美、更复杂的交流时,一定要用这样一些词。

为什么要特别关注这些问题?我并不需要增长这样的学问来评教授、念博士,我今天的学历还是中专,而且我没有试图用它来提高自己的学历,但是我愿意增长自己的学问。增长自己的学问,并不是为了获得某种学历,而是为了解决自己确实面临的一些问题。

如果我要讲汉语,我们在四川讲四川话,跟北京话不太一样,更何况我还有另外一种语言——藏语。这些不同的语言当中的经验,在新的写作当中,有可能用于普通话文本中吗?如果不能,那么我们的写作有什么意义?如果能,又有什么途径可以帮助我们实现?我们确实需要信心。我的信心就建立在两次汉语的革命上。一次革命,即魏晋南北朝为翻译佛经而发动的语言革命,虽规模不算大,但确实极大地丰富和改变了古汉语。第二次则是至为重要的五四运动或新文化运动,这个时候不只是翻译某种东西,几乎全世界都在被翻译。直到今天为止,这个翻译运动还没有停止。今天中国人的阅读当中,今天我们这一代人或者是前后几代人当中我们的思想资源,我们的情感资源,至少有百分之六七十是通过翻译输入的价值建立起来的。

我们的语言虽然还叫作汉语,或者还叫作中文,但是所包含的表达方式和价值中传统的东西越来越少,而世界性的东西越来越多。这里又涉及西方人创造的一个词:公共语言。在2000年的时候,全世界都在庆祝新千年到来,也有人在展望下一个千年到来的时候,就是3000年时这个世界上会发生什么。英国有一个机构,大概是BBC,邀请人类学家、语言学家,做过一系列调查，其中之一是想象那个时候的语言是什么情况。他们有一个好玩的游戏，把这些预言写下来封在罐子里埋在地下，然后在3000年的时候让将来的人挖出来看，看这些预言是不是得到了实现。

关于语言，就有一个大胆的猜测：那个时候世界上只会有四到五种语言。因为全球化以后人类要不断交际，所以就会有一些大的语言变得越来越复杂，但是也越来越脱离母体，比如说英语，就是最早国际化的语言。英语在今天跟英国人有多大关系呢？印度人在讲英语，澳大利亚人在讲英语，美国人在讲英语，还有很多非洲国家，如南非在讲英语，津巴布韦也在讲英语。每一种英语都有自己的特点，其中又再产生它的表达和它的作家。

当一个黑人作家，比如说美国有一个黑人女作家叫托妮·莫里森，她用英语写下的小说获得诺贝尔奖的时候，其意义很显然是不一样的。我就记得她的小说里有一个细节，写白人跟黑人第一次相遇时的称呼，写得很有趣。不像今天我们有关于白人跟黑人的政治正确或不正确的命名——政治正确的时候叫非洲裔人，政治不正确的时候叫"黑鬼"，比较中性的是叫黑人。现在的很多称谓，在白人与黑人初次相遇时彼此都不知道，所以那时的称呼很有意思。托妮·莫里森小说里头写道，白人发现黑人的时候说，那些晚上看不见的人来了，因为确实，黑人在晚上不易被看见。白人第一次对黑人的命名是

"晚上看不见的人"。黑人看见白人怎么命名的?"那些没有皮肤的人",因为黑人的皮肤是黑的,对于他们来讲皮肤就应该是黑的,而白色的皮肤就是没有皮肤。这是黑人跟白人第一次相遇。这样的事实是用英语记录下来的,英语是白人的语言,但是今天当一位黑人作家用英语来讲这件事的时候,还是把白人叫作"没有皮肤的人"。

这种认知的错位跟差异,刚好跟语言不断地丰富、发展、创造联系在一起。一旦一种语言变成公共语言,就会有越来越多异质的文化加入,带来这种语言功能的扩张,而不是缩小。

到3000年时世界上会剩下什么语言呢?只有已经有幸在20世纪变成了或者正在变成不是由单一民族使用的,正在被不同的文化跟不同的族群广泛使用的语言,才能够生存下去。如果我们为了保持某种文化的纯洁性,永远保持不变,那么其语言就面临着一个命运——死亡。BBC邀请的专家们预言,如果是剩下四种语言,大概是英语、德语、西班牙语、汉语。其中有汉语。

现在看来,一种语言要变成公共语言,是多元参与的、多元贡献的。其实即使是一个民族内部也包含了很多很丰富的价值。我最近刚从福建回来。我要做一个关于海上丝绸之路跟南方丝绸之路的漫长的旅行考察,下个月我要从意大利开始,一直回到中国,一站一站慢慢走。之前我想预热一下,所以上个月我去了福建。这次旅途让我发现同一个民族的认知当中，也有丰富的文化多样性，主要体现在价值观上。过去都认为中国文明就是农耕文明，安土重迁。但是我觉得这大概是因为中国特别喜欢一元论、一统天下。就是说我们用一种农耕的、在河流中游的社会——河流中游一般都是农耕社会——来统称中国。当时我们中国被叫作中原。我们的儒家文化、道家文化都从中原发端。若用更宽广的眼光观看中国，看到河流的下游，就不一样，那里的文明面向大海。聂鲁达的诗说："来看吧／那些所有雄伟的三角洲／都向着海洋敞开／他们挂起了所有的帆／远帆、主帆、三角帆／向着未知航行。"这是海洋文明。

海洋文明其实中国人也有。我们很早就开始航海到国外，但是后来居住在黄河中游的人们的意识形态让我们把海疆封闭起来。今天中国要开放，突然发现必须把自己潜在的面向大海的精神价值再挖掘出来。20世纪80年代曾经有过一个很好的电视剧叫《河殇》，就讨论我们只有农耕文明、黄河文明，没有海洋文明。其实认真挖掘，我们的多元文化价值里也包含了海洋文明。海洋文明的价值也包含在我们的语言当中——汉语言的各种方言当中。所以大家不要轻视方言。同理，还有边疆地带，中国有宽广的边疆地带，宽广的边疆地带大都是讲非汉语的不同的民族聚居的。

各种不同的方言、民族语言共同在建设一个国家的官方语言，建设一个国家的公共语言。我们应该关注这种现实，就是我们能够把我们的经验、思维特征转移到这种公共语言当中来,丰富它,扩展它,壮大它,而不是某些绝对的文化多样性论者所持的论调,把语言的发展、变化描述成另外一条轨迹——普通话的推广,或一种公共语言的推广。如果这样,必然意味着其他语言及其所包含的价值、感知的消亡。其实语言的发展不是这样的情况,这从前述佛经翻译中词义的变化就能看出来。

其实我以藏族藏语作家这样的身份来实践和倡导不同语言、文化的转化,希望能够多给中国的语言文学做一些贡献,也跟以上的认知有关系。

人们对于今天的文学有一种不正确的观念,经常把非普通话地区的表述看成是一种花边、一种装饰、一种风情,我们也经常写一段风情来满足人家的一段想象。对这个现象,苏珊·桑塔格也曾有过表述。她说,当我们意识到自己处于边缘的时候,我们就有一种为中心写作的冲动。当我们希望替中心写作的时候,就会出现一种把自己奇观化的写作轨迹,要么被别人奇观化,要么是自己把自己变成一种奇观。这也是萨义德经常批判的东方主义的要义。不只是西方对中国人有东方主义的奇观化,中国人自己也有某种内部的东方主义式奇观化。

当我们不处在中心,而是相对处在地理、文化边缘的时候,更要警惕这种可能性。我觉得不管是看文学史,还是建构知识系统,在树立我们文化自信的时候,都要相信多元文化特别的价值。多元文化特别的价值，并不在于我们要在这个世界上建立很多不同文化的表演区，而是说文化多样性就跟生物多样性一样，每种文化体当中都有一些特别好的基因。大家现在知道生物的基因是可以转移的，那么文化体中优秀的基因也可以转移。

在全球化的今天，各种文化要保持自己的独立是不可能的，因而要保持不变的、封闭的多样也是不可能的。融汇是一定的。当我们提出文化多样性概念的时候，重点是要注意，要在这个文化跟别的文化融汇之前，尽量转移它最优秀的基因跟价值，就像刚才说的佛经翻译。今天我们再去印度，可以看到一些佛教的古迹，比如说当年讲法的那烂陀寺院，都成了一片废墟。但是当时的释迦牟尼跟弟子们所创造的经典，已经成功转移到别的语言当中，比如汉语。我刚才讲的"空""色"的概念已经不是实体的存在，而成为中国人认识这个世界的一种方法。不管是有意识还是无意识，这已经构成我们世界观的一部分，这就是文化的转移。

我今天就讲这么多，谢谢大家！

消费社会的边疆与边疆文学

——在湖北省图书馆的演讲

谢谢大家光临！今天我演讲的题目叫作"消费时代的边疆与边疆文学"，那么很显然这个标题里头就包含了这么一层意思：其实在消费时代到来以前，我们的边疆或者是我们文学当中的边疆，人文视野当中的边疆，可能有一个更本真的面貌；而今天的消费社会到来以后，因为我们想象的建构跟市场体制的某些不好的因素，导致了对边疆认识的扭曲和变形。这样说起来可能有点儿抽象，我想请大家来回顾几首中国古代的诗歌，都是大家耳熟能详的。我们把这样的几首诗歌放在一起互相参照以后，大概可以勾勒一个过去时代的边疆或是边疆文学的基本面貌。

第一首诗当然大家都很熟——《敕勒歌》："敕勒川，阴山下，天似穹庐，笼盖四野。天苍苍，野茫茫，风吹草低见牛羊。"第二首诗属于唐代的一个特别的诗歌方式，或者是一个诗歌形式，叫"凉州词"。有很多人写过《凉州词》，包括王之涣、孟浩然这样的人。那么其中有一首在中国人的唐诗记忆当中排名一定是非常靠前的:"葡萄美酒夜光杯,欲饮琵琶马上催。醉卧沙场君莫笑,古来征战几人回。"接下来两首在大家记忆当中可能就生疏一点,当然有人肯定也接触过。有一首诗是关于祁连山的,据说是一首民歌,后来被文人记录下来,在汉乐府诗里头得以流传:"失我祁连山,使我六畜不蕃息;失我焉支山,使我嫁妇无颜色。"后面我们来讲这些诗,对我来讲它意味着什么。再说一首诗: "祭天马酒洒平野,沙际风来草亦香。白马如云向西北,紫驼银瓮赐诸王。"

这是不同时代的四首诗。我举这四首诗为例,其实要讲一个问题,它跟今天我们要讲的问题有很深刻的联系。

我觉得这四首诗刚好是比较集中地表达了在中国古代不同的时代,不同的族群,他们在中国边疆地带的生活状况。我们说《凉州词》,是中原王朝唐朝的汉族人要出去征服新的土地,那么"凉州词"也是唐代的一个大的诗歌流派——边塞诗当中的一种,这样一种诗歌是建立在中原文化,或者是汉文化的基础上的。但是我们回顾的另外三首诗,"敕勒川,阴山下"是今天已经消失的一个民族,叫作鲜卑族的人的歌唱,我们把它记录下来了。"失我祁连山"也是今天已经消失,但是在中国历史上曾经赫赫有名的一个民族——匈奴人的歌唱。最后一首就是元代的歌唱。但是在元朝做官员的诗人萨都剌,今天我们不太清楚他的民族血统,有些人说他可能是中国最早的穆斯林，也有人说他可能是另外的什么民族。但是我们看到的其实是过去时代的，古代的这种多民族互相融合、互相征战的边疆。它的书写是由多民族的人们共同建构、共同完成的。这是第一点，用我们今天的话讲，就是它们即便是仅仅用汉语记录下来、保留下来流传到今天，也客观地记录了当时不同族群的多元文化的面貌。

在这种边疆的书写中，或者是关于边疆的书写所形成的边疆文学当中，得到的那种特别鲜活的、生动的保留，不但描写了不同族群的生活状态，而且描绘出了他们不同的情感。"敕勒川，阴山下"是对自己游牧生活的由衷的热爱。而匈奴人打了败仗，要失去他们世世代代在那儿游牧的祁连山的时候，要退出他们传统的生活地区的时候，他们有失去自己故土的悲伤。所以"失我祁连山，使我六畜不蕃息"，就是说我们放牧的牛羊再也没有地方去繁殖，失去了生活的基地。"蕃""息"都是繁殖、生息的意思。他们还"失我焉支山"。过去妇人也要打扮，原始的、比较蒙昧时代的民族也有向美之心，他们也要打扮。那个时候肯定不是到商场里面去买兰蔻，妇女们要打扮肯定不是去买Gucci，而是到山上去找一种矿石，磨出一种颜料来。那么要把腮帮涂得红一点，嘴唇涂得红一点，稍微性感一点的时候，就要到山上去找矿石。所以失去祁连山的时候，她们也失去了一座"焉支山"。为什么"焉支山"叫作"焉支山"呢？这个山里面产一种矿石，妇女们可以用它来打扮，析出的颜料可以使她们的两腮变红，嘴唇变红，所以"失我焉支山，使我嫁妇无颜色"——我们的女人不能再打扮得更加漂亮了。这表达了一种不同文化竞争中你进我退的悲伤。

当然《凉州词》当中写到的就是站在中原文化或者是汉族人的立场上，我们去征服别的民族，开拓新的边疆。当所有人去开拓边疆的时候，唐代的边塞诗一方面是很大气、浪漫的；但是另一方面又有离开自己的故土，在一个异域的疆域当中生存的孤独和悲伤。浪漫在前两句，在一个异域当中，我们过着一种过去在中原农耕地带汉族人不过的生活："葡萄美酒夜光杯，欲饮琵琶马上催"，非常浪漫的一种情况，而且是非常异质的，在过去生活的地域当中不可能想象的一种生活。但是最后却是一个悲凉的结尾，"醉卧沙场君莫笑，古来征战几人回"，这样的句子在唐代由汉人书写的边塞诗中是大量存在的。例如《阳关三叠》："渭城朝雨浥轻尘，客舍青青柳色新；劝君更尽一杯酒，西出阳关无故人。"所以，其实这样的情感是既葆有一种昂扬的英雄主义去开疆拓土，但又因为远离故乡，甚而到另外一种文化中去的孤独和命运的漂泊感。你看这些不同的诗里头，它有不同的映照。每个人的族群文化不同，每个人所处的身份位置不同，他的诗歌当中就有特别鲜明的、不同的感觉。但是不管他是哪个民族的，表达的是哪种情感，都是放在汉语的书写里头的，用这样的方式来开拓我们对于中国不断扩大的边疆的认知。很多的时候,历史书也在记载这种认知:《史记》里边也会记载这些,书写这些事情;《资治通鉴》也会书写这些事情;新、旧《唐书》也会书写这些事情。但是大部分老百姓,尤其在中国人的阅读传统中,我们总还是愿意用一种更感性的,更具有情感因素的,更形象的方式去进入历史,进入一个新的认知领域。这就叫作文学。

我们经常会抽象地问:文学是干什么的呢?文学其中一个功能就是这个。我们为什么需要文学呢?其中的一个理由也是因为它具备了这样的一个功能。我们早在20世纪70年代、80年代就陆续出版过一套由当时一个很有名的叫谭其骧的中国教授编写的地理书。他研究一门中国学科叫作"历史地理",出版过《中国历史地图集》,就是关于每一个朝代的疆域的。打开中国历史地图的时候,你会突然发现中国边疆也不是一个恒定的边疆,它有时候变大了,有时候缩小了。总体来讲,疆域比较大的是这样几个朝代:汉朝、唐朝、元朝,接下来就是清。清朝在它的早期,就是在康熙以前,把疆域扩展得非常大,且很稳定。我们中国人有时候说,清朝腐败黑暗,出卖中国疆土。殊不知很多疆土都是他们自己打下来的,当然后来又失去了。清之前,我们知道,是明朝,那么大家看看明代的地图就可以知道,尽管清代失去那么多疆土,它的疆域,留给我们今天的疆域,也远远比明朝的疆域要大。这个时候我并不是想说我们来清算某一个王朝的陈年旧债,而是想说明一点,就是中国的边疆并不是一个恒定的自古而然的稳定的边疆，而是总在有些时候随着这个国家的文化影响力的大小而发生一种有弹性的变化。而且中国的疆域也不总是处在统一状态，我们有非常大的分裂时期：魏晋南北朝时期是一个非常大的分裂时期；隋唐以后，唐末到北宋的建立之间的五代十国是一个大的分裂时期。其实宋代就从来没有统一过中国，因为北方有辽、金、西夏——除非我们说，那些不是中国人的国家。而今天，在中国史当中，我们认为那是中国人的国家，而且在我们的"二十四史"中就有《金史》和《辽史》，说明中国古人也认为那些国家是中国人的国家。边疆就这样有一个弹性的变化。

所以现在我就要破破题，就是讲我们说的边疆跟边疆文学是什么意思。如果我们要加以总结：第一，中国的边疆是一个弹性的边疆；第二，从古到今，对于边疆的书写，如果我们要把刚刚列举的几首诗这样的作品叫作边疆文学的话，它也是用多元文化来共同书写的。而中国的边疆正好是中国多元文化冲突、融汇，最后重新构建的地带，中国正是这样一步一步变成了今天这样一个国家。比如说，我们刚才说《凉州词》，凉州市今天在中国已经是内地，是腹心地带了。因为它在甘肃省河西走廊，隔甘肃省省会城市兰州大概一两百公里。但是在古代，大家说起这里来，依然是在关外、在异域的这样一种感觉。

在这样一种情况下，我们不是只想回顾中国古代的问题。我觉得我们把这样一个问题基本讲清楚了,就差不多可以进入当下的正题,叫作"消费时代的边疆与边疆文学"。因为我们刚才讲的是非消费时代的,也就是没有消费时代的。那么消费时代的边疆和边疆文学与那个时代的边疆和边疆文学相比发生了什么样的变化?而这种变化对于今天的中国人,对于中国这个国家及其所包含的多样化的认知有什么好处?或者有什么弊端?

我先讲一个例子。这些年大家都喜欢去旅游,如果要去跟藏文化有关的地方,大家一定会知道一个词叫"香格里拉",是一个地名。在20世纪80年代以前,在青藏高原的任何一个地方,不管是小到一个村落,还是大到一个地区,都没有这样一个地理命名。这样一个名字是从英语里头创造出来的。今天我们知道世界上有一家连锁的五星级酒店,叫香格里拉酒店。它在用这样一种浪漫的方式,表明它在建立一种高等的、具有某种异域特质的消费模式。

这个词最早出现在20世纪初,跟西方一本小说有关系,这部小说叫作《消失的地平线》。今天我们如果去到云南,去到丽江,我们就会看见那些地方的书店特别喜欢把这本书放在特别显眼的位置。他们是为了暗示你,说这本书里所说的香格里拉大概在我们这个地方。那么这是一本什么书呢?特别好的书吗?世界文学当中的经典?不是这样子。如果放在小说写法上来讲,这个可能是连二流小说都够不上的小说。但突然有一天，中国人觉得要发掘某种旅游资源，或者是对一些风景予以特别命名或者特别时髦的说法，这样一本在写作出来后被迅速忘掉的书，被我们的旅游专家发现了。因为这本书的大概故事是这样的：在类似中国或印度这样的国家有几个老外，这几个老外的国家发生了动乱，他们为了自己的生命安全，坐飞机离开了动乱的国家。

在西方的一种文学形成当中，我们习惯了看英雄们无所不能，看到火箭就开火箭，看到飞机就开飞机，尽管他们之前从事的完全是另外一个职业。这种情节我们已经司空见惯，所以当他们开着飞机时，我们一点也不惊讶，因为这是他们惯用的一个套路，西方个人英雄主义的一个套路。最后由于某些原因，飞机坠毁了，但是他们运气特别好，飞机坠毁的时候，好像有什么神秘力量保护，他们一点都没受伤。然后他们摔昏了，苏醒过来以后发现，自己来到了一个特别美妙的地方。

这个地方在一个非常美丽的山谷里头，叫作蓝月亮山，四周都是晶莹的雪山，把这个蓝月亮山包围起来。在这里碰见任何一个人，你问他，都有一百多岁、两百多岁了，但还是青春如故。一问这个世界叫什么名字呢，它叫香格里拉。这个香格里拉的统治者是一个藏族喇嘛，两百多岁了，具有无比的智慧。但这个社会是一个特别奇怪的社会，这该是一个藏族人的社会吗？不。里头的外国人，就像我们经常在西方殖民主义腔调的小说里看到的情况一样，也同样处在很高的位置上：这也是按照殖民理论构建起来的一个等级社会。管家是一个姓张的汉族人，因为他们觉得汉族人特别机灵，或者特别狡猾，当管家是最合适的。他不能当统治者，所以就当一个管家。

这里头还有一个满族的格格，很美貌，但是一问，已经八十多岁了，看起来就二十岁。山谷里头劳作的老百姓才真正是当地的藏族人，他们安于自己的生活现状，无忧无虑，过着天堂一般的日子。很多时候，在我们今天描述西藏或者某一个边疆少数民族的时候，也特别喜欢使用这样一种腔调和这样的想象，或者是这样的一种描述方式。当然毫无疑问，这三个外国人在这个世界中受到了热烈的追捧，而且那个公主非要爱上其中一位老外。又比如说我们看越南战争的电影，经常会看到拦捕他们的人（越南人），随便在那里打打杀杀。一边他们很痛快地杀越南男人，但另一边越南女人一定要跟他们走，这也是我们不能理解的殖民腔调。但是书中你会发现这样的描写。其实这本小说中的是西方人常见的探险小说或乌托邦小说的一种流行的套路，所以西方人会认为这个神秘山谷没有什么好稀奇的。

这样的套路在今天，甚至科幻电影里都在沿用，比如说电影《阿凡达》，有一个美丽的世界。那个世界多美好，但最后这个世界的维持跟拯救，还是要靠地球上去的一个白人。他不会是黑人，你放心；更不会是中国人。一定是白人去帮忙，去维持那个世界的秩序与正义。但是很多时候我们对这样一种叙事方式已经失去了警惕。

消费社会有一个特征是什么呢？它（《消失的地平线》）产生的百十来年时光中都没有产生什么争议和影响，很少被谈论，差不多都被忘记了。但是在中国的消费社会中，对于边疆最重要的消费就叫旅游，边疆就成了异民族的地方，遥远的地方，就成了我们的旅游目的地。旅游目的地是需要被灌注一些内容的。刚才我们在读那几首诗的时候，一定没有人事先给你规定（其中的情感），是这些作者自己进入边疆人的生活当中的时候，一种很自然的流露跟书写。所以在相当程度上说，我们都可以把它们当作一种情感的历史资料来加以把握和掌控。

但是今天的旅游不一样，我们还没有去旅游的时候就会拿到很多宣传文案：图像的、声音的、文字的。今天出现一个旅游目的地，不管是边疆还是其他地方，它已经被事先作为一个消费品进行了包装。这个包装有可能是它本来的样子，有可能不是它本来的样子。前几天我们去看黄鹤楼，因为黄鹤楼有这么多古今中外脉络清晰的书写，我们已经很难构造出另外一个关于黄鹤楼的书写了，所以它这个包装可能是对的。要包装它，我们说的还是那些人，我们不可能不说崔颢，不可能不说李白，不可能不说孟浩然，不可能不说苏东坡，诸如此类。但是在藏地的旅游，比如说在香格里拉这个地方，过去没有香格里拉这个地方，但是我们也要做一个旅游产品。我们要包装一个地方，但是在当地人自己的文化当中呢，又找不到太多的说道。突然从一个外国人的小说里头,在一个外国人都忘记的外国小说里头,找到了一本《消失的地平线》,说他们曾降落在这个地方。我们就忘记了里头的殖民思想,西方人不正常的那种自高自大。我们只许它塑造一个世外桃源,然后就满足于这种包装,来把某一个地方脱离实际地包装成一个世外桃源。我们甚至要把它原来的地名改掉。

我们知道,任何一个地方的名字,一定是跟过去的历史、过去的文化有着深切的联系。那么当我们用一个虚构的小说当中的名字来取代原来那个名字的时候,这就意味着两点。第一,我们已经切断了这个地方跟它的历史记忆之间的联系。切断这个联系,我们是想用一种新的命名方式给这个地方重新塑造一个虚构的历史、想象的历史。而这种虚构和想象的冲动不是基于过去文艺创作中对美的追求,不是这样的;也不是为了传承某种精神的情感的建构,而是为了推销一个种族。经过虚假文化包装的产品推荐给谁呢?推荐给一个叫游客的群体。

在这里我们就看到,地方史从边疆被重新建构。我们看到一种不正确地书写了这种边疆的边疆文学,这个时候它援引的也是某种边疆文学,一种出于殖民心态不正确的边疆文学。但是用我们的话说,它终于跟我们的市场体制发生了一个特别深度的契和:它们结合在一起,就是为了追求某种商业利益。然后我们基于想象,重新构造一种历史。这是第一步。

第二步,我们就要说到游客。游客去到边疆是干什么?过去我们讲王之涣、高适这些诗人,去到边疆干什么呢?开疆拓土。那个时候的人,他们去往世界的四面八方,不是去娱乐自己。唐玄奘去印度取经,写下对外国地理的发现,有一本书叫《大唐西域记》,开拓了我们关于边疆的想象。所以他从印度一回来,唐朝皇帝就把他请到宫里头去谈话。但是两个人的目的不一样,唐玄奘是一个虔诚的佛教徒,他想做的工作是用佛教的道理来说服皇帝,想让他信仰佛教并支持佛教;但皇帝把唐玄奘叫来,目的不是听他讲佛经,而是说,你已经越过我们的疆域,有什么国家,有什么民族,有什么山川河流,告诉我。因为那个时候唐朝皇帝有大唐气概,他想更大地开疆拓土去征服世界,所以说,你别跟我谈什么佛教,至少不要先跟我谈佛教,你先把你一路的所见所闻写下来。在皇帝的催促之下,唐玄奘知道,不把这个事情说清楚,想要说服皇上支持佛教大概很难,所以他必须先把他一路的见闻记下来,叫作《大唐西域记》。这可能是中国最早的一本关于超出我们地理疆域以外的地理书。

在这之前,我们说丝绸之路的开通与张骞有关系,包括那些写下好的边塞诗的诗人。其实他们首先不是作为诗人的身份去采风的,或者是一个官员,或者是一个军人,去完成他们开疆拓土的事业,所以他们跟边疆的接触是真切的。但是当消费时代到来以后,这个情形发生了变化。要说过去的人,我们用今天的话来说,他们去边疆工作,他们写下的诗歌都是工作之余的作品,一个真实的记忆。但是当今天这个消费时代到来之后,大量的中心地带的人,去往边疆地带的时候,跟过去去往边疆地带的人的目的不同了。因为他不是到那儿很长时间地工作,他觉得他没有必要(深入了解那个地方)。如果他真的要长时间去那个地方工作的话,他就不可能不对那个地方有真正需要、真正翔实的了解,他必须很深入地了解那个地方。

但是今天,我们只是一个游客。我去那不需要很长时间,我只有三天假期,或者只有七天假期,我是去放松心情,是去看跟我们不太一样的生活方式,是去寻找文化差异性。那么在这样的情况下,我们就不再愿意用边疆真实的样子去看待边疆,我们也不愿意真正深入边疆人的生活,我们只是一个旁观者。尤其是图像时代到来以后,我们人人都是摄影师,我们人人都有摄影的权利。我们也有摄影的机器,数码时代的到来给我们提供了这样的便利,尤其今天手机普及到如此程度,我们不但可以随时拍摄,还可能在微信和微博上随时发布这些图像:我们在传播。关于这样一个时代的到来,其实国外很多学者早有警惕。其中有一个人是我比较喜欢的文化批评学家——苏珊·桑塔格。她写了一本书,就是谈今天关于人的摄影。其实她写《谈摄影》这本书的时候,应该还是二十世纪的六七十年代吧,就是在摄影还没有普及泛滥到今天这样一个程度的时候。我们不得不佩服这个思想家的敏锐:她觉得随着摄影技术的普及,一个时代可能正在到来。

什么时代正在到来呢？消费他人的生活：我们看到跟我们穿不一样衣服的人，赶紧拍下来；我们看到跟我们住的房子不一样的房子，赶紧拍下来；尤其看到过的生活不如我们的那些人，赶紧拍下来。旅游有时候是在寻找一种补偿的心理。本来在城市里，我们是一个小职员，朝九晚五，租个几十平方米的房子，开个十几万的车子，但是一到另外一个地带，我平常那种卑微的、非常普通的身份就消失了。我换了一种行头：穿了一件狼爪的冲锋衣，带了一个相机，还戴了一个Gucci的太阳镜。这一下，我再也不是城里的小人物了。我在这样一个异民族的地方，我的形象和心理突然都发生了变化。在这样一个变化当中，一种平常没有的优越感会自动产生。

很多人旅游，尤其是去边地旅游，是在有意无意之间寻找这种相对性的补偿。所以苏珊·桑塔格就指出，这样一个时代到来的时候，我们就开始消费别人的生活。其中一种就是消费别人生活中的痛苦。她举过一个例子。很多人尤其是西方人特别喜欢去非洲，黑人快饿死了，本来很健美的非洲妇女没有衣服穿，不穿上衣不好看，因为两个乳房像两个空空的口袋，但他们特别愿意把这些东西拍下来，然后在西方的媒体使用。很多年前还酿成了一个很大的事件，就是索马里发生大饥荒的时候，一个很有名的记者拍一个小孩濒临死亡的情景，他快饿死了，快渴死了，一只秃鹫就张开翅膀蹲在这个小孩旁边，就等着他死亡，然后就可以吃他的肉。这个记者把这张照片拍下来，得了当年的普利策奖——新闻奖，但是后来引起了这个社会当中很多人的反思。人家就问他："你有没有救他？"他说："我是一个记者。"然后大家开始辩论：一个记者首先是一个记者还是首先是一个人？如果是一个人，就应该把这个孩子救下来，把秃鹫逐走。如果你觉得职业是大于人的，当然也可以很坦然地把这张照片拍下来。而且这个人甚至在拍完照片后也没有管这件事情就离开了。这当然在社会上引起了很大的争议。我们相信这个记者也真的是觉得职业高于一切。最后正是在全国舆论之下，大家的普遍讨论之下，这个人自杀了。

同时，苏珊·桑塔格也表达了她对西方那种舆论环境的看法。一方面，她指出了西方由殖民主义所滋养的自大跟狂妄；另一方面，西方社会也有一个好处就是，它有一个相对宽松的言论空间，大家可以用不同的声音在一起讨论跟反省，所以它有一个自我纠错的机制。所以当这样一件事情发生之后，社会讨论引起这个人的深刻反省和内疚，以至于最后要自己结束生命。

这样的情况放在我们中国的语境当中，可能很难发生，现在我们缺少一种反省。我想我们今天讲边疆文学，其实也是希望引起大家的注意。就是当我们的行为，即便是包含探索的文化行为，实际上变成了人家指定的一个消费产品的时候，人家既规定了它的外在形式，也给它装进了一个看起来合理的，言之有据的文化内涵的时候，其实我们应该更多地发挥自己独立的思考能力去想这是怎么回事。比如说香格里拉，这样改变了命名的一个地方，最后有意无意让大家对那部拙劣的西方小说发生联想的时候，脱离当地的现实构建了一个虚幻的存在的时候，情况是比较糟糕的。

我认识一个很有名的学者，是季羡林先生的弟子，是研究佛教的。有时候我们俩难得见一面，见面的时候，我会比较深入地跟他讨论一些佛教的问题。有一次，他去了一个照理来说他不会去的区域，就是今天的香格里拉。回来后他跟我说："阿来叔，当地老百姓邀请我到他们家里去，很热情，但是他为什么跟我要钱呢？"我说："你不觉得消费了别人的东西，你应该付钱吗？"他说："问题是在别的地方我肯定这么想，但这个地方不是香格里拉吗？"所以它的塑造，不仅仅扭曲普通老百姓的想法，甚至会扭曲一个对佛教深有研究，包括对藏传佛教深有研究的人对一个地方的期待跟想象。当然他跟我说："其实后来回来，我自己在车上一想，我也明白，但是当时对我的冲击都是这样的，那么对别人呢？"这个时候并不是造成了游客跟当地人特别好的协调关系。因为在宣传的时候你给它制造了一种可能，结果到那一看，他们导游也想坑你，想把你在景区的时间缩短一点，购物的时间延长一点；当你在某家饭店吃饭，他发现有可能敲你竹杠的时候，还是要敲你竹杠。这就让游客和被消费群体之间的差距拉得很大。

本身，不同游客频繁去到不同地方，是为了加深不同地区不同族群的融合，但是宣传和实际商业运作当中产生的那些现实，反而造成一个巨大的认知的落差，让人感到惊讶。带着美好的希望过去，然而感到惊讶，感到失望。由于你塑造的那个形象是在世界的任何一个角落都不可能实现的，最后造成的，不是族群跟地方文化之间的融汇，而是敌视和疏离。

所以表面一看，好简单。我们中国人总希望从很善良很美好的方向想：哎呀，政府的方法是好的嘛，他们想的就是发展旅游经济嘛，改善老百姓生活嘛。但这只是一时的问题，长久的问题呢？而且它也不是一地的问题，这只不过是一个最典型的表达。今天我们去到任何一个旅游区，我们虚构别的民族的生活跟风俗的例子比比皆是。用这样一种消费的模型，满足于一种特别不正常的期待的时候，我们正在用这种商业来书写文化。我们中国人经常喜欢讨论政治，尤其是比较强制性的政治跟意识形态对我们的历史观、文化观跟社会现实的改造，但是我们对于消费社会、市场体制，那只看不见的手，对我们今天的文化、消费心理包括文学的改变却没有丝毫的警惕。而真正来讲，这种改变的发生，可能正在中国人意识最深处，中国人行为方式深处，改变我们国家。

我们再回到苏珊·桑塔格，她曾经说，我们建立起来了一种消费——旁观。旅游就是一种旁观，而不是进入。人群之间真正的融合需要进入。我们不是进去而是旁观，而且苏珊·桑塔格说我们还喜欢旁观他人的痛苦：我们都假定，那些被旁观者，也许是在社会地位上，也许是在文化上，也许是在经济上低我们一等半等，不然我们那种欣赏奇观的心理就建立不起来。所以她说今天的旅游业有一个巨大的风险，就是把任何一个不同的地域不同的文化或者是民族生活奇观化，就是我们已经不愿意看到他们的正常生活了，所以他们也附和，这就是市场跟消费之间形成了一个特别好的互动关系。你不是要看稀奇吗？我就制造出一些稀奇的东西来让你看，哪怕这个东西是假的。然而还不够，看了稀奇造成审美疲劳了，下一次我再耸人听闻一点。所以今天我们在普通的地方反复地构造这样的奇风异俗，其中边疆地区的文学书写也形成了这种构造的一个根源。

这个根源有两点。一个是有些不负责任的书写，它变成了消费社会重新构造品牌，重新构造产品的一个资源，比如说我们刚刚讲的《消失的地平线》里的香格里拉，今天真的变成了中国的一个地名，一个地区的名字，也成了一个地域的名字，这个地域出现的最大的意图，就是成为最大的旅游产品，被全世界的人接受。这是一个典型的例子，其他的还有很多。更重要的是，这样的一个消费社会的到来，这样的一个把别的民族奇观化的理解，造成了第二个问题，就是影响到今天正在产生的文学书写。这种书写分成两部分，一部分是外面的人到那儿的书写，一部分是本地人自己的书写。就像刚才我讲的，过去的边疆应该也存在，"敕勒川，阴山下""失我焉支山"是本地人的书写，"葡萄美酒夜光杯"是外来人的书写。但是不管怎么样，我用我们今天的话说，它们都是接地的、在场的、相对客观的。

但今天这种情况正在发生变化。比如现在我们想一想,西藏的读物都在谈些什么?是真实的呢,还是按照我们想象来构造的?它到底成了一个虚构的舞台还是我们表达正常生活的角落?这确实是一个需要讨论的问题。我们今天的书写已经和真正要书写的对象没有什么关系了,比如这些年非常流行的,有一本叫作《藏地密码》的多卷本的书。你要从想象来讲,从书写方式来讲,其实是可以作为一个虚构文本存在的,但是它的那种一时风行,发行量到那样大的一个程度,刚好就是我刚才所描述的,大家阅读这本书,未必是把它当作一部好的小说,经典的小说。读这本书的人也明白,它描绘的未必是一个真实的西藏。但是为什么还要去读它呢?刚好就是苏珊·桑塔格指出的,我们这些人不光在实际的旅游行动中被规范,在实际阅读中,我们也带上了苏珊·桑塔格在《论摄影》这本书所谈到的,旁观他人,把他人生活奇观化的误解。

她这本书写于20世纪70年代,那么到今天差不多有半个世纪了。这种苗头刚刚出现,西方的思想家就非常警惕。但是今天的中国人,还陷于这样一种狂欢当中,不管是消费产品提供者,还是这些消费者,大家之间,用西方的批评术语讲,其实也达成了一种高度默契的共谋关系。如果没有这样产品的提供,当然也就没有这样的消费者;同样,如果没有这样狂热的消费者的追捧,这些产品的消费也不能蔚然成风。所以这中间建立起了一种共谋关系或者说是良好的互动。而这样一种互动在今天消费社会建立起来后,是需要警惕的。

所以现在看到很多边疆地带的当地人开始讲述自己的历史的时候,比如说一个写书的人,一个写歌的人,他肯定特别不希望自己的作品没有人看。今天要是谁没有市场,这是一个巨大的耻辱:你没有得到市场的欢迎。在消费社会,你提供了一个产品,没有得到市场欢迎的时候,那贴在你额头上的只能是两个字:失败。谁愿意在今天这个社会中做一个悲壮的失败者呢?我们都愿意做一个非常虚荣的成功者。我们今天的社会还非常推崇这样的成功者,所以它更进一步地影响书写,当我们要再写一个新的东西的时候,就变得非常困难。我就要想市场。那么市场已经是这样子了,产品的提供和游客心态,尤其是边疆的书写变成这样子了。变成这样子的一种情况后,我觉得我要取得市场的成功,我一定要像当年把一个旅游地点塑造成香格里拉一样,真实不真实是不要紧的,但是我要契合消费者的心理,投其所好,满足他们的想象,这是最重要的。如果我满足了他们的想象,构成了那种共谋关系,那么我就能成功。但是如果说,我坚持要说出我自己所深刻体验的那个世界,如果我说出的体验不但不跟别人发生共谋关系,反而形成对立,就是大家不这样看这个问题,它就意味着失败,因此我肯定会选择通向成功的道路。所以消费就是用这样的一种方式,这样的一种体制来消灭我们真实的表达跟书写。

我曾经写过一篇短篇文章,说我们来谈谈中国人的爱。不是爱人之爱,因为爱人之爱太难。我们可能对一个人特别爱,但是我们对整个人群并没有那种愿望和能力。然而,我们中国人说得最多的就是故乡之爱或国家之爱。比如说我们取样,我们来画一幅中国人的故乡地图。不是按照实际的中国地理来画,而是根据所有中国人关于故乡的歌唱来画一幅地图。那么这幅地图真够得上香格里拉的标准,因为每个人的故乡都很美。草原也美,沙漠也美,被污染的湖泊也美。污染他看不见,鸟都死完了他也看不见,他说鸟语花香。所以,你把中国人所有关于故乡的描述跟歌唱拼贴在一起的时候,你为什么要找天堂呢?不用,中国就是。你为什么要找香格里拉?香格里拉在别处吗?不在别处,就在此处。

但实际上当我们真正在中国大地行走的时候,我们很难找到任何一首歌里头的那些东西。比如说,某些人在歌颂草原,今天中国还有几片像草原的草原?我们今天大量地歌颂母亲河,今天中国有几条干净的河,样子还像个母亲的?没有。所以这样的书写,其实就是消费时代到来(所引起的)。今天晚上我们要到酒吧里去听两首歌,来了一个新的驻唱歌手,他一上来就说他家乡的小河里头全是垃圾堆,死猪扔满了,那这个酒吧的消费者不倒胃口?人家花一千块钱开了一瓶威士忌,然后听他唱这个?所以你只好用某种虚构的方式。今天这样一种意识形态或者一种文化方式慢慢、慢慢渗透到我们的世界，我们社会生活中的每一个角落。

大家不要小看文学，虽然平常我们觉得文学隔我们很远，但文学的方式其实随时随地，以一种感受的方式渗透到我们对日常生活的态度里头去了。他们有一种说法，我们的生活处在一种无的状态，就是说我们把所有的词都虚化了。我曾经写过一篇文章，就是说我们西藏。我说在今天所有人的心目中，西藏已经变了。西藏是一个名词对不对？但是我们已经自动地把它变成了一个形容词。我写过一篇文章，叫作《西藏不是一个形容词》。但是确实，在今天这个消费社会之下，全世界都把它想象成一个形容词。形容词是什么呢？就是我们愿意在这个世界上构造一个我们生活的反面。我们经常假定我们的城市生活是非常复杂的。我也在城市当中生活，在我的体会当中，如果我们自己单纯的话，其实城市没有那么复杂。但是我们首先把自己搞得很复杂，所以我们觉得周围也很复杂。

那么我们认为我们是复杂的时候，西藏那个地方是单纯的。如果我们代表了一种高度文明的话，它就是一个原始、蛮荒的地方；如果我们的城市有过多的欺诈跟狡骗，那么西藏那儿的人就是淳朴的；如果我们处在一种非常物质化的无信仰状态，那么他们是不食人间烟火的虔诚的佛教徒。当然我们都能够通过图像或其他方式找到某种个别的例子，但是我们愿意把这个个别的例子放大。比如说，说到西藏人的虔诚，其实如果去到西藏，我们遇到的大部分西藏人，在山上放牧，在地里劳作，或者也慢慢走向现代化，在各自岗位上工作。你说劳作，我们的农民也在地里劳作，所以我不愿意看见；牛也要人放，所以你放牛，别的地方也放牛，我不愿意看见；我就愿意看见在寺庙里上香磕头的那些人。他们是所有人吗？不是所有人。但是我们愿意在描述当中把他们当成所有人，这个叫作选择性看见。我们特别愿意做这样的事情，我们特别愿意选择性看见，就到那样一个地步，所以这也是奇观化。所以今天有大量的书写，因为我满足于这些东西，我就写这些东西。既然所有东西都是产品，所以我们今天写一首歌，写一首诗，写一本书，我们不再认为它是一个精神的情感的自我的探索跟表达，我们认为我们也是在提供一个产品。我们写一首歌跟生产一瓶酱油的意义没有太大的区别；写一本书跟生产一盒豆腐乳之间，我们并不认为有太大的区别。其实精神生产跟物质生产这种差别从来都有，但是今天我们正在取消这种差别。

取消差别的方式就是一种文化上的自我矮化，一直到我把自己矮化成一个屌丝的时候你还怎么说我呢？我都承认我是屌丝了。我是屌丝就是你不能对我有任何要求，我又不是劳模，我又不是道德模范，你怎么能要求我呢？你只能对这些人要求，是吧？你甚至不能说你是个人，人也有要求。我不要要求，我是屌丝，你还能把我怎样？你还能用什么东西来要求我呢？今天在消费时代，在文化当中，我们猜出了一种策略，就是把自己矮下去。用张爱玲的话说,我自己都把自己低到尘埃里头,你还能怎么办呢?佛经里头形容什么东西最小最多的时候,用的词就是微尘、沙。佛经里头形容多的时候,说这个事情有多多呢?说算数譬喻所不能及,即用算数来表达都表达不出来。到底有多多呢?像一条恒河当中的沙那么多。所以有一个固定的词叫恒河沙数。但它多也意味着小。有时候我们特别喜欢"多"这个词,尤其是在人上,我们中国人喜欢人多势众,但其实你在多的那一边的时候,很可能意味着你放弃了一些什么东西。然后像张爱玲那样,说"我一直低到尘埃里头"。但张爱玲本来说的不是这个意思,我是借用一下。她写的是恋爱当中的或者某种情感当中的特殊状态。我们借过来用,可以赋予它一些新的意义。

所以过去的边疆和边疆文学本身是(关于)激荡者、理想主义、浪漫主义、英雄主义的这样一些宏大主题的,表达了人类的精神当中最高贵最伟大的探索性的疆域、认知性的疆域、地理的疆域等的一种文学体裁。在今天的消费社会,它开始日益萎缩,然后变成我们这个泛娱乐时代的不求甚解的消费工具。这样的消费工具会带来一种什么东西呢?刚才我讲,这样的思维形成一个定式的时候,其实会影响到我们对于边疆的实际现实的认知。过去我们有那么多(真实的书写),比如刚开始的时候我引用的几句诗。那个时候,我们说我们中华的文化史,是一种多声部的合唱,鲜卑人的、匈奴人的,即便今天这个民族都消失了，但是他们的歌唱，他们的情感激荡，还在我们中国汉语诗歌这个特殊的空间回荡，余韵悠长。今天我们思之再三，还是给我们很多深刻的、鲜明的情绪的感染。但在今天教育越来越发达的这样一个社会，在今天我们的书写当中，汉语已经是几十个民族公用的国家语言之时，我们能听到多少边疆跟边地的歌唱对这种现实的反映？

今天我们更可能看到的是，在新疆、西藏这个地带，个别人对这个国家文化的不认同、敌视。这当然有他们思想根源的问题，但是如果我们认为这个社会的所有面貌不但跟今天的经济运行模式有关系，其实也跟每一个中国人的文化意识与文化行为有关系的话，那么我们想一想这个问题，我们跟这样的局面的形成，有没有一点蛛丝马迹的关系？如果有，我们愿意为了矫正这种对边疆地带的认知做一点什么吗？

在上周，我去广州，飞机晚点，我在候机厅随手拿一本杂志看一看。我当时就深刻感受到，今天我们不光是对边疆地带文学、旅游有不正确的书写，同时我们也想当然地去揣摩，不认真认识当地族群的需求跟真实生活，而且我们深入他们当中还去虚构他们。这种情况，不光在文学当中上演，在现实当中也在上演。

过去孔子在《论语》里头其实也讨论过这样的民族关系跟远方文化的问题。孔子的学生对他说，那些远方的人不服气，经常跟我们发生征伐之事，怎么办呢？孔子说，不要老是想到兵戈相向。他的原话是："远人不服，则修文德以来之。"说那些遥远的民族，不同地方的人，不服，不跟我们和谐相处，兵戈相向当然是一种解决之道，但重要的是，他说要"修文德以来之"，使我们自己更加文明，使我们的文明程度远远超过他们，最后让他们自动来向我们学习。在中国历史上，这样的策略是有效的。刚才我说鲜卑民歌，当然我不知道鲜卑人是什么样子的，但鲜卑人把他们的民歌用汉语的形式留在了汉语诗歌当中。

前些天我去福建，福州有一个明代的驿馆，名字其实也是从《论语》当中来的，叫作柔远驿。"柔"就是怀柔的意思，"远"就是远方的意思，这个驿馆其实就是古代的外事招待所。招待谁呢？只招待从琉球来的人。琉球就是今天日本的冲绳，他们那里的人来到中国，先在那受到很好的接待，然后再送到宫城里头去见皇帝，因此这个驿馆叫柔远驿，这是在明代。但是后来，这个柔远驿逐渐逐渐就败落了，琉球人慢慢也不来了，直到今天他们自己变成了日本人的一部分。很多时候我们一讲历史，我们中国人就很愤怒，说："你看，过去的所有都跟我们中国人有关系，甚至是我们的藩属之国，今天怎么变成了别人的一部分？"当然这必定有外国的帝国主义势力兴起的客观的地缘要求，但某种情况下，这不也正是孔子所理想的"修文德以来之"的"文"——我们的文明程度降低了，我们的文化衰落了，降低质量了，而失去对别人影响力的一个证明？

所以从文化的意义上讲，不管是马克思主义的理论，还是西方人类学的最先进理论，都觉得任何一个民族——过去我们很可能更愿意从人种上来把它描绘成一个血缘共同体，其实这个民族不断在血缘上跟别人通婚，不断在吸纳别人的血缘——更可靠的是，它是一个文化共同体。不管你过去是什么血缘，你进来以后，你超出了这种语言，认同了这个语言所包含的这些价值观，那么我们就形成了一个文化共同体。当这个文明够强大的时候，对周边就有影响力和吸引力；当这个引力消失的时候，他们就会四散而去。

当我们意识到其实我们每个人都是文化共同体的一员的时候，就会知道，原来这个文化是如何对外表现的，跟我们每个人都是相关的。这种相关不是说我们每个人要到边疆去抛头颅洒热血，也不意味着我们每个人都要用正确的方式去书写边疆，因为不是每个人都有这样的书写和表达的能力。但是我们应该说，在构建我们自己这个文化体系的时候，不能认为所有责任都是别人的，我只是个屌丝，而别人去当男神女神，你们去构建，责任交给你们，然后我们躲在一边；我们应当觉得这是一个共同体，我们共同构建，使我们这个文化逐渐逐渐减去这种浮夸的、脱离现实的、喧嚣一时而不知道为什么喧嚣的现状，而变成一个沉静的、愿意内省的、思索自我、思索自我跟他人的关系，更要思索自我这个文化跟别的文化的关系，跟自然环境的关系的文化。这个力量在大家身上。只有这样,我们今天对于文化的书写,对于边疆的书写,才可能回到正规的轨道。

那么今天,我们如何构置这样一个东西?可能大家不知道,维吾尔族曾经加入汉文化这个团体用汉字书写。比如说在元代,有个诗人非常有名,叫贯云石,在杭州做官,当杭州的行政官员,写了很多非常漂亮的汉语诗歌。历史上有这样一个进程,但是到了今天,我们有了强大的行政能力,我们有了强大的教育机构,这样的书写,反而没有发生。难道这不是一个文化问题吗?难道不是说,因我们对于边疆想象的构建跟文化的构建认识发生了偏差,而导致了这样的情况出现吗?这样的情况出现妨碍了中华文化共同体的构建。中华文化共同体构建成功,就意味着大家向心力的增加。如果我们这个构建出了问题,有一部分人就会离心,四散而去。

但是我要说的是,它最初的表现是文化问题,最终的解决也是文化问题。在这个矛盾发生过程当中,政治的、军事的、经济的调控只是一些手段而已,世界上的事情从来就是这样。我们讲文化的软实力,讲文化的另一些属性也是这样。因为文化已经不是我们狭隘理解的那些文化,所以这确实是一个非常非常重要的问题。在消费社会,对于边疆的书写已经远离了当年。我相信当年对边疆的书写是在一个非常理想的状态下,有多部和声的演唱。是我们能听到"敕勒川,阴山下",能听到"失我祁连山",能听到"葡萄美酒夜光杯",能听到"沙际风来草亦香"的那样一个多元文化的自由表达。那么在今天，我们可能确实受到了消费社会的，苏珊·桑塔格所说的，把他人生活构建为一种奇观的影响，如果要继续，就要克服那样一种表达。

从生产产品来讲，一个写书的人，一个打造旅游基地的政府或者商业机构，他们负有责任，但是同时，我们每个人作为旅游文化的消费者，我们也要建立起来一种正常的消费心理，尤其是对边疆地带。因为今天的旅游业培养起来一个不好的东西，就是我们到处去发现跟我们不一样的地方。其实今天这个世界上，不一样的地方越来越少，但是为了奇观化，我们就去制造一些不一样。不一样太多的社会一定是一个冲突频繁的社会，而今天的全球化是一个大的趋势，是要把这个世界变成一个一样的地方。

其实中国的古代早就包含这样的社会，比如说我们今天很多人愿意去庙里烧烧香，求求观音菩萨，其实这个没有什么好求的，不灵的。因为我经常跟大家讲，你们读读佛经就知道，佛教不提倡现世报，佛教不回答"你今天早上做了好事，晚上就给你报应"这种信仰；佛教是说"你这一世好好行善吧，积德吧，下一世回报"，是隔世报，没有现世报。"观音菩萨啊，求你给我个什么东西啊"，没有。不如读读佛经里头包含的智慧。佛经里头最大的智慧叫作"消除分别心"，就是要按人类一般的、共同人性的价值来看我们这个社会，在这个社会中发现人与人之间共通的、更多的相似性、相同性。因为只有相同、相似才有融通、融汇的可能。如果只看到差异，那么它必然导致的，用一个法国人类学家列维-斯特劳斯的话来讲，那只能是疏离或者是敌视，那太不一样了。

今天，基于奇观化的这种文化，我们正在边疆跟边疆地带寻找这样一种东西，甚至在打造旅游产品的时候，我们正在无中生有地制造这样的产品。这样的产品能够收到短期的经济效益，但是长期（而言），对我们这个共和国，多元文化多民族构造的共和国一定是一个伤害，而不是一个成全。所以我觉得，如果我们每个人对这样一个消费社会，对边疆的书写和表达，以及我们作为普通的读者跟消费者对于边疆书写和表达当中出现的那种不正确的方式保持几分警惕的话，也是对我们社会安定或国家共同体的形成的一个或大或小的贡献。也许我们觉得每个贡献太小了，但是当所有这些小的东西汇聚在一起就构成了世界。刚才我说，佛经里头说最小的东西就是恒河沙，恒河沙这么多，所以我们中国话里又有另外的话，叫作"聚沙成塔"。佛教里头塔也很崇高，因为释迦牟尼说，当一个声音通过高塔传到天上，就成了大的声音，被所有人听见。那么当这样的声音是我们众生汇聚的大量的美好的愿望跟正面的能量的时候，我们可以期待一个像王洛宾歌里头唱的那种美好的边疆。谢谢大家！

在遂宁，谈谈陈子昂，谈谈观音

——在遂宁市船山区"书香船山·莲香成渝"全民阅读活动上的演讲

今天，我勉为其难来谈谈"书香社会"。

我自己上学少，只是在工作中，在写作生涯中，不断感到知识不足，眼界狭隘，格局太小，而不断读书学习，因此才对读书有些体会。

好在，这个体会不是别人要我读，靠别人耳提面命得来的；也不是像有些并不怎么读书的人，靠抄别人书上讲读书重要性的那些格言警句来做这样的演讲，想必这种体会还基本是可靠的。

的确，我是因为工作与写作的需要而读书的，而读出了读书的习惯的。不是为读而读，先是为了工作与写作，然后是为了眼界与心胸。杜甫说："荡胸生层云，决眦入归鸟。"原诗是说登泰山的，但我将其看作读书的一种境界。

也就是说，我是为了"行"而求"知"的。

前贤说："读万卷书，行万里路。"在我的理解中，就是古人就有的"知行合一"的实践。读书与行路实际上是"知"与"行"的相互的触发与印证。行路也是一种学习。只有在读书与行路之间不断地往返，不断地修习，才是我们所需要的"知行合一"的读书学习的方法。

我在日本旅行的时候，看到日本的小学生出门时，打一个小旗子——游学。这个我们爱恨交加的邻邦，倒是比我们去日本疯狂购物的旅行团更加知道旅行的要义。而今天大多数中国人出去旅游，仅仅是为了游玩，却缺乏这种"于游玩中学习"的精神。

比如今天，我来到遂宁，也是一种旅行，也是一次学习。首先学习的就是当地的历史，当地的文化。遂宁当地的文化也是中国文化的一部分。历史本是一个整体，一个有些混沌的整体。但是，这个整体常常被人为分割：一部分是中央政权层面的，一部分是地方层面的。过去的中国史，大部分讲的就是王朝历史。王朝史又多不讲制度与文化，而是宫廷斗争，种种权谋。如若不信，大家可以去听《百家讲坛》，可以看历史题材的电视剧和畅销书。今天的中国人，看世界政治和中国政治，常常被指总是怀着"阴谋论"的，常受着这样的历史教育，他们怎么不会是一些"阴谋论"综合征的程度不同的患者？但是，历史中真正有意义的那些部分，恐怕只有少数人才有兴趣去探究，这些探究关于文明的演进、制度的得失、经济的形态。但公众不感兴趣，公众已经被塑造成相信历史就是一连串的权谋构成的了。那些宫斗，那些充满阴谋算计的历史故事为何风行，公众的追捧也是原因之一。不是说历史中没有这样黑暗的东西，但历史不尽是这种东西，历史是一个更广阔的存在。除了上述已经说到的，还有一个很大的欠缺，就是地方历史的缺失。我们经常说国家或家国，但是历史叙述中却是有国没有家。而这个国也只是皇帝的国，不是我们的国。只有更多关注地方的、区域的历史文化，才会使整个中国历史更加具体、更加丰富。因为那才是全部的中国，是有着我们一个一个家园的中国。

要说遂宁的历史文化，首先我想谈谈陈子昂。我曾听人说过："陈子昂不就是留下一首诗吗？——'前不见古人，后不见来者。念天地之悠悠，独怆然而涕下。'"我相信遂宁的大部分人，至少在座的人，应该了解陈子昂先生的生平事迹。

陈子昂是一个出身农耕时代的农耕社会的人。过去的农村和现在的不一样。过去的农村有一个叫绅的阶层。在古代农业社会中，这是十分重要的一个阶层，因为它肩负着文化的传承，"耕读传家"。他们相信，一家族，一地方，真正传承的不是财富，而是文化。有句话，叫作"诗书继世长"。这里的"诗""书"，自然先是确指，"诗"指的是《诗经》，"书"指的是《尚书》。当然也是象征，也是泛指，指向那些儒家所主张可以帮助人修身、齐家、治国、平天下的所有典籍，以及典籍中的精神伦理。所以，中国人读书不仅是因为国家政策的种种鼓励,更重要的是文化内在生成的指引。也就是说,在从事生产与工作的同时,我们人格的培养、精神的提升、情感的美化,就是通过读书来实现的。

今天人不读书,一个理由是忙,其实过去的人就未必不忙。宋代的欧阳修便是一个博览群书的人。有人问他:老师,您平时做官处理政务,还要写文章、编写国史,哪里有那么多的时间读那么多书呢?欧阳修说:我利用"三上"的时间来读书,这"三上"是马上(骑马出行)、厕上(上厕所)、床上(上床休息)。事实上,读书应该是随时随地的,利用零散时间来读,而不是浪费或忽视这些零碎的时间。比如,我长期观察发现,国人在旅行途中基本不读书,他很"忙",他在旅行么。在候机厅傻坐着,在飞机上几小时的时间里眼神空洞地傻坐着。

在古代,大多数有文化的人是通过读书来实现自己的人生抱负的。就如范仲淹在《岳阳楼记》里说的,"居庙堂之高则忧其民,处江湖之远则忧其君"。陈子昂出生在遂宁乡间,但他是读书的,是想"居庙堂之高"来忧国忧民的。去年来遂宁,当地一个诗人朋友开车陪我去游射洪县陈子昂先生的读书台。在那里,我一方面感到高兴,因为看到了、读到了陈子昂身后来做过当地地方官的人、一些有名的文化人写的凭吊陈子昂的文字,通通刻在碑上。这些文字都充分肯定了陈子昂的爱国情怀,充分肯定他作为一个初唐诗人开启盛唐诗歌风貌所起的重大作用。这些文字,对我对于陈子昂的认识有深化的作用。但另一方面我也有些难过,来来往往的游客,并没有人对这些文字感到什么兴趣。读书台旁边有座道观,观里的道士看样子也没什么文化,衣衫不整,神情萎靡。这样一个地方,呈现如此情形,看了让人心里难免会有些难过。

陈子昂终于离开射洪去了长安,当了京官。但官不大,拾遗而已。左拾遗右拾遗我记不清楚了。反正是拾遗补阙,看皇帝施政有什么疏失,针对这些疏失提出意见。听起来,这是个不错的制度安排。但遇到皇帝不想听意见,不爱听意见,这官职就成了摆设。陈子昂遇到了武则天。他要提意见,武则天也算有雄才大略,就是不爱听意见。你爱提意见,不愿闲在那里做我太平盛世的摆设,我就罢你的官。陈子昂因此丢了这品级很低的官职。于是,陈子昂只好去做武家人的幕僚,到前线去辅佐打仗。在前线,陈子昂老毛病不改,给了他辅佐的武将军很多的建议,但都不被采用,还烦他。他不知道,最后竟要求亲自上前线带兵。结果自然是被彻底晾在一边。

所以,他去了一个古代就打过很多仗的幽州台。在台上感时伤怀,思接千载,写下了那首今天很多人认为简单得不得了的诗:《登幽州台歌》。

我听不懂诗却偏要说诗的人说过:不就是发了些牢骚么?

是啊,是发了牢骚。"不才明主弃,多病故人疏。"怀才不遇,世道不明,总是要发一发的。这里的问题是,今天的社会在某种程度上就是一个发牢骚的社会,对国家,对社会,对单位,对领导,对同事,对朋友,甚至对家人。比别人多干一件半件事,要发;比别人少得好处,或者以为比别人少得好处,更要发;对不甚了了的世界大事也发。原来是私下里,茶余饭后,办公室里磨牙,现在有了自媒体,更要发,一发而不可收。可是,为什么你的牢骚不能成为千古名篇,而只是无意义的语言泡沫,瞬间消散?背后的原因,就是一个情怀的底子,一个读书的底子。

我们发个牢骚,结果把自己变成了一个和你所不满的社会一样庸俗的人,陈子昂发个牢骚,把自己变成了一个伟大的人。原因无别,境界不同之故。

这个我说了不算,我们来看看别人对陈子昂的评价。

有一个专门研究唐诗的哈佛大学教授宇文所安,他写了两本关于唐诗的很好的书,一本叫《初唐诗》,一本叫《盛唐诗》。他这么评价陈子昂的《登幽州台歌》:"诗中感人地描写个人的孤独。他处于空间和时间之中,和未来与过去相脱离,在巨大无垠的宇宙面前显得十分渺小。诗人站在时间的长河中,面对着过去……有着许多历史联系的幽州,首先成为陈子昂表达怀古主题的场所……但诗人对怀古主题的关注中心迅速地从消失了的辉煌过去转移到现在的孤独,并以同样的方式从未来转回现在。所有人在永恒无限的宇宙和时间面前,都会不由自主地感到自己的渺小、短暂、微不足道。"

对了,陈子昂在这短短几句诗中完成了一种连接,把个人际遇与人类普遍境况连接。他完成了一个转移,把个人一己的当下经验转移到了永恒无际的时空中间。

他也因此伟大永恒!

古希腊的哲人说:"太阳之下无新事。"我们也常常遇到不平事,不平则鸣嘛。那么,请问:为什么我们发牢骚时说的话没有流传千古呢?两个问题:一,你的不平所为何来?真有济世情怀不能实现?二,你是怎么发的?有没有什么美学价值?

陈子昂和他这首诗得到许多大诗人极高的评价,例如杜甫把陈子昂比作圣贤。他在诗中说:

> 位下曷足伤,所贵者圣贤。
> 有才继骚雅,哲匠不比肩。
> 公生扬马后,名与日月悬。

地位低下又怎么样?他是用圣贤的标准要求自己的。所以,他的写作离开了当时流行的鼓吹太平、风雅雕饰的宫廷体,而上承了自《诗经》、楚辞和汉乐府以至建安文学的传统。

这个看法别人也是赞同的。

韩愈说:"国朝文章盛,子昂始高蹈。"这意思是说,唐朝的诗歌盛景，是从陈子昂的书写开始缔造的。

杜甫、韩愈都生活在大唐文风最盛的时候，陈子昂生活的时代不是，但是，古人认为，大唐气象却是由陈子昂开启的。所以，陈子昂可以说是雄伟的大唐文学的开拓者！

为什么陈子昂会得到如此高的评价呢？

至少在他的诗中，陈子昂并没有因为仕途不顺而骂武则天，也没有因为自己的意见没有被采纳而抱怨上司，他当时在幽州台上的思考是：把自己遇到的困境与历代圣贤所普遍遇到的问题结合在一起。他写的不是他自己一人，而是代表了许多同他一样的怀才不遇的人置身于苍茫无垠的时间的洪流中的感受——伟大而深沉的孤独！

"前不见古人，后不见来者"写的是一种伟大绝世的孤独感！所以，这种"念天地之悠悠，独怆然而涕下"的情怀不仅感动了历代中国人，也同样震撼着外国人。

陈子昂当时站在幽州台上，从个人际遇感悟到了人类的渺小。这样的感悟其来有自。不信我们可以读读屈原的诗，读读曹操的诗。曹操没有皇帝之名，却有皇帝之实。他写的《短歌行》也充满人生感慨。"对酒当歌，人生几何？譬如朝露，去日苦多。慨当以慷，忧思难忘。"什么时候写的，大宴群臣时写的。"我有嘉宾，鼓瑟吹笙。"今天很多人，昨晚喝了两瓶好酒，而且是和某领导某老板一起喝的，起码得意吹嘘好几次，起码感觉超级轻扬一周以上。但曹操在这个时候想起什么?"忧从中来,不可断绝。"看到什么情景?"月明星稀,乌鹊南飞,绕树三匝,无枝可依。"天地苍茫,宇宙洪荒,他突然感受到了自己在空间上的渺小,生命在时间上的短暂,感受到了一种人类存在的孤独!而陈子昂那首诗正是这种悲剧性感受的诗意表达。苏东坡《前赤壁赋》中的"渺沧海之一粟""哀吾生之须臾"表达的也是这种感受。

建安之后,这类的诗越来越少了。后来的诗都缺少了那种纵观全天下的格局,很多都是歌功颂德。抒情方面,看似风雅的诗,但是跟我们却没有太多关系。而这种欢乐与悲伤的诗,诉说的都是他们自己,随着他们的消失,这些欢乐与悲伤也消逝掉了。

所以,从曹操到陈子昂这段时间,我们已经读不到几首像他们的这样刚健激昂的诗了。整个南北朝我们读到的是其他民族的民歌,如匈奴人失去了自己的土地,有一首诗歌写道,"失我祁连山,使我六畜不蕃息;失我焉支山,使我嫁妇无颜色"。文学史上总是会留下一些悲凉遭遇的诗,或吟咏爱情的诗,而描写肉体欢乐以及阴谋诡计的诗相信大家很少读到,也不喜欢读吧。

今天我们的烦恼,恐怕是源于另一些问题。我们还是《诗经》时代以来那些美好传统的子孙吗?如果是,是将之发扬光大的子孙呢,还是数祖忘典的不肖子孙呢?其实,人的生命悲剧的意识是与生俱来的。而中国儒家有一种积极的文化体认：人非常渺小，生命非常短暂，那么在这么短暂的时间内多做一些贡献，多做一些事情，就相当于多活了一些时间，也就说是以流芳百世的事功而使自己永垂不朽。如果一个社会、一种制度使得一个人这样的情怀与抱负不得施展，那也就是一个深重的悲剧了。如果今天我们这些人，对这其中的悲剧性毫无了悟，那这个悲剧真是无以复加了。而陈子昂的写作，使文学重新回到了《诗经》的传统、汉乐府的传统。复古主义是不好的，但是有些时候复古正好是对当下浮夸的、奢靡的、享乐的、虚伪的文风的反拨。所以，有时候，复古不是单单的复古，而是有一种创新精神包含其中！

唐代文学的兴盛，正是由于有了陈子昂、杜甫、韩愈、柳宗元、白居易们等继承前人的精华，并发扬光大，才出现了大唐气象！

基于这种悲剧意识，或者人类的命运，今天，我顺便再讲一点宗教的问题。遂宁为开发旅游资源，正在推广"观音文化"，说此地是观音的出生地。我不打算干涉这个问题。前些天，我看到了一篇谈论观音崇拜的文章，说中国有三种观音信仰：一种，是正宗的汉传佛教的；一种，是正宗的藏传佛教的；第三种，是纯粹从中国民间生发出来的。我想，遂宁的情形，应当属于第三种。

讲观音信仰自然就涉及佛教。佛教是释迦牟尼创立的。他原本是古代印度迦毗罗卫国净饭王的王子，从小在一个小国宫廷过着衣食无忧的生活。有一天,他走出宫廷看到了人间疾苦,看到了生老病死,看到了人们的穷困潦倒,深受感触。后来,他离家出走,经过多年的苦修与思索,而悟道成佛。他悟出这个道,也悟出了人生的深刻的悲剧性。他悟出的解脱之道是什么?人生就要积累善业,要积累福德,才能超脱生死,成罗汉成菩萨成佛,摆脱生死轮回。季羡林先生被一些人奉为国学大师,他们的动机是什么我不知道。但不只我这样对国学稍有涉猎并一意珍重的人不敢同意,季先生自己也几次说过,要奉还这顶帽子。但他对佛学有相当深入的研究我是知道的,他的专业就是研究佛教,还学了梵文、吐火罗文等文字,为的都是对原始佛教的面貌有更深入的体察。

他说过这样的话:"世界上没有一个宗教不是悲观主义的,但是,像佛教这样的彻底悲观,还是绝无仅有的。"

他意识到,宗教是基于人的命运的悲剧意识的。所以他说:"总体来讲,佛教是悲观主义的;但是,同世界上别的宗教来比较,其他宗教的悲观主义当中还蕴藏了一些积极性,只有佛教是彻底的悲观主义。悲观主义就是几乎否定了生命中所有的价值。"

这句话是有见地的。这里起作用的是一种强烈的宿命感。宿命感是一种悲剧性的体验。悲剧性的体验对一个人的生命体悟可能带来两种结果,其中之一就是放弃,得过且过。今天的中国人可能主要是沉溺于这一种状态。这种状态使得人只看眼前可以得到的和可以享受的一切。而美的书写正是对于这种状态的积极超越——建立功业。正因为生命短暂，才以更积极的姿态丰富生命。

而这也是宗教所依凭的。悲剧性的宿命感，是宗教产生的根源，也是宗教试图解决的问题。从此可以说到遂宁的观音文化。佛教总体是否定当下生活价值的。当下都是"空"，是"无"。《心经》讲"无眼耳鼻舌身意，无色香声味触法"。《金刚经》讲，"三十二相皆是虚妄"。但如何解脱呢？一个靠我们自己悟，自己积累功德，以期解脱；还有一个，就是靠大乘佛中那些自度了还来度人的佛菩萨。

彻底的悲观导致放弃，放弃此生，在另一个世界中寻求幸福。

那些伟大的修行者，则发誓成为救度者，把人度向另一个世界。中国人最相信的就是净土宗的西方极乐世界。

观音菩萨就是自度度人的菩萨中最了不起的一位。有部著名的佛经叫《妙法莲华经》。其中有一章《观音菩萨普门》，讲到观音的功力，说：观音有种非常了不起的功力，即在人遇到困难的时候大声念观音菩萨，观音就能听到，那人就会得到及时的救助和庇佑。

《妙法莲花经》中说："佛告无尽意菩萨：'善男子，若有无量百千万亿众生，受诸苦恼，闻是观世音菩萨，一心称名，观世音菩萨，即时观其音声，皆得解脱。若有持是观世音菩萨名者,设入大火,火不能烧,由是菩萨威神力故。若为大水所漂,称其名号,即得浅处。若有百千万亿众生,为求金、银、琉璃、砗磲、玛瑙、珊瑚、琥珀、珍珠等宝,入于大海,假使黑风吹其船舫,漂堕罗刹鬼国,其中若有乃至一人,称观世音菩萨名者,是诸人等,皆得解脱罗刹之难。以是因缘,名观世音。若复有人,临当被害,称观世音菩萨名者,彼所执刀杖,寻段段坏,而得解脱。若三千大千国土,满中夜叉、罗刹,欲来恼人,闻其称观世音菩萨名者,是诸恶鬼,尚不能以恶眼视之,况复加害;设复有人,若有罪、若无罪,扭械枷锁,检系其身,称观世音菩萨名者,皆悉断坏,即得解脱……若有女人,设欲求男,礼拜供养观世音菩萨,便生福德智慧之男;设欲求女,便生端正有相之女,宿植德本,众人爱敬。无尽意,观世音菩萨有如是力。"

等等,等等。经文很长,不引述了。

问题是,把所有一切都托付给一个菩萨,自己似乎也就不需要那么努力了。扣一下当下全民阅读的主题,就是信教也太省心了,连经都可以不读。反正出了什么事,都有大慈大悲的菩萨等在那里,有求必应。所以,今天常见很多声称信佛教的人是不读佛经的。没有文化的人不能苛求。这种不读经,只念念佛菩萨名号就可以算成功德,可以得到福报的方法,本就是为这一类人信教行的方便。但识文断字的人,不读经,也求这种方便,或者只听教门中人演说,至少在我看来,就有些不可思议。

佛经中相当部分，是佛陀当年传法的原典，读一读有好处。一是接近佛陀的本意，二是可以辨别市面上流行的佛教的真假。不然，我们的寺庙里，求声闻、求正见的信众难遇，倒是求护佑者众多。可能有时也觉得这样太过轻易，只好多烧香、多布施。殊不见庙里，香与烛越来越粗大，越来越多。看起来，倒像是佛菩萨也可以拿东西贿赂。前年，我去斯里兰卡，那也是个佛教国家，我就特别想看看他们怎么表达信仰。那里的寺庙多数都有大而美丽的塔，庙前塔前都有出售香花的摊子，人们去到那里，先都脱鞋净手，买了香花，围着庙或塔手持香花静穆地行走，然后，再把香花敬献在佛前。这种情景确实就比较美好，使我不由得想起佛经里的句子，那是释迦牟尼的教言："见佛塔庙，作礼围绕，以诸花香而散其处。"

关于如何信仰与修行，在很多佛经里，佛陀都有言说。比如《金刚经》。佛的弟子舍利弗问佛陀，怎么样修行才有最大的功德？佛说：最大的功德就是手持此经，"受、持、读、诵，为他人说，以此福德，胜彼福德"。

这福德是最大的，读经的功德，比布施上香火的功德大过很多很多。多多少呢？多得太多了，"算数譬喻所不能及"，用数字没有办法说。佛经里面的数字单位是很大很大的，但佛陀说，还是不够。看来，佛陀也是提倡读书的。只有读他亲口所述的书，才能明理，才能对佛教的教理教义真正有所领悟。

读经如此，延伸到读书也是一样。一个人不读书，一群人不读书，一个民族不读书，结果很糟糕，特别容易被蒙蔽，特别容易被裹挟、被操纵。而且，处于这种境况还毫不自知，还自以为是，要么成为顺民，要么成为暴民。

宗教信仰也是一样，要真正的信仰，而不是盲目的信仰。

我以为，建立书香社会就是要让人获得真正的知识，培养人阅读和思考的习惯。而阅读和思考是为了让人"坐而起行"，建设自己，建设社会，教人读好书，行善事。虽然，读好书，特别是有些有思想有美感的书会有点难度，但读书就是人生的一个部分。人生有哪里是没有一点难度的？所以，我建议有能力的人多读各种原典，少读二手书。二手的书至少只是参考与辅助。我们有阅读能力，那么，我们为什么不回到原典，回到儒家或者佛教的原典中去呢？回到历史的、文学的各种学科的原典中去呢？

今天来的大部分人是读书的，但是都做到读好书了，还是永远在"哺乳期"？老在"吃"，更别说去"行万里路"了。因为读书是求知求智，求知求智的目的，是坐而起行。中国读书人有一个传统就是知行合一，重点是要"行"。小到个人，是求人格和思想能力的完善。从佛教看，是求正知正见。从儒家伦理或者今天对知识分子的要求看，是参与社会建设。这确实需要我们更加多地读书，读更加多的好书，目的当然是坐而起行，参与一个健康文明社会的建设。那么，就从我做起，从现在开始，从读书、读好书做起，以此参加书香社会的建设。

汉语：多元文化共建的公共语言

——在中韩作家对话会上的演讲

这个论坛的主题是全球化与中华文化，我愿意从汉语言这样一个角度来尝试着接近一下这个主题。我不是语言学家，之所以选择这样一个角度，当然是因为我作家与出版人的身份，更因为我是一个母语并不是汉语，却主要靠汉语交流，并完全靠汉语谋生与发展的中国通称为"少数民族"这个复杂构成中一个简单的分子，一个以汉语写作的藏族人。以这样一个身份来谈汉语，可能是一件有点意思的事情。

其实，对汉语言来说，全球化，准确地说是被全球化的过程，至少在20世纪初叶白话文运动起就已经开始了。也就是说，汉语在全球化或者说被全球化的过程中，面临发展的空前机遇与巨大压力已经差不多有一百年的历史了。在这个漫长过程缓缓展开的大部分时间里，全球化这个概念还没有提出，理论界也没有人敏锐地注意到这个过程实际上的展开，因而没有用相类于全球化这样的概念对这一问题进行过专门的研究。前些天我在书柜中，翻出一本专门探讨用汉语翻译各种外国语的翻译论文集。书的扉页上还写着这本书的购书日期——1985年。我很奇怪，那时，自己在偏僻的藏族聚民区工作，通过不断自学，水平刚刚能够比较自如地完成本职工作，尚有余力时开始尝试用汉语写作小说，而一个习作者为什么就会关注不同语言的翻译问题呢？答案只有一个：在那时的口语环境中，我们在日常生活中，就经历着今天社会比较高层的人们在纽约、巴黎、北京和上海一样在不同语言中随意穿行的生活。如果说，在纽约，在巴黎这样的生活，是中国一代精英分子努力追求的结果，而当年，非常强势的汉语降临到偏僻之地讲藏语的蒙昧人群头上，却是一个不得不接受的现实。

还在川西北一个偏僻的十多户人家的小村庄里生活成长的时候，汉语对我的"全球化"就已经开始了。

我们讲汉语的时候，是聆听，是学习，汉语所代表的是文件，是报纸，是课本，是电视，是城镇，是官方，是科学，是一切新奇而强大的东西；而藏语里头的那些东西，都是与生俱来的，是宗教，是游牧，是农耕，是老百姓，是家长里短，是民间传说，是回忆，是情感。就是这种语言景观本身，在客观上形成了现代与原始、官方与民间、科学与迷信、进步与停滞的鲜明对照。在这样两种不同的语言间不间断地穿越，我对不同语言的感觉，就绝对不是发音不同与句式不同那么简单，而是发现，可能我们面对这个世界的基本立场——对世界与人生认知或者拒绝认知，带着对传统的批判探寻的理性或者是怀着自足的情感沉湎在旧知识体系的怀抱——都是由所操的语言所决定的。

但在今天，在这里，我谈到这个问题，却是想讨论有着这样语言经验的人，注意到一个很多人都感受得到但并未得到充分讨论的语言现实。这个现实就是，汉语这个伟大的语言，在全球化和被全球化的过程当中，其表现能力一直处于迅速的扩展当中。

在这里，我还要先对本文中使用的"全球化"这个概念进行一下界定。

全球化在这里是指汉语向内，在中华人民共和国版图内，在五十五个少数民族中的扩张（也包括汉语普通话在汉语方言区的扩张）。在这种不断地扩张中，不断有像我这样的过去操别种语言的人加入。这种加入也带来了各不相同的少数民族文化对世界的感受，并在汉语中找到了合适的表达方式。而这些方式与感受在过去的汉语中是不存在的，所以，这种扩张带来了扩大汉语感性丰富的可能。

被全球化，则是指大量的外国语作品被翻译成汉语。大量外国语典籍被翻译成汉语这个过程，并不仅仅如一般人认为的那样，传播了新的知识与观念，就是这些译文本身，也帮助汉语这个古老语种获得新的表达能力，并在相当大的程度上决定了现代汉语呈现在今天的这种面貌。这种语言移植,本是一个曾经辉煌的帝国衰落到不堪一击的时候,痛定思痛,被迫以一个后发国家的姿态,引入"德先生"和"赛先生"所代表的先进思想意识,以文化上的主动被殖民,来摆脱政治经济军事上惨遭殖民的处境的尝试。这种尝试引起的结果非常复杂,但就汉语言本身来说,却导致了一个积极的结果。这个结果就是:一个古老语种完成了一个民族进入现代社会所必需的现代化重建。

在我的感觉中,这种语言现实常常是被忽视的。而且,在有关现代汉语的批评中,"欧化""翻译腔"经常被诟病。作为一个用语言谋生的人,我自然也认为过度的"欧化",过度的"翻译腔"是没有必要的。但我不能设想,如果没有这些通过翻译建立起来的白话文的表达方式与系统,我们只以传统文言与当代老百姓口语的表达为资源进行整合,能不能充分地表达这个社会所需要表达的一切东西。即便是缩小范围,只讨论我的本行文学,在我看来也几乎是不可能的。何况我们对语言有着强烈依赖与需求的领域远远不像文学这么不直接关乎于国计民生的痛痒,无论是形而上的还是形而下的表达,都难以想象。用乡下人的朴素语言加上几个新名词,肯定不能表达量子力学与生物学,仅仅靠儒家经典的概念与推演方式也不能表达需要更多理性指引的哲学与科学,甚至一份应用性很强的商业合作或计划书都无法完成。再说今天的民间口语中,也不能说没有受到来自书面与媒体轰炸中的那种更有逻辑层次,更具思辨风格，更能揭示事物本质，因此也更为理性准确的翻译体语言的影响。翻译语言对现代汉语的影响绝非输入了"坦克"和"沙发"、"秀"与"酷"这些新词那么简单。这种语言，少一点长处，就是诗性与玄学意义上的美感，同时，翻译体语言可能有时候还有滞涩之感，比之于街头巷尾的口语，可能少一点铿锵顺溜的音韵之美。但过于顺溜的汉语，不管是在书面还是在口头上，不免给人一种不着边际、不关注意义的油滑之感。

过去，我们从政治出发来讨论语言，今天，很多人以爱国爱民族的名义来讨论语言，这样的方法，看上去很正义，却有着用民族文化情绪遮蔽客观现实的巨大危险。一个非常重要的事实就是，汉语在被迫全球化的过程中，翻译体的语言对汉语重建所做出的贡献就这样非常轻易地被遮蔽了。更准确地说，在汉语被全球化的这个过程中，我们只重视引进的思想观念与新知，但使引进和传播得以实现的语言本身却被忘记了。更不要说，引进与传播所致的汉语功能的扩张与表达能力的提高这样一个事实也在有意无意之间被忽略了。在语言领域中，所谓的中国化被无条件推崇，所谓的欧化又被无理性地贬斥，这是一个非常荒诞的事实。

没有人会否认，中国百余年的现代化史中，新思想、新知识、新制度引进的尝试一直没有停止过。但语言这个载入媒介在这样一个伟大进程中的作用被大大忽略了。在这个进程中，语言这个载入工具本身也不断被新表达方式所丰富，载入工具本身的功能因此日益周密强大的事实也就被奇怪地忽略了。

既然给整个中国、整个中国文化带来如此巨大变化的语言现代化过程都可以被轻易地忽略，那么，在中华人民共和国建立后这半个多世纪的时间里，强势的汉语在中国边疆地带少数民族地区的推广普及，即汉语在国家版图上向内对少数民族各语种的"全球化"进程中所呈现的语言事实，好像完全发生在学界的视野之外，就是一个不值得奇怪的事实了。

也许，这是我们国家数十年如一日所推行的少数民族政策使然。这个政策实施的事实依据是：在中国的政治、经济、教育、文化等各个领域，中国的少数民族不同程度地处于一种落后的弱势地位，一个以相对先进与绝对强大的汉民族为主体的国家，要建成一个团结统一的多民族集合体，就要对这些弱势与落后的民族，进行各种支持与帮助。而这种政策，的确带来了中国边疆地带少数民族地区在政治、经济、教育、文化各个方面的巨大进步。仅就藏族地区而言，藏传佛教各教派以政教合一的方式统治青藏高原的时间竟长达一千多年！我在国外的不同的论坛上多次讲过，在地球的任何一个角落，除了青藏高原之外，历史老人从来就没有耐心给任何一个权力集团如此漫长的时间去治理一个地区，去统御一个民族，而且还容忍其如此无所作为。所以，在19世纪和20世纪，无数次变革的机遇与挑战出现时，整个青藏高原还沉浸在中世纪死气沉沉的梦魇中间。

而整个西藏在20世纪下半叶开始,如何发生了翻天覆地变化这一事实过于宏大也过于复杂,显然不在今天的题旨之内。前面说过,作为一个写作者与出版人,我的关注点始终是语言,是全球化背景下不同文化和不同语言间的相互影响。在这种相互影响下,一些语言获得生机,表达出新的思想与新的感受,而一些语言对日常生活的覆盖面日渐缩小,更有甚者,则走向衰微或消亡。那些衰微中的语言,消亡中的语言,在自己的命运夕阳衔山般走向尽头的时候,却可能把这种语言中所包含的丰富的也是别样的文化感受转移出一部分,被新扩张过来的强势语言所吸收。我想这样的事实,在像英语这样强势语言的扩张过程中,已经普遍发生过了。

我要着重指出的是,这样的事实也同样呈现在中国的语言现实之中。但这样一个事实,因为一些中国人特殊的微妙心理,也被有意无意忽略,似乎永远也不会作为一个课题被提出,并进入学理层面的讨论。

这种微妙心理的养成,跟我们一切问题都可以泛政治化的习惯思维有关。特别在少数民族问题上,好像政策的边界之外才是学理的疆域。而中国的少数民族问题又往往构成国家政策中最为敏感的部分,因此这个领域中很多可以用学理澄清与解释的问题都缺少清晰的学术梳理与言说,这样反而不必要地增加了一些问题的敏感性。有些时候,有些境况中,学术可能是最好的脱敏剂。

中国少数民族语言与汉语之间的关系就是这样一个问题。

中华人民共和国成立以来，统一的国家政体当然是导致官方语言、主体民族语言强势扩张的主要原因。这样的事实，我想在任何一个国家都概莫能外，但这是唯一的原因吗？在西方语境中，中国的语言问题很多时候就是这样被解读的。如果是这样，元与清，以及其他一些中国历史上的少数民族建立的国家政权最终都放弃本族语言而不约而同以汉语作为官方语言的事实，就不能得到合理解释。而在今天，如果没有自新文化运动以来重新焕发生机的汉语言，恢复了对新事物、新知识、新的思想方法的表达能力，并把这种能力与口头语言进行最大限度的对接，单靠政策性的支持，要在四面八方如此迅速地扩张也是难以想象的。其根本原因还是在于，中国的很多少数民族有语言没有文字，另一些民族虽然有文字，但这些文字本身没有随着时代的发展而变革，这样就日益与现实生活脱节。典雅，同时封闭；丰厚，同时失语。很不幸，我的本族文字就面临这样一种状况。她那么专注于宗教神秘奥义的发掘与思辨，那么华丽繁复庄严地高高在上，却缺少对人生与鲜活世态的关注与表现，在日渐退守的过程中，她又变得十分敏感，而使人遗憾的是，这种敏感，不是对变化，而是对自尊。这样，汉语这样一种在表达上几乎无所不能的语言的长驱直入，完全就是一个不可逆转的潮流了。

我自己只是对这样的事实有一个普通人的基本感受，而没有现代社会所需要的系统的完备的教育，更没有语言学方面最基本的训练，因而也没有能力来讨论这样一个学术问题。所以，我选择的是一个被公认为最不需要学术训练的行当：写作。是写作使我看到了这样一些语言领域中发生过的或正在发生的事情。前面说过的一大堆话，好像也在趋炎附势为汉语张目。那么，接下来，我也想提请大家注意到这样一个正在发生，而在将来必然会表现得更加充分的事实，就是汉语在扩张过程中，吸收了很多像我这样的异族人，加入汉语表达者的群体中来。这些少数民族的加入者，与汉族相比，永远是一个少数，但从绝对数字上讲，也是千万级以上的，放在全球来看，这是好多个国家的人口数。当这些人群加入汉语表达者的行列中来的时候，汉语与汉民族就不再是一个等同的概念了。这些异族人，通过接受以汉语为主的教育，接受汉语，使用汉语，会与汉民族本族人作为汉语使用者与表达者有微妙的区别。汉族人使用汉语时，与其文化感受是完全同步的。而一个异族人，无论在语言技术层面上有多么成熟，在文化感受上是有一些差异存在的。

语言经过教育与交际后天习得，而不同族别的文化感受却要依靠千百年来一代又一代人的传承与丰富。这样，在这些操汉语的异族者，特别是一些像我这样几乎靠语言谋生与发展的人那里，就会出现所用语言与文化感受并不完全同步的状况。汉族人写下"月亮"两个字，就受到很多的文化暗示，嫦娥啊，李白啊，苏东坡啊，而我写下"月亮"两个字，就没有这种暗示，只有对来自自然界的这个事物本身的印象，而且只与青藏高原这样一个特殊的地理天文景观相联系。我在天安门上看到月亮升起来了，心里却还是那轮升起于某座以本族神话中男神或女神命名的皎洁雪峰旁的从地球上任何一个地方看上去都大、都亮、都安详而空虚的月亮。如果汉语的"月亮"是思念与寂寞，藏语里的"月亮"则是圆满与安详。我如果能把这种感受很好地用汉语表达出来，然后，这东西在懂汉语的人群中传播，一部分人因此接受我这种描绘，那么，我可以说，作为一个写作者已经成功地把一种非汉语的感受融入了汉语。这种异质文化的东西，日积月累，也就成为汉语的一种审美经验，被复制，被传播。这样，在悄无声息之中，汉语的感受功能，汉语经验性的表达就得到了扩展。

我之所以说这样的过程才刚刚开始，是基于这样一个基本的判断：中国大面积出现能熟练把握、自如操汉语的人群的时间并不太久，这个群体虽然都有较强的民族自尊心，但真正具有文化自觉意识的人还不太多，但这样的人的确已经开始群体性地出现。在我比较熟悉的少数民族作家群体中，好多人在汉语使用方面越来越娴熟的同时，也越来越具有本民族的文化自觉，就是这些人，将对汉语感受能力与审美经验的扩张，做出他们越来越多的贡献。相信有朝一日，为汉语这个强大语言做出建设性贡献的名单中,将越来越多出现非汉族人的名字。那时的汉语,将成为一种更具有公共性的语言。

我曾受邀到一个国际性的比较文学会议上发表演讲,那时,我就谈到了这种经验,从童年时代起,一个藏族人注定就要在两种语言之间流浪。

在就读的学校,从小学,到中学,再到更高等的学校,我们学习汉语,使用汉语。回到日常生活中,又依然用藏语交流,表达我们看到的一切和这一切所引起的全部感受。在我成长的年代,如果一个有藏语、乡村背景的年轻人,最后一次走出学校大门时,已经能够纯熟地用汉语会话和书写,那就意味着,他有可能脱离艰苦而蒙昧的农人生活。我们这一代的藏族知识分子大多是这样,可以用汉语会话与书写,但母语藏语,却像童年时代一样,依然是一种口头语言。汉语是统领着广大乡野的城镇的语言,藏语的乡野就汇集在这些讲着官方语言的城镇的四周。每当我走出狭小的城镇,进入广大的乡野,就会感到在两种语言之间的流浪,看到两种语言笼罩下呈现出的不同心灵景观。我想,这肯定是一种奇异的经验。

我想,世界上会有越来越多的人经历这种体验。是的,我们已经加入了汉语这个大家庭,同时,我们又有着一个日渐退隐为母语的故土,在不同的语言间穿行的奇异经验,正是全球化与被全球化过程中一种特别的经验。这种经验使我们有幸为汉语这个公共语言的大厦添砖加瓦。上古的时候,人类受到神的诅咒,而使用不能互通的各种语言,因此没能建造起想象中的通天之塔,而今天,全球化也使语言领域发生了深刻的变化,使我们在化别人的同时也被别人所化。这个过程提供的可能性中有一种是十分美好的,那就是用不同的文化来共建一种美好的公共语言。

语言的信徒

——在北京大学中文系的演讲

进来看到这个题目,我吓了一跳——"语言的信徒"。前两天在人民大会堂听了习总书记关于文化自信、文学使命等方面非常令人鼓舞的话。如果刚从大会堂出来,刚受到鼓舞,热度很高,看到这个题目,不会害怕,但经过一两天以后,热度有所降低——目标伟大高尚,反意识到自己能力太低,就显得这个题目标准太高了。有点像唱歌剧,一起音就在非常高的调子上,真正该高的时候反倒上不去了。所以,才有这个担心。

但这个题目也对,一个吃写作这碗饭的人,不谈语言又谈什么呢?怕只怕这么多年写作,也只有些感性的经验,没有理论加持,谈也谈不出什么有意思的东西来。

当然,一个写作者,如果对语言没有怀揣着信徒般的情感与尊重,又来操持文字生涯,这本身就足够讽刺。我倒是愿意做一个语言的信徒,就怕文字之神、语言之神不肯收我。

那么,就算是我借此表达对语言的热爱与虔敬,斗胆在北大这个地方,来谈谈我对语言的一些想法。

这个问题,可以叫非母语表达的可能性。

大家知道我不是汉族,不是一个从小就操持汉语的人,但又一直在用汉语写作,而且,一写就写了三十年。我是什么族呢?我个人有点糊涂。我母亲是藏族,父亲是回族。我生长在母亲的家乡,父亲是从外面来的。以前我并不太关心自己是什么族这件事情。但后来,上学了,报名时,就要让你在阶级成分之外,还要填上一个族别。不过那还不是特别地认真,有时填藏族,有时填个回族,也没有人特别当真。但到了20世纪80年代,要办身份证了,人家告诉你,你必须是一个什么族,而且固定下来就不能变化了。这就是后殖民理论特别偏爱的所谓身份认同吧。那我就跟了母亲,填了藏族,不再改变了。但这个藏族身份也有问题,这个跟我们国家20世纪50年代施行的民族识别有关。中华人民共和国成立前,我们那个地方的人到底是什么族,没有定论。我看过些那个时代学者们的考察报告。那时,他们大多不把我们那里的人当成藏族人。他们入手做研究,当然有许多方法,考古学、体质人类学、语言学等等。中华人民共和国成立后,就正式定为藏族了。我想主要是因为这个地区的人都信仰藏传佛教。后来,我看过一个资料,说当时是把那里的人暂时归入藏族。归入藏族的族群中有十多个族群可以将来再做识别,我们这个族群就是其中之一。我们这个族群有个族称,叫嘉绒。于是,就叫了嘉绒藏族。为什么?主要就是语言问题。我们这个语言与真正的藏语并不太一致，虽然有相当多来自藏语的词汇，但基本系统却是自己的。所以，有些时候，也有自认为血统与文化纯正的藏族人发动攻击，说那个人不是藏族。根据就两条：一是我混杂的血缘，二就是语言。我只懂我们的嘉绒语，不懂西藏的藏语，或者别的地方的藏语。其实，我并不是个非要当一个什么族的人。这样说，有点冒天下之大不韪。你怎么能不是个什么族呢？本族的人会很愤怒。不是本族的人，一些学者，其中包括搞文学批评的学者也会觉得不可理喻，他们秉持的后殖民理论，最最重要的就是身份问题、文化认同问题。有人也找到了一个否定我的理由：这个人不用或不懂母语。

但我并不在意。

今天世界上有那么多的写作者，越来越多的写作者，并不用母语写作。

像我这样一个人，出生在一个非汉语的村庄里，在我成长过程当中大部分时间里，主要使用的语言不是中文——我不太愿意用汉语这个称谓，因为这等于说这种语言就是汉族的语言。中国的宪法就规定，中国是一个多民族国家。多民族的国家有一个语言现实，那就是不同的族群至少在彼此沟通的时候不能各说各话，他们必然要选择一种语言作为公共语言，国际上叫作国家的官方语言。用我的耳朵听起来，把先是从汉族人中发展起来的，但今天全中国不同民族的人都在使用的这种语言称为中文,或者今天有越来越多的人在使用的概念——华语,更舒服一些。事实上,汉语本身已然是中国这个大家庭中不同文化、不同地域、不同语言的人们共同使用、有效沟通的公共语言。一旦承担了公共语言的使命,就决定我们人人都要使用它。同时,也就跟那些把文化身份认同绝对化的人的观念形成了冲突。在基于后殖民理论的文化认同或身份问题中,语言算是一个核心问题。在一些人那里,语言被看成一个静态的边界固定的存在,彼此封闭,彼此保持一种互相警戒的姿态。而我本人对此是怀疑的。在我看来,所谓公共语言就是大家共同来使用它,并在这个过程中建设它、扩张它、丰富它。在我看来,中文就是这样一种由多文化多族群的人共同构建共同丰富的共同语言。类似的语言事实或经验,在别的语言,比如英文世界中早就出现了。我们常说有英式英语、美式英语等世界各地不同的英语,这非但没有使这种语言陷入混乱,反而使其丰富性不断增加,表现力不断扩张,从而成为一种世界性的语言。

今天的中文也正在经历这样一个历程。

我自己就是这样一种语言的现实的参与者与建构者。我没有上学的时候,讲着本地的土著语言。这种语言没有文字,与藏语的书面文字也相距甚远。我上学的时候,第一年不上正式的课程,老师带着不懂中文的孩子上预备班,就像英文不好的中国人出去念书先去上语言学校。预备班就是先学习基本的会话。一年后,有了基本的会话能力,能说能听了,才上正式的一年级，才正式开始学习课本和文字。这时候我们大家才来读课文、识字、解词、造句，慢慢发展到试着写一些学校里面平常教的作文。这样一个过程对大多数母语不是汉语的人来讲其实是非常困难的，对我来讲也非常困难。有些人最终没能克服这个困难，我算是克服了。克服了这个困难的人自然就得以依靠这个语言走向一个更为广阔的世界，这个广阔既是地理空间上的，更是精神与审美上的。我也有幸成为其中的成功者之一。针对这个情况，有人说，这是驯服于文化帝国主义。问题是，如果我只是留在母语中间，那它就只提供一种可能：不离开当地，并且过像我的祖辈一样的生活。除此以外，我的母语不会给我的人生提供新的可能。

所以，我相当烦那些开口身份闭口母语而身陷于后殖民理论出不来的学者和批评家。

所以，我更对一些以文化多样性或民族情感为号召而把母语当成某种孤立主义根据地的人保持着相当的警惕。

总体而言，后殖民理论的产生，是为20世纪反殖民主义，把西方列强的殖民地独立为新的民族国家而做的理论准备。老把这个理论套用到中国内部的文化与族群问题上，是不是等于承认中国的建构也类似于当年大英帝国的建构？

还是说回学习非母语的中文的艰难。

学习一种语言，学习一种文字，进入日常应用与描述是容易的。但进入到抽象思维就难了，要进入到审美的层面就更难了。比如我小时候上算术课，说一加一等于二，这个好懂，但说五乘二等于十，这就难了。因为这已经在抽象地思维了。背下来容易，背着口诀做题也可以，考试也可以考一百分，但是仔细一想，其实并不真正知道这个"乘"是什么意思。诸如此类，好多词你都并不理解它真正的意思是什么。只是背下来的，不知道为什么要这样。从一种语言转换到另一种语言，你会很快懂得一些具象的词：名词，一些动词。但一旦牵扯到一些抽象的，在文学上来讲，那些有意蕴的、象征的、隐喻的词理解起来就很困难。当然，这也跟我母语的状况有关。我的母语更多地还是一种只包含着一些切身经验的语言。在那样一种语言中，很难找到那些跟思想啦，主义啦，诗意啦这样一些特别对应、特别恰如其分的表达。我少年求学的时候常常为此陷入莫名的焦虑。我考试可以靠死记硬背得高分，但我知道自己并没有真正理解，并为此陷入焦虑。记得那时经常做一个梦，天上下雪，后来雪花就变了，变成一个字一个字压下来，全部压在身上，直到喘不过气，挣扎着醒来。即便那时不懂心理学，没听说过弗洛伊德，也知道这就是焦虑的结果。用什么办法解决呢？唯有多读，什么都读。文学作品要读，其他学科的书，不懂也读，报纸从头读到尾，工作队带到村里来的政治文件也读。现在好多弄文学的说，我就读文学，学文件我不干，报纸上的大话空话我也不读。但我不这么理解。空话也是一种语言，也是时代的某种面貌，洗衣粉袋子上的几句说明也是语言。不同的语言方式其实都对应着某种现实,都是某种精神或情感状态,都是某种经验——即便是扭曲的经验。文学的对象是人,是社会,是世界,怎么可能只掌握一套语言?很多时候,从事文学工作的人却被文学遮蔽了双眼。当然,那时的我还没有上升到这样的认识。但我就是以这种荒不择食的方式进入了一种非母语的语言,越来越明白,越来越敏锐,直到它变成像母语一样,甚至超过了对母语的认知与体验。

那时,我还没有关于文学的憧憬。如果我有过关于文学的理想,那也是想做一个学者,专门研究中国的诗歌语言。

当然,这其间也会遇到有点沙文主义的汉族朋友,会得意地说,你是被我们汉族同化了。我当然不能同意这个说法。虽然我知道孔子曾说过:"远人不服,则修文德以来之。"但我还是不能同意这个说法。远人即便"来"了,也未必是按你所预期的那个方式。

道理很简单。

我学习这种语言,并不等于我全盘接受这种语言中所包含的所有价值观。这个道理我想在座每个人都明白。就是以这个语言为母语的人,也对这个语言中、这个语言系统中承载的许多精神糟粕进行着无情的批判。最好的例子就是新文化运动中的那些人,鲁迅、陈独秀、胡适这些人。一者,他们无情揭露中国文化中不好的东西。二者,他们从别的语言中翻译介绍新的东西:科学、民主、革命。汉语或中文经过上百年的改造,早已不是只承载着一个民族心性与价值的封闭系统了。不了解或了解了也不愿承认这一点，母语是汉语的人会自大。母语不是汉语的民族的人，又会生出另一种情绪来，说：我要回到母语。尊重母语本来没什么不对，但用文化与身份认同这样的理论一套用，反倒生出些别的意味来。国际通用的学术上的所谓政治正确，用到中国多民族构成的国度，则政治上就未必正确。封闭与退守，不对。食洋不化，也贻害不浅。

有人这样谈母语，我很难过。

我很爱母语。母亲的语言么，自己最初对这个世界的感知也是通过母语建立起来的。有这个母语垫底，我可以写出跟别人不一样的汉语。为什么？我所讲的那种语言虽然不能直接书写成某种书面语，但它同样也承载着另一种文化哺育出来的人的感受与经验。这些感受与经验既来自日常生活的体验，也同样受到关于生命与世界的诗意的形而上的召唤。用非母语进行文学书写的人，面临的一个挑战就是能不能把这些感受和经验转移过来，使之在另一种语言中也能得到生动呈现。这是可以做到的——至少可以部分做到。研究一下语言的历史，就发现中文这种语言至少自东汉以来，就一直在靠从别的语言中吸收新的表达来扩张自己。东汉开始的大量的佛经翻译，一直持续到唐代，好几百年的时间。大家可以看到，汉语经过此番大规模的翻译引进，有了怎样的扩张和变化。

前面说过儒家的"天下"。这个天下其实不大，就是从中原往外走，到四周的蛮夷之地，或者再往外走一点。这个天下并不大，就是华夏文化的区域，以及四周孔子希望"来服"的"远人"的地方。所以孟子才说："孔子登东山而小鲁，登泰山而小天下。"佛经一翻译，汉语里就有了一个新词："世界"。对，这个词是个外来语。这个世界比天下大多了。大多少？随便打开一本佛经读读，就知道，世界是无边无际的，而且还不止是个空间广大的概念，里头还包含了无始无终的时间。空间尺度一大，另一个哲理意味的概念也就出现了："空"。这个概念的出现，也是拜佛经翻译之赐。不是一个杯子空了，而是生命显得渺小了。就是陈子昂的"前不见古人，后不见来者"，就是苏东坡的"渺沧海之一粟"。这种宿命的体味已经是中国人世界观的一个非常重要的部分。

这个问题，提供的可以讨论的方向很多，我今天只想说语言方面给我的启示。一种有生命力的、表现力丰富的语言其实是开放的，是主动吸纳别种语言经验的。有了这个认识，就可以有一分自信。不是汉族人，也可以很好地使用这种语言，弄得好了，还可以为丰富这种语言的表达做些贡献。比如今天讲翻译的时候，就常听人说，外语翻译成中文这件事，还是中国人才做得好，就像把中文翻译成外语，也要外国人才做得好。但在翻译佛经为汉语的过程中，做得最好的恰恰是一个外国人鸠摩罗什，不但好，而且数量众多。好多部佛经上开篇就写着"姚秦三藏法师鸠摩罗什奉诏译"。姚秦是十六国时期的后秦，皇帝是羌族人。一个羌族皇帝把一个外国人请到长安，设了道场，让他用汉语翻译佛经。

后来，在中国本土也有很多非汉族的人使用汉语创作并很好的例子，金的皇帝完颜亮，元的萨都剌，清的纳兰性德。我读他们的作品，特别注意一个东西，就是他们只是娴熟使用这种语言，还是从母语中带来了一些独特的表达与经验？我发现有。王国维也注意到过这个问题。他在《人间词话》中说纳兰性德以自然之眼观物，以自然之舌言情，是由于初入中原，没有沾染汉人风习。原话记不准确了，但是这个意思。所以说他写的词"北宋以来，一人而已"。

这种带有异质性的写作，其实也丰富与扩张着汉语。

我想，我也可以做同样的事情。做到没有？我以为做到了一些。做到了多少？如果大家愿意当成一种语言现象来研究的话，可以读我的作品。由我说来，不大合适。我要着重说的一句话是，如果我作为一个小说家，只是用别人写得烂熟的汉语写一些边地故事，那我宁可不干这件工作。

我也有一篇在中韩作家会议上的发言可以参考：《汉语：多元文化共建的公共语言》。当汉语变成了这样一种语言的时候，是由一个多民族国家的人在共同使用、共同建构的时候，还是叫作中文更合适一些。

我作为一个非汉族人，个人的国家认同就是依靠对中文的运用，甚至可以说是信仰而建立起来的。所以，从这个意义上来讲,说我是中文这种语言的信徒也是恰如其分的。

所以,我认为,文学的初始与旨归,都在于语言而不是其他。

我以为,多从语言的流变的角度来观察文学、从事写作很有意义。当下中国的中文文学书写,即便是汉族作家所写,很多作品也总是不够好。其中一个原因就是总是停留在现实表达与现实经验的层面,不能挖掘或生发出更多的东西。其实一个作家好与不好,对我来讲,首先就是语言能力,写出新的语言质感的能力。这方面有个误区,不知从什么时候,我们把写得特别顺畅当成一种功夫,结果造成了很多过于平顺而以至于油腔滑调的语言。这个相当令人讨厌。

文学不能只是叙事状物,文学语言的标准也不仅仅只是生动凝练之类。语言还有更强的功能,更高的目标。不光是呈现经验,复制经验,而是依靠语言本身,创造出新的经验。这些经验是审美意义上的,是生命意味上的——也就是所谓哲理、启喻。放弃了语言追求,今天各种各样小说、散文、诗歌的文本,就会失去意义,因为只有外在呈现的话,我们不可能超过电影、电视。今天还有大量的视频,随时随地都在呈现,甚至不只是呈现,大部分时候是在直播,是现在进行时。也就是说,在这种情形发生的时候,我们更要考虑,在我们的文字作品的创造或者是欣赏过程当中,到底什么更有价值。今天写小说的人常说,回到故事,但仅仅回到故事就够了吗？故事早就有了，过去说书人在茶楼酒肆中说的不是故事吗？最早的中国小说话本不就是说书人的脚本吗？中国所谓的四大名著，前三部还带着话本的强烈特征，但到《红楼梦》才成为真正的小说。《红楼梦》所以如此，首先就是语言，既讲故事，又不全是故事。四部书中，这一部最多日常生活图景，最多寻常人生，却更多诗意，比《西游记》这部宗教题材的小说更具宗教意味。

如果我们的文字只是一系列现实经验与故事的呈现，那所有写故事的人，最终都变成写剧本的人。今天的剧本，其实就是脚本。过去剧本还是独立的，我们把它叫作"文学剧本"，还有文学性的语言表达层面的追求。所以，在这样一个时代，我们确实需要思考文学——小说、诗歌、散文，包括剧本，作为一件文字作品独立存在的价值在哪里，那当然是与语言密切相关。

苏珊·桑塔格在《反对阐释》一文中就批评那种只在文本中寻求社会学意义的解读方法。她还有一篇文章，我记得不太清楚了，好像叫《新感受力》，意思是，任何艺术都要找到新的语汇表达新的感受与经验。前提是，表达之前，先要培养与强化这种感受力，然后再以独特的语词加以外化。而我们今天讨论文学，多集中在文本意义的阐释，而对文本所依赖的语言几乎没有真正的研究，这是批评与创作间一个不好的互动。过度地在社会学意义上探寻文本的价值，有时恰好是在寻求一种并不存在的意义，反而造成我们文本的苍白与空洞。

苏珊·桑塔格说的新感受力，主要不是讨论文学，而是基于各种现当代艺术，但也告诉了我们，一个新的时代到来，造成一些新的现实，一些新的审美对象，因此也就造成了一些新的感受，一些前所未有的生命体验。如果我们继续沿用老套的语言来表达这种生活经验，或者说表达这些内心体验，就会造成"感受分离"。当你要说一回新事情，说一个新事物，用的还是一套老的语言，你没有可能把这个"新"真正说出来。用老的语言来表达新的问题、新的感知，不可行。她认为，必须创造出来一种新的形式、新的语汇来表达新的问题、新的感知。

经常听人说，中国作家都是农民，他们没有办法写好城市。说我们这一代作家也许对，但今天很多写城市的人就出生在城市，甚至不止一两代人了。而且，中国也有写城市的传统，你说《红楼梦》的贾家住在哪里？《金瓶梅》中的西门庆大官人住在哪里？今天很多人也正转向对城市的书写，也有人开了很多处方，时代精神啦，社会变迁啦，现代性啦。这些东西用来讨论当然是可以的，也是方便法门。但对写作者来说，真正的，甚至唯一的问题依然是，他必须创造一套新的语言，找到一套新的表达方式。这一套东西有了，生活中现实中那些新的东西就能很自然地吸纳进来。如果语言上没有发明，你尽管在写一个很新的东西，但也显得陈旧。像我们穿一件20世纪

50年代的衣服，思想也很新，行为也很新，你把那个衣服一穿上，走到人群中让人家相信你是新的，的确很难。从里到外要有一致性，也就是形式与内容要相得益彰，而小说的形式问题基本就是一个语言问题。

中国很大，中国有很多不同的文化，这就给文学创新提供了很大可能，为丰富中文的表达空间提供了很大可能。有个研究中国很深的美国人叫拉铁摩尔，他在论述中国文化的时候说，中国有很多种文化，尤其是中国的西部、西南、西北，有很多不同的文化地域，这样就在中国内部形成了很多文化边疆，他将其叫作"内亚边疆"。这些文化区块不光是存在于不同民族之间，即便是汉文化或其他民族的文化之中也是存在的。正如我前面讲的，如果把民族的标准搞得过于严格，我也不敢声称我是一个纯正的藏族人。

我从这个理论得到了启发。

我们与其假定每一民族的文化都有高度的同一性，不如在关注文化时候，不盲从于同一性的文化假定，尤其不过于迷信关于民族文化的定义，那就会发现很多东西。而这些有意味的差异性与同一性，首先就是从语言现象上表现出来的。观察与书写一种文化，我不知道有什么比从语言入手更可靠的途径。这些文化区块间，从核心部分我们可以看到其独立性，而在区块之间的结合部，我们又可以看到强烈的交互性与同一性。我们今天对边疆的理解很狭隘，我们把"边疆"理解为国与国之间的固定不变的界限，着眼的主要是区隔而不是交互性。文学应该有更开阔的胸怀与眼光。

我自己在20世纪80年代，跟大家年纪差不多的时候开始写作，那个时候中国已经有很多非汉民族的、边疆地带的作家在书写他们自己。如果今天来检讨这些写作，更多是题材范围的拓展，却没有清醒的语言意识。没有意识到母语不是汉语的作家反而可能会对这种语言功能的拓展有所贡献。我开始写作的时候，也没有这种意识。但语言使我觉醒，语言本身的刺激使我产生了这种意识。写作的实践让我强化了这种意识。我的第一本书出来的时候，送到我手里，我不敢看，因为我觉得它跟我不太满意的那些书是一样的。用汉族作家的语言方式写非汉族社会的内容，确实有种苏珊·桑塔格所说那种"感受分离"。没有什么意思，不是说思想上的没意思，社会意义上的没意思，而是语言没有意思。一个文学文本，对我来说，如果你语言没有意思，我就不想读。出了那本书后，觉得自己写得不像样子，我四年没有写东西。

这其实是陷入了一种语言困境。但我并不打算放弃。

当时我就想，今天世界上有越来越多的作家用非母语写作，他们一定也经历过我这样的语言困境，在世界上一定有别的国家的人，像我一样经历过。中国是一个后发展国家，后发展国家的人有一个好处，就是可以学习别人的经验。我们不管遇到的是经济的政治的，还是文化的问题，很可能别人都先我们遇到过。后来,我就在美国文学里发现——海明威、斯坦贝克,获得过诺贝尔文学奖的作家也读他们的东西,他们的主流作家中好大一批人是犹太人,而且都不是美国土生土长的犹太人。他们写出来那么优秀的作品,既写出了美国,也写出了犹太人的状态与感受。这个名单很长。比如诗人米沃什和布罗茨基,比如小说家艾巴·辛格。他们有自己的母语,又熟练地掌握原先在东欧居住国的语言。比如辛格,出生成长在波兰,他在波兰时就是一个波兰语作家,写过很好的小说,比如《卢布林的魔术师》。他因为第二次世界大战前的排犹浪潮移民到美国,五十岁了才开始用英语写作,但看看他那些短篇小说,母语是英语的作家用英语写不出这种意味的作品。美国还有一大批优秀的黑人作家,比如得过诺贝尔文学奖的托妮·莫瑞森,那些基于非裔美国人的感受与表达,多么丰沛,多么不是海明威们的美国。

我们要开这样一份名单会非常长。因为全球化造成了新的语言现实,那就是越来越多的人要靠几种使用人口最多、表达和表现能力更强劲也更开放的语言来进行交流,进行思考,进行创造。这是世界性的潮流。越来越多的人要进入另外一种语言当中生活、工作、思考、创造。在这种新的语言中,他来自另外社会、另外族群、另外文化的经验与感受并不能得到百分之百的转移与表现。他得在这种新语言中创造一些对自己有用的东西。一旦这种创造开始了,他就参与了对非母语的那种语言的建构。一种语言，非母语的人进来开始新的建构，原本只是属于一个民族的语言性质就向公共语言转变。应该说，英语和西班牙语这个转变已然完成，而汉语成为中文的这个过程也正在进行。

我今天来，本意其实就简单地谈谈创作过程中的一些语言经验。在人民大会堂开会，文学的意义不断升级，我想尽量降下来一点，还是回到语言本身，结果还是搞了一次语言意义的升级。我觉得今天也许讲得太多，太超越了。但关于语言的这个现实确实是在的，是正在发生的，避而不谈也是不对的。我年轻的时候，起初也是随大流的，不大动脑子的。写了一阵以后，突然觉得要是这辈子都是重复写这样的书，那我的写作是没有意义的。不光我的写作没有意义，我把自己的生命都浪费在这样一种没有意义的写作当中了，那么我的生命也是没有意义的。

什么样的写作是有意义的？

对我来说，首先是语言。把母语中有价值的表达转移到非母语写作中来，使异质的边缘的存在融于主流，而不是被主流所淹没。解决了这个问题，意义会产生，时代会出场。新时期以来，不断有人给文学开药方，一会儿说思想，一会儿说学问，一会儿说文化，都对都不对。如果没有语言这个前提，就不对，说了也白说，有了这个前提，再讨论这样的问题，就会发生作用。再在其他方面下些功夫，效应就会显现。

最近我打算写点跟丝绸之路有关的文章，因为我正在做一点吐蕃历史的研究。这个时期相当于唐朝晚期，藏族越过祁连山，占领河西走廊，包括敦煌在内有百来年时间。关于这段历史，敦煌文书，特别是敦煌文书中几千件藏文写本有些记载，好处是有好多细节，缺点是不成系统，但我还是努力找些资料来读。文学需要细节，而不只是大的脉络。没有细节，语言就无所依凭。就这样东一点西一点一直读，读到近代，读到了林则徐日记。大家知道，鸦片战争时，他被流放伊犁。他是从河西走廊一直走到新疆的。他走到兰州，搞了辆马车，找一个裁缝店买毡子，做一个棚子，然后上路。过乌鞘岭，今天两个小时的车程，我看林则徐的日记，过这座山用了一个星期。走得很慢，记得很详尽，每天在哪儿吃早饭，又走了多少里，吃午饭，在个什么村，几户人家，在个什么店过夜，看见了什么，什么样的树，什么样的石头，遇到什么样的人。这些东西都在面前徐徐展开，慢一点，有时间观察和品味。今天生活节奏变得很快，这座山，我们只用两个小时就过去了，很快，但什么都没有看见。反映到文学书写上，我们所用的语言都变成好莱坞动作片一样，稀里哗啦往前走，只要动作，只要情节，不要别的东西。在这样的状态下，文学的意义就失去了。文学是需要慢下来的，艺术是需要慢下来的，文学并不会因为慢而掉在时代后头。当然，不需要慢的地方，文学也可以一掠而过。而所有这些，都依靠语言来实现。需要慢，语言是减速器，那是为了深入。需要快，语言是加速器，不在不值得玩味的地方停留。慢，才能真正进入一个世界。慢下来，然后会发现新的东西。

二十世纪四五十年代，美国有个诗人，卡尔·桑德堡，他写过一首诗，大概的意思是说，美国，你已经长出了钢铁的身躯，但是我们还没有长出钢铁的牙齿咀嚼你，没有长出钢铁的胃来消化你。这完全基于语言经验，写的是他没有创造出一套新的语汇来表现工业时代，所以写不出现代工业带着金属质感的美。那个时候，他生活的芝加哥，是全世界最大的钢铁城。有一天他突然意识到，他并没有写出真正的芝加哥。真正的芝加哥已经长出了钢铁的身躯，但是我没有钢铁的牙齿咀嚼，我没有这个能力，也没有钢铁的胃来消化你。

今天，在我们中国文学当中，我们还是特别喜欢沿用老的一些经验、意向，而现在的焦虑，就是我们没有真正表达焦虑。所以经常有一些声音、有一些词在我脑子里不断盘旋，就是过去我们少数民族没有这样写，或者中国内部边疆文化中没有这个写法，但是这还是我个人的经验。我觉得我自己在中国的边疆或者少数民族书写中产生了一些影响，但大家还是更习惯在原来所创造的时代当中去进行写作。最重要的是，很多作家跟我交流，谈到这个问题时，经常谈到写作的意义和题材。你是写的土司，我们那儿也有土司啊，其实是不是有土司不重要，重要的是语言，是"诗意的语言"。有一些诗意特别缠绵、多愁善感,有一些并不这样,所以诗意在语言当中也只是一种。

我觉得语言的问题除了这些,还有其实我们也都知道的境界问题。我对境界的回答很简单,第一个是饱满但不做作的情绪、情感;第二个就是借助语言,重塑现实,找到一点实际意义的东西。这就是我理解的境界。

傅斯年、李庄及其他

我作为一个游人,一个有一点文化兴趣的游人,来到李庄有一些感受,这些感受或许是关于中华文化的一些联想,也许可以作为当地政府在李庄的文化开发期间的一个参考,希望对你们有一点点启示。

其实我这是第二次来到李庄,两个月前来过一次。听说这个地方好多年,读这个地方有关的资料书籍也好多年,但是其实不在现场的时候,这种感受还是不够强烈的。因为过去我们老是想,如果董作宾、傅斯年等,跟中国新文化运动以及五四运动以来相始终的这样的一些知识分子来到李庄,他们只是进入一个地方,我觉得不能构成今天李庄文化的全部面貌。抗战时期,不同的学术机构、不同的大学,辗转到桂林、长沙、贵阳、昆明、成都、重庆等不同的地方,但很多地方并不能真正地产生像今天这样有魅力的李庄的故事。这就说明一个情况,它不是一个单方面的问题。比如今天我们到昆明去,讲西南联大，流传下来的故事并不是那么多，尤其跟当地互相交合、互相映照的关系似乎并没有建立许多。但为什么独独是李庄呢？一个这么小的地方一下子产生这么多的学术机构——今天我们觉得里头一定是包含了某种新的价值。那么这个价值到底是什么呢？

第一次来过李庄以后，我回去总在思考，我觉得我们今天在谈李庄时，谈到外来的学术机构，尤其是这些学术机构当中那些在中国乃至是在全世界不同领域的学术史上都非常有地位的知识分子时，更多是在讲他们的故事。故事当然是应该讲，但是我想可能我们在讲这些故事的同时遮蔽了某些东西——遮蔽了当地人在整个抗日战争时期是如何接纳这些机构和知识分子的。但更为重要的是为什么是李庄不是张庄不是赵庄呢？它究竟有一个什么样的文化传统、文化氛围，可以使得在李庄这个半城半乡的地方，由当地士绅出面邀请知识分子来到这里，并给他们提供那么多的帮助和方便？所以我觉得将来李庄的故事一定是一个双向的挖掘。我想，更深一点说，这里头其实蕴含了我们传统社会结构当中两个最重要的阶层在中国文明史上的最后一次汇合。

西方有一个词叫"绅士"，但是中国不叫"绅士"，中国叫"士绅"。在中国长达几千年的旧社会当中，有两个阶层是非常重要的，几乎是这个社会的中坚，一个用我们今天的说法是"知识分子"，他们大部分是在中国的乡村、小城镇。大家知道中国的古代，政府不像我们今天的政府这么大，政府真正有效的控制大概就到县一级。现在我们称为区、乡、镇这样的一些地方，在过去大部分时候我们可以称之为"村民自治"。"民"要是都像我们今天农村的大家实力相仿，有地有房，是不会产生精神领袖的。不过过去在乡村当中有一种宗族制度。由于允许土地自由买卖，久而久之一些土地会相应地向一些人手里集中，便出现地主。不管是宗族的族长、乡间的地主还是小城镇上某种商业领袖，这些人我们大概都叫作乡绅。这些乡绅其实在大部分时候，构成了中国基层乡村包括乡村周围的小城镇的中坚。李庄就是这种典型的乡村，它既是乡村也是一个商业城市。

古代皇帝从中央开始任命官员，直到县一级，他便不再向下任命了。民国时期可能某一个人当过乡长、区长，但这恐怕只是名义上的，大部分乡村实际领导人还是乡绅。由于抗战这个契机，李庄让中国的士和绅来了一次最后的结合，从而留下一段段李庄故事。中华人民共和国成立以后直到今天，中国社会已经改天换地，不过我们仍然可以说士这个阶层也就是知识分子这个阶层还在。但是今天我们政府如此之完善，我们从县开始，到了乡到了镇还要进村，从此以后，绅这个阶层在中国的社会阶层当中永远不会再有。所以说李庄故事实际上是一个乡村与城市，中国基层人民与知识分子，作为领袖的乡绅们与士的阶层最后发生的一段故事，而这个故事是这样美好和意味深长。

从共产党进行第一次国内革命战争暨红军时期以来,我们已经习惯了一个词——土豪劣绅,而这个词有一个不好的定义。过去乡村里面有没有劣绅呢?也是有的。但是不是所有绅都是劣的呢?那也未必。否则千年以来的中国乡村是没有办法维持它的基本运转的。如果都当恶霸,都在打家劫舍、强抢民女,农民是没有办法生活的,从而乡村就会凋零不存在了。而中国乡村一直用这种方式延续到近现代是有它的道理的。"绅"这个字在汉字里代表古代士大夫束腰的大带子,引申为束绅的人。《说文解字》里面说用这个带子干什么呢——束腰正衣。其实我们穿衣服,就是仪表上要有所约束、规矩,让我们显出来一种庄严的样子。引申出来"绅"这个字,其实是这些人他们在生产、经商等活动当中都是对自己有道德要求的,尤其是那些大的家族。作为一个家族的族长,作为一个家族祠堂总的掌门人,他要凭各方面关系来协调相互之间的情感。如果只是依靠暴力,恐怕很难达到这种目的。主要还是靠一种乡规民约,靠一种延续的道德来约束自己。自古以来,我觉得很好的是乡绅们有对自己的约束和要求,他们在用"带子"来维系自己的道德传统。前几日我去到扬州,在一个老乡绅的院子里摘抄到一副作为他们传家格言的对联,是这样写的:"几百年人家无非积善,第一等好事只是读书",意思是我们一个家族要在一个地方不是只暴发一代、两代人,而是要在这传家几百年，真要立住脚、繁荣昌盛，便得多做惠及邻里的好事，而第一等好事"只是读书"。过去乡绅家中都有一个匾额，这个匾额大多是四个字——耕读传家，也有"传家无别法，非耕既读"。意思是说作为乡绅这种人你要做什么事情呢？不是耕作就是读书。要使后代保持富裕，并不是传多少钱给他，最好的方法就是让他们学会节俭和勤劳。士很多就是从这些耕读世家当中出身的，先成为知识分子，再去考科举。从我们四川历史上来看，有两个家族是最有名的。一是苏洵、苏轼、苏辙一门"三状元"，他们在没有成为士之前就是当地的有名的乡绅；到了明代，杨世安一家也是。

孟子说"无恒产而有恒心"，"恒产"指的就是土地。过去我们红军时代也在用的一个词——土豪，今天它又复活了，指那些没有文化或者不尊重文化的暴发户。但在那时候乡间土豪是很少的，大多还是这种耕读传家的大家族在决定乡间的命运。因为他们的发展是一路走来的，有文化指向。当抗日战争爆发时，这些士绅们就懂得文化的价值。乡绅的身份很复杂：有的是商人，有些到了明末清初演化成了哥老会，有的当上了国民党的区长、乡长……这些都是乡村在新的时代中出现的分化。在这样的时代背景下，当同济大学一类的学术机构遇到困难时，很难想象，从这样一个偏僻的李庄发出电报邀请他们到来。我们要把李庄的故事讲好一定要讲好它背后的道理，而这个背后的道理恰好是中国几千年文化中最最重要的传统。我想和大家念念《留别李庄栗峰碑铭》——"李庄栗峰张氏者,南溪望族。其八世祖焕玉先生,以前清乾隆年间,自乡之宋嘴移居于此。起家耕读,致资称巨富,嗣哲能继堂构辉光。"不因为发了财就不读书,他们传了八世依然勤恳兴旺"耕读传家",不像今天我们说的"富不过三代"。"同人等犹幸而有托,不废研求,虽曰国家厚恩,然而使客至如归,从容乐居。"在战争时代做研究完全靠着主人的仁厚。当我在看这个短短的碑文时,念了三遍,非常感动。

士的阶层故事很好讲,他们自己就有很大声音的发言权。佛经里说"大声音"就是在天上的声音。古诗里说"居高声自远",士都是居在高处的,知识分子的声音总是传得很远。乡绅这个阶层在接下来的不到几年中,在我们的土地改革中,声音就消失了,大概将来也不会再出现。所以对这些士的故事,这些知识分子的故事,这些背后的李庄乡绅们所带领的李庄人的故事,今天我们要讲好中国传统士绅从"耕读传家"中发展出的天然的对文化的追求、向往。有个外国的汉学家说过,中国的乡绅大多是儒家,所以他们自己对于现代科学的方式还不够了解,所以便有李庄人对同济大学医学院尸体解剖是如何惊诧的故事。这个故事该怎么讲?我觉得在讲这种故事的时候我们要基于对传统文化、对当地的尊重,我们要很正面、很详尽地去讲这个故事。一定不要在讲这种故事时将之变成简单的文明和落后、文明和愚昧的冲突，而把李庄当地人在这个故事中漫画化了。这里面一定要有一个历史学原则，叫作"同情之理解"。我们必须站在他们那个位置，想他们为什么会这么看待这个问题——那是文化冲突使然。如果我们过于简单化地描写，会给来李庄的游客造成一种认知——"原来这是一个非常愚昧的地方"。如果这里是一个非常愚昧的地方，就不会有魁星阁了！北斗七星在转弯处的星就叫魁星，也叫文曲星。为什么在李庄这个地方，没有求财的庙宇却修了魁星阁？魁星阁为什么修得那么高，那是为了能接触到魁星的光芒，让这个地方文运昌盛。我第一次来，看到这里有一个魁星阁，我便觉得一定是有缘故的。所以在李庄故事的讲述中，我觉得有一点，我们应该恢复当年的士绅文化。只有这样互相的映照，我们才知道中国文化活力所在，我们也才知道为什么那么多机构同时扎根在这个地方，出了那么多成就，尤其是在物质生活还非常艰难的情况下。这对于当时困厄中的文化人来讲是一份巨大的温暖和支持。李庄这种地方不光是大家来游览消费的，李庄有些内涵已经避免了我们跟别的古镇相似。昨天和一名主编聊天，他说了一句话，很好："要是一个文化人到这来不受感动，那他就不是真正的文化人。"其实这个地方也是中国人接受中国传统文化教育，尤其是中国古代士绅精神、气节、修身方式的一个教育基地、文化现场。别的古镇去过一次我就不去了，但是这个地方过阵子可以再来再看。对文化人来说，就像一个信徒到庙里去，去多少次都不算多，待多久都不算久。

那时国家政府机关并不派出官员，大部分时候乡绅是自治的。春秋时我们规定，最小的单位是家，比家大的是邻，邻上是里，里上是乡，乡上是党。所以我们经常提到两个词——"邻里""乡党"。北方人经常说"我们是乡党"，就是表示是一个地方的人。昨天我看了一个材料，说清代的时候，中国人口开始大增长，用了不到一百年时间，人口翻两倍，到了三亿多四亿。那是因为那时从外国来了产量高的土豆。过去粮食产量低，对于人口自然是抑制的。在这样一种人口急剧增加的情况下，清代官吏和明代比却没有增加。这就说明，在这样一种情况下，乡村通过乡绅们的自治和他们自我的道德约束，依然是有效的。乡绅或许在土地改革后受到了一定不公的对待，但我们谈的不是对某一个人平不平反的问题，而是谈的文化。

古代乡绅对自己有要求，古代的士也对自己有要求，不像今天我们的知识分子，是对自己没有要求的，好像有个学历就叫知识分子，或者有某种职称就叫知识分子。当然第一个要求是有学养有学问，但是只有知识是不够的，知识分子还要有风骨、气节、人格。当然，我们在讲李庄故事、士绅故事时，有很多知识分子都可以作为楷模来讲。傅斯年这个人估计就是中国的士。董作宾这样的人主要还是专注自己的学问，但傅斯年不一样，他要过问、干预国家政治，但是真正让他做官他又不愿意。那时候情况不一样，他们认为在大学、研究机构不算做学问。而今天我们的时代有所变化，也带着知识分子有了某些变化。傅斯年在抗战刚结束，李庄的摊子还没收拾时，他便急忙到北京要恢复北大。因为他意识到还有一个在日本人控制下的"伪北大"，教职员工都有两百多人。他说胡适这个人学问比我好，但是办事比我"坏"。别人都催胡适赶紧回来，他给胡适写信说你别着急，我先去。傅斯年去后，只要在伪政府手下干过一天的，或是当年北大撤离还留在日本人手下教书的知识分子一个不要，他为此还去到政府上访。教育部官员劝他说算了吧，除了少数当汉奸的以外，别的人也只是混口饭吃罢了。傅斯年说，只要当初这里的任何一个人留下来，对于那些经历千辛万苦撤离到昆明、李庄的人来说就是不公平的。他自己说他是北大的"狗"，等他把这一切咬完了，再把北大还给胡适。他说胡适是个老好人，干不了我这些拉下脸皮的事情。但是他作为知识分子为什么要骂自己是狗呢，背后是有一个典故的。刘邦平定了天下，让萧何做丞相，其他人不服。刘邦说，萧何是"功人"，你们是"功狗"。好比我们上山打猎，你们像狗一样，别人指出了猎物在哪里，你们就负责去把猎物追来，是萧何发现敌人在哪，计划好后再把门道教给你们，告诉你们方法让你们去捕猎猎物。

还有一个故事，说有个人在中山大学毕业后就被派到我的家乡——今天的松潘、茂县去调查羌族语言和做藏语研究。

阿坝金川县那时候已经很汉化，当地很多人走私鸦片。他跑到那里说我要去当县长，但是书生很简单，不会做官。他说《史记》上有鸿门宴，所以就真摆了个鸿门宴，发帖子请总舵到县政府喝酒。当总舵喝到半醉，他就把人打死了。但是他没想到，第二天总舵手下几百人把县政府包围了，把他也杀了。这个人只当了三天县长，但他确实用他的方法解决了事端。他的死给了国民党一个借口，马上出兵镇压，这个县从此太平无事。也许他把事情看得很简单，但我们可以从中看到那个时代知识分子的形象，他确实是有忧国报国的情怀的。我去台湾时遇到一个史语所的人，我问是否有那个书生的档案，想要查证究竟有没有这个人，竟然真有。没有公开发表，只是作为内部材料，现在台湾还可以查到。傅斯年对史语所的人要求很高，几次调查报告拿回来都不满意。傅斯年批评他的签字都还在上面。关于史语所的这些故事都是有待于发掘的，我觉得只是双向发掘都不够，我们要更立体、更完善。有些事情我们如果描述得不好，那么它就会变成像医学院人体解剖的故事那样被漫画化。

今天我们这个消费时代，热衷于把林徽因塑造成一个被很多男人疯狂追求的女人，许多电视、电影、文字都在做这种描述，而把她作为一个知识分子本身的见识给忽略了，尤其是作为一个妇女在那样一个年代中，一个大家闺秀沦落成乡间主妇的情况下的坚韧和坚持。今天我们有些故事讲得太草率太不庄重了。哪怕是李庄这样一个本身可以庄重的故事，也会因为不合适的描述慢慢消失其魅力。

历史是可以挖掘的，很方便的是，到今天有很多人的后代还是一些有言说能力的知识分子。我到这里来发现一个人，在过去我做一些和丽江有关的调查研究时，发现过他的名字。20世纪30年代有三个人写过丽江，两个是外国人，一个人写的是《中国西南古纳西王国》，另一个写的是《被遗忘的王国》。我还找到过一个小册子，就是第三个人，中国人写的。那时候他是一个杭州美专的美术老师，被派去搜集西南少数民族的美术资料。在那个中国大多数少数民族地区都没有留下文字资料的时候，他写了泸沽湖和玉龙雪山等和丽江这边有关的几万字的小书。后来这个人便消失了，没了消息。那次我突然看到他的名字，原来是加入史语所了。那时候能进入这样高的一个学术机构，就是源于他在丽江的一段经历——接触到了今天纳西族的文字，转而对当地的文字进行研究，成了中国知识分子用现代文学方法研究中国少数民族文字的第一代学者。也许今天我们的一些学者还在沿用他创建摸索出来的方式方法。所以世界很大，但有时候世界很小——突然在我自己的研究视野中失踪多少年的一个人无端在李庄出现了，从一个搞美术的人变成了一个语言学家。在那么艰难的条件下他们还能教学相成，还能出去做很多工作，还在从事他们的学术事业。所以我们要把李庄故事讲好，一方面是对这样的知识分子所留下的这些生动故事应该有进一步的挖掘和整理，另一方面这些整理一定要由更直观生动的方式来呈现。但是我认为对我来说，李庄故事更精彩的是中国士绅的最后一次遭逢，而这次遭逢从人文精神上绽放出这么美丽的光环。

知识分子还会继续存在，但中国乡间"耕读传家"的士绅是永远不会再现了。所以李庄故事具有这样一个性质：中国传统社会中两个阶层，在这样一个历史关口中呈现出这样一种历史文化的现象。我相信无论我们怎么书写它，呈现它，都是绝不为过的，也是具有非常特别的意义的。对我们构建我们民族文化的记忆，尤其是一个地方历史的记忆，这一章是非常重要的。李庄是非常重要的，李庄是非常珍贵的，李庄是值得我们永远珍视的！因为只有在这样一个历史节点上，士和绅向中国人展示了他们品格中最最珍贵灿烂耀眼的部分。所以我们任何一个对于中国文化怀揣敬意，对某些优质因素的消失感到丝丝惋惜的人，都应该来到李庄，在这里被感动被熏染。

我记得《道德经》里有这样一句话，老子是个悲观主义者，说这个社会要退化，这个社会是失道而后得。我们依靠自然天道运行，但是我们人受不住这个道，所以我们只好失道而求其次，我们就要求有一些道德，对自我有一些约束，每个人对自己定规矩。本来自然天道是不需要道德规矩的，但是既然约束不住，我们只好用道德来约束大家。但是当最后我们要失去道德时，我们只好要求统治我们的人对我们好一点，这就是孔子说的"仁者爱人",失道而爱人。仁都不成了,只好讲一点义气。义气是不好的,把我们这帮人搞成一个小团体,对小团体里的人很好,但是对外面的人很差。仁也没有,德也没有了,到了义就已经非常不堪了。但是在李庄这里,我们看到不管是知识分子还是接纳他们的乡绅们,我想至少还在德与仁的层面吧。至少在这个层面,中国文化的传统要求,在不同方向上对不同层面的人都形成了某种有效制约。用今天的话讲是"一种有正能量的关系的展开"。所以这个教育意义比武侠小说好。到义的时候,中华文化就堕落得差不多了,但李庄故事不是这样。我们可以回过头往上说,还在德的层面。假设今天的中国处在那样一个高度转型剧烈动荡中,会是一个什么样子?我们肯定会不寒而栗。但李庄这样一个地方还保存了读书种子,保存了文明之花,更重要的是士和绅在这个地方结合,保持了中国传统社会的基本的道德、人性人情温暖。

(邓青琳、梁壆据录音整理,文字略有删节,标题由整理者拟)

非虚构文学应该要有文化责任

——在成都图书馆锦城讲堂的演讲

大家下午好,今天我们来谈谈非虚构文学。

非虚构文学有两种谈法,一种是像教授一样,讲非虚构文学的概念是什么,这个概念当中会包含什么样的意向,对它反复地进行定义,然后再说什么是非虚构什么不是非虚构。

但是作为一个创作者来讲,我一般不愿意用这样的过于学者化的方式,来进行我们的认知和工作。在对待非虚构这样一种文体的时候,我始终考虑两个问题。第一,在我们开始写作之前,这个世界上已经有过的,能够提升我们对世界的认知,能够使我们洞悉当下社会,或者是逝去的历史当中的某些隐秘的那些文本,我们说它是成功的文本,好的非虚构文本。第二,我们的文学,尤其是中国文学,并没有非虚构的传统。想想我们中国文学的源头,从诗歌开始,从散文开始,然后出现戏剧、小说,主要还是在虚构文学的方向上发展。我们一旦说非虚构写作,马上就把它归入到历史写作。当然历史写作,比如"二十四史",除了某一些篇章,像《史记》《左传》里的,因当时文史不分,还有一些文学色彩以外,后来的历史书,就真正变成了跟文学没有太大关系的另一种文本。当然它也给我们提供了一种系统的观察我们这个国家,建立一个民族或者多个民族记忆的文本,它叫作历史。所以国际上兴起来一种新的文体——非虚构的时候,我们就开始问"非虚构"是什么东西。

我想举一个跟中国有关的例子。

我们很多人都喜欢的一个地方,丽江。但是今天我们去到丽江的时候,就会突然发现,如果想要了解丽江,只有一些道听途说的传说。几千年来,中国人自己并没有积累很多关于丽江过去的、现在的,尤其是对当地的纳西族文化的认知。

今天,我们要认识丽江的文化历史,需要依靠两个外国人。一个是20世纪20年代来到丽江,50年代初期才离开的,约瑟夫·洛克。约瑟夫·洛克是一个植物学家,他来到中国丽江的原本目的并不是要研究纳西族的文化,而是来采集我们横断山区青藏高原各种各样的植物种子。约瑟夫·洛克当时是夏威夷大学的教授、博士。如果今天我们去到美国的夏威夷大学和哈佛大学,会发现这两个大学都建有很好的植物园,园中有非常非常好的植物,中国的植物,那就是约瑟夫·洛克当年采集回美国的。但是后来发生了一个变化,当作为一个植物学家的使命已经结束的时候,他突然决定留在这个地方不走了。他开始用自己积累的资金研究当地的纳西族文化。在对纳西族文化的研究中,他得出了两个成果。一个是他编纂了一本学习当地语言的书——他不光学习汉语也学习纳西语,编纂了一本在今天仍然有非常高科学价值的书,是纳西语和英语的对照词典。这是我们想象不到的,他是一个植物学家。另外他还出了一本书,叫作《中国西南古纳西王国》,对丽江的前世今生、地理风貌、宗教信仰以及它的生产方式都进行了详细的论述。今天,这本书成为我们真正去到丽江、想对这个地方有一点研究的人的重要指引。换句话说,今天我们还有很多人在研究这个地方,但是从整体的成就上讲,还不能够超出约瑟夫·洛克。

几年之后,又有一个叫作顾彼得的俄国人,来到了丽江。顾彼得在丽江待了七八年时间,他是什么时候到的丽江呢,抗战爆发的时候。抗战爆发的时候有很多外国人,到中国来帮助中国人民进行抗日战争。帮助中国人民有很多方式,并不全是走上前线。当时的中国,社会生产力太低,组织方式尤其是底层组织方式太过于落后。所以那时候国民政府的孔祥熙先生,他除任职国民党的部长以外,还成立了中国的工业合作社。工业合作社请到了很多外国人,也得到了很多外国人在资金和技术上的支持。当时中国生产方式很落后,组织方式更落后,建这个合作社的目的,就是到当地去,按照不同行业,把比如铁匠、银匠、纺织工人等诸如此类,甚至烧炭的人,在丽江组织起来,组织成了一个行业工会。第一,大家可以在合作社中以互助方式共同来提高技术水准；第二，这些零散手工业者，只有构成一个商业性质的团体，他们才有可能形成今天所讲的品牌效益，享受到销售成本降低等集约化带来的种种好处。但又是这样一个非专业的人，在离开丽江后写了一本书——《被遗忘的王国》，而今天大家去丽江，如果要了解民国时代的丽江，中国人有什么文字？即使到今天，也没有什么文字。所以今天，作为一种真正介绍丽江的书籍资料，摆在丽江街头，还是顾彼得先生写的这一本《被遗忘的王国》，里面除了记述他建立种种合作社的经历以外，还广泛地考察了丽江的社会形态。比如说在抗战时期，我们别的地方的陆路被封锁后，还剩下一条重要的商道，就是从印度到拉萨再到丽江再到康定这一条商路。所以说丽江在那个年代，在民国时期、抗日战争时期有特别繁盛的商业，驿道上的商业，茶马古道上的商业。他在考察了这种详细的商业形态之外，还考察了这个地方不同的民族，因为除了纳西族以外，丽江还有白族、汉族、回族、藏族、彝族，很多种不同的民族，还有我们今天讲的摩梭人——泸沽湖地区的民族，顾彼得对他们的来龙去脉都做了很好的研究和调查。什么是"非虚构"呢？这样子的书就是真实的、客观的，用一种充满学术性的精神，但是又采用了一些文学性通俗的表达而形成的文本，这种文本就是非虚构的。

　　我在找云南史料的时候，找不到我们中国人的记载。后来我又找到一个外国人，也是往丽江去的，这个人其实在中国很有名,叫斯诺。大家都知道斯诺写过一本书叫《红星照耀中国》,这个就是最有名的非虚构文本。斯诺其实是一个冒险家,二十多岁就来了中国。20世纪30年代,他去了延安,但他20年代就已经在中国了。有一次他徒步从昆明到越南,于是就写了一本书——《马帮旅行》。我们经常讲茶马古道,当时马帮这个组织到底是什么样子,路上的情况以及旅店到底是什么样子,现在很多旅游景区都拿着茶马古道打招牌,但真的问是什么意思,他们其实也不知道。后来我说介绍你们读一本书,就是这本《马帮旅行》。斯诺在没有写《红星照耀中国》的时候,在20世纪20年代就写了这本书,而且那个时候中国大部分的地方土匪很多,但有个叫诺克的美国人跟他一起走,他的安全得到了很大的保障,因为诺克是美国农业部派来做调查的。诺克自己有一个十二个人组成的护卫队,全副武装,还有专业的厨师,在路上,每天要吃饭的时候,也是要把餐桌打开,铺好餐巾,倒上红酒,还要每天打开帆布浴缸泡热水澡。斯诺是一个比较"左倾"的年轻人,所以他看不惯,但又想着没有办法,那就还是跟着诺克走吧。其实诺克也是很看不惯斯诺的,也想把他赶走,但两个互相看不惯的美国人,在当时的中国又不得不结伴而行,所以这些文字留下了很多很多当时那个社会的信息。

当时的社会信息保留了下来,我们今天就可以依靠它们还原历史的细节,还原历史的面貌,如果没有这些文字,那么我们中国的历史只能是帝王将相的历史。我们中国人的历史大都是皇帝的事情,下面的人下面的社会没有人记录也没有人描述。但西方的史学、西方的人文跟中国有一个不一样的东西,当然他们也关注上层社会,但是同时他们也对社会的各个层面各个行业都有记录,所以他们的历史是一个真实的、丰富的、全民的历史。而我们的历史,就是那些高高在上的人的历史,我们看不到普通人的身影、普通人的生活。而且中国人的历史观也造就了大家喜欢看宫斗戏的兴趣,因为觉得我们的生活不是生活,而他们的生活才是生活。真实的历史是非常丰富的,历史从来也不是由几个后宫来完成的。不同的西方人到了中国,他们记录了那么多的中国现象,尤其是中国下层社会的现象,这在我们中国人的书写中是很难看到的,因为我们中国人的历史观或者说是价值观,大概是从孔子那个时期就已经塑造了强烈的等级,君君臣臣、父父子子,上面是重要的,下面是不重要的。所以今天很多人讲国学,说孔子很伟大,当然孔子是很伟大的,但是我们也要清楚地看见孔子也给我们留下了一些不好的"遗产"。封建时期的帝王为什么那么喜欢孔子呢?因为他承认人是生而不平等的。但西方历史在矫正我们,就像斯诺的《马帮旅行》以及顾彼得的《被遗忘的王国》都可以说是非虚构类文学,没有文学想象,只有真实和客观的记录。

今天早上我是从扬州坐飞机来到这里的。在扬州看他们的历史,也只是记录了一些知府的,那古代扬州的社会面貌到底是什么样子呢？又得看外国人记录的了。马可·波罗宣称元朝的皇帝让他当了三年的"扬州市市长"，但中国的历史当中就没有这些记载，但他确实是。当然诗歌里也有很多描写扬州的，"烟花三月下扬州"，中国的文学是写得很美好的。当然书写美好是好的，但总觉得少了一些时政主义、科学主义的东西，使我们触摸不到真正的现实，写了那么多"二十四桥明月夜"，需要考证"二十四桥"在哪，却没有人关心这个问题。希腊总统曾经到访扬州，找不到"二十四桥"了，结果实在没有办法，就指某一座桥说，"这就是二十四桥"，希腊总统却问："不是二十四座吗？怎么只有一座了？"其实我们诗歌里面写了很多这种东西，但都是写它的美妙，到底在哪，我们就不讲究了。所以我们找不到"二十四桥"曾经存在过的地方，所以说这些就是中国文学的传统当中过于倾向虚构、过于倾向美化所造成的一个缺陷。

那么现在回过头来，中国人要补上这些东西，我们要好好记录我们的历史，好好地观察这个社会，记录这个社会，避免将来我们想要复原自己基本的历史还要去找外国人写的书。现在很多研究这些方面的都是靠当时外国人写的书。从元代开始，外国人到中国的越来越多，他们也很喜欢记录这些东西，传教士做记录，外交官也做记录，甚至军人也做。但是我们过去了就过去了，所以这是一个缺陷，也是我们需要探讨"非虚构"的一个理由。

我还想讲一个现代的例子，建长江三峡，其中很多人移民，当时也有很多人写一些作品来歌颂这个伟大的工程，但是大家读过几本，知道几本呢？但有一个美国人，而且他也不是专业的作家，写了一本书叫《江城》。他还给自己取了一个中国名字，叫何伟。他来的时候只是个毛头小伙子，是1996年来中国支教，来中国做志愿者的，去了一个叫涪陵的地方。涪陵那个时候大概下面有一个师范学校吧，他在那个师范学校里面教英语。外国人所感知的那种人文能力是和我们不一样的——其实当时也有很多作家在那里，但没有一个人能用他的方式表达出来。他在那里待了两年。在这两年多的时间里，他已经成为美国很出名的非虚构文学作家。他在涪陵的时候，写的一些文章最早是放在网络上，然后像《纽约时报》《纽约客》这些很出名的媒体就邀请他开专栏，那他就在涪陵一边学习中文，一边教英语，再一边写东西。到后面写三峡大坝要修起来的时候，他所在的地方都会被淹没，都要变化，这些人、这些事他都如实地记录了。当他陆续写后面的书的时候，中国的自驾时代已经开始了，很多地方都开始修高速公路，他又觉得这个发现很有意思，就办了驾照，买了一辆车，最后开车游遍了中国，由此又写了一本书叫《寻路中国：从乡村到工厂的自驾之旅》，又成为畅销书。去年我们在一个"非虚构"的讨论会上再次相遇，下来我们聊到他回美国的两年，但是他表示感觉在美国待不住，我问他现在在哪里，他说他在埃及，一家老小都被他接到了开罗。大家都知道埃及现在时局比较动荡,他就说这个地方不就正好是充满变化的地方吗,所以他现在又在学习新的语言,阿拉伯语,埃及的语言,可以让他更好地记录。前几天我们邮件联系,他的新书又要出版了,是关于埃及的记录。

这种对时政的全面观察,中国的观念里应该要有。其实这些年也有很多作家,以及不是专业作家的人也充分意识到,我们书写这个社会、记录这个时代的重要责任。虽然不是所有人,但至少也有少部分人。

其实今年我们也出现了一些比较好的非虚构作品。我读的有限,我给大家介绍几本,比如广东的陆键东,他研究大历史学家陈寅恪,因此写了一本《陈寅恪的最后20年》。在过去来说这是一本很学术的书,但这本书很畅销,为什么这本书会这么畅销呢?是因为作者下了巨大的功夫,做了真实的记录,才有了这本《陈寅恪的最后20年》。

大家都知道宜宾有个李庄,李庄在抗战时期很重要,很多学术机构内迁到李庄。比如同济大学就迁到了李庄;我们今天的建筑研究社,以前叫营造学社,就是由梁思成林徽因夫妇他们组织的学社,也迁到了李庄;大家知道南京博物院,那个时候没有地方去,也迁到了李庄;再历史语言研究所,又叫史语所,也迁到了李庄。李庄这个几千人的小镇,是中国一个比较重要的历史中心,其重要性可能超过了昆明的西南联大,因为很多学术机构、研究机构曾经都落脚在这儿。但后来几十年都没有人去过问这些事情,后来是由我们一个四川的、记者出身的作家岱峻,写了一本关于李庄的书叫《发现李庄》,一本非常优秀的非虚构作品,推荐大家看一看。

这些年大家又在讲,中国比较重大的事情,改革当中一些重要的问题,都是在农村发生的,今天的城镇化给农村又带来了新问题。但是我们又在说,没有人做时政的一些工作。上海有个大学教授,深入到河南农村,写了一本书,叫《黄河边的中国》,就是调查几个村庄。同样也是在河南,出了一位女作家,叫梁鸿,她写他们自己的村,写了《出梁庄记》《中国在梁庄》这两本书,追踪了每一家、每一个离开了这个村庄的人,他们在城里干什么以及是怎么生活的,是非常有力量的作品。当然我也要推荐我自己的作品,刚才主持人也介绍过了,我要客气地说这本书写得不够好。

我们可以看到,在今天的中国,其实已经开始有了这方面的觉醒,而且知识分子、作家、艺术家对这个社会是要承担某种责任的。之前讲了孔子思想不好的一面,但孔子思想也有好的一面,他删改《诗经》,也可以说是我们的文学是需要道德的、历史的、良心的,这样一些必须承担的义务和责任,是一个非常重要的方面。

随着今天文学形式的变化,非虚构文学也因此变成越来越重要的一个方面,每年由《纽约时报》发布的全球最有影响力的图书排行榜，只把图书分成两类，就只分虚构和非虚构，虚构的是哪些，非虚构的是哪些。所以就出现了很多非虚构作品，但最典型的就是，2015年的诺贝尔文学奖获得者阿列克谢耶维奇的作品。

阿列克谢耶维奇是一个记者，从事的写作就全部是非虚构写作。今天我们走到中国的书店大概可以看到她的三本书，第一本书是写第二次世界大战的，是苏联红军参加第二次世界大战。因为她是女记者，所以她写战争中的女人，参了军的女人，她们在战争当中做了什么，在实际以及情感上又有怎么样的经历。这本书写得非常好。然后她又写了第二本书，写三十多年前的阿富汗。那个时候苏联控制阿富汗，需要扶持一个亲苏联的政权，有一年，被扶上台的阿富汗总统，开始流露出要疏远苏联的迹象，一晚上，苏军就把阿富汗的全境占领了，阿富汗的游击战争就是从那个时候开始的。西方人都是这样，还有以前的塔利班也是这样，最早武装他们的是美国人，为什么呢？因为他们打苏军。然后她就写了《锌皮娃娃兵》，真正在前锋打仗的人都只有十七八岁，所以她说他们是娃娃兵，"锌皮"是什么意思呢，就是说他们会把战死的娃娃兵用一种锌做的金属棺材运回国内。这本书就是揭露阿富汗这种不正当行为的作品。现在爱国青年很多，特别是在网上很多，真正爱国的青年要么战死在前线，要么在反思今天的现状，他们都是反对这种战争的。

阿列克谢耶维奇的第三本书就是《切尔诺贝利的回忆：核灾难口述史》，是一些幸存者的回忆，然而她采用了一种方式，口述史的方式。这是"非虚构"里很重要的一门学科，之前历史学家采用这种方式来记录——采访成千上万的人，用录音设备录下来，当成资料集体保管。后来文学家也采用了这种方式，就是我刚才讲的"非虚构"的一个重要原则，就是要客观。

客观说起来简单容易，但做起来是很难的，人不是在左边就是右边，要么就是中间。但这个中间也没有绝对的中间，要么就是偏左要么就是偏右，每一个人都是有自己的意识形态的，没有一个人是没有自己的意识形态的。哪怕是可以完全忽略自己的意识形态，也还有第二层的道德意识，我们会判断对与错，或者哪个是好哪个是坏，哪个是卑劣的哪个是高尚的。阿列克谢耶维奇就采用口述史的方式，直接采访那些人。那些全是别人说出的话，她就只添加一句，就是介绍那些人是谁，以前在哪个师当狙击手。第二次世界大战中其实有很多女兵，主要就是当狙击手。很多时候女人打仗比男人厉害，但是又不能让女人那样残酷地去冲锋，最多的还是在连队里面当医务人员，当然也有一些当炮兵的。阿列克谢耶维奇采访了几百上千人，都是主人公自己讲述自己的经历，有些经历是相当惊心动魄的。比如说，她写女兵参加第二次世界大战的这本书，里面有些经历我们很难想象，也不是我们中国电影里那么简单。

我举个例子。有一个叫作列宁格勒（今圣彼得堡）的城市被围困了，当时德国的炮弹一顿乱轰，很多人被轰到了湖里，一个女兵就去捞人，捞人也是趴在冰上捞。她紧紧抓住一个东西，发现是一条大鱼，她当时就想，人那个时候跟动物有什么区别。后来另外一个女的医务人员，在晚上发现了一个德国士兵，为其包扎，其实当时大家也犹豫要不要弄死他，但他放下武器之后，其实也只是母亲的一个儿子，只是接到了冲锋的命令，所以他必须要冲锋。最后还是决定救他。后来又为一个红军战士包扎。哪怕是敌对双方的士兵，其实他们也只是在执行命令。所以这样的例子选取，会引发人们很多的思考。当时她的《锌皮娃娃兵》没有通过审查，后来这个书开始有名了，苏联也解体了，她现在是白俄罗斯作家。今年1月的时候我还见过她一面，当时我是去参加一个白俄罗斯举办的书展，我那时还不知道她那么有名，当时她就在那里卖她的《锌皮娃娃兵》，我还以为她是个儿童文学作家。回来一查，她写第二次世界大战女兵的那本书，早已经在中国出版十多年了，在中国的学界或者其他领域也谈论过这本书。这本书最厉害的一个细节就是一个苏联军队被德国军队包围了，第二天早上突围，大家都知道那个情况下突围成功是很困难的，当时总共剩下了两百来人，这种突围其实人都会死，会死光的，最多只有一两个幸存，后来果然有幸存者。曾经有三个女兵，一天晚上，下着雨，天气很阴冷，三个女兵打算去跟每一个士兵做爱——都觉得这是人生中最后一次了。就是因为这个事例,出版那里的审查没有通过。幸存者其实有一个就是做了这件事的女兵,除了那种负伤的和胆子特别小已经吓破胆干不了这件事的人,其余的都做了这件事。我们回过头来想一想,我们的战争文学,我们想一想我们的电视剧,打仗跟玩儿一样。而电视剧里的一些表述影响着现在的年轻人,难怪一遇到什么就说打,谁都敢打,就是因为文学把战争写成了游戏一样,我们已经没有正确地对待战争、人的残酷,以及社会的认知了。现在很多人的战争观念就是战争相当于通关游戏,打通一关又来一关。

我们的历史学家、我们的文学家,如果不提供正确的观念,对于文学来说是没有出路的,最主要的是对于整个国家以及别人来说都是危险的,对于自己来说就是更加危险的事情,他都不知道要干什么就干起来了,所以我们要正确理解自己的历史。希望阿列克谢耶维奇创作的这个作品对于中国的读者、中国的创作者能有所启发。

现在有一个词叫"粉丝",但我更愿意说读者。读者是有思考的,是有主动权的,读者和创作者之间一定要形成一种良性的互动和反馈机制。今天我们正在形成一种恶性的反馈机制。娱乐性不够就还需要加入娱乐性,据说在横店表演死掉的日本兵已经超过了抗日战争死掉的日本兵的总人数了,群众演员死一次三十块钱。我呼吁大家不要做"粉丝",我呼吁大家做读者!谁出来都不要尖叫,这是一个非常重要的问题。

其实口述史的非虚构历史很长，早在阿列克谢耶维奇之前，大概是在20世纪80年代的时候，我读过一个美国人写的书，也是一个记者，叫斯特兹·特克尔，他写过两本书，就是我刚才说的口述实录。我只讲其中一本《美国梦寻》。今天中国不是讲中国梦吗？我觉得多少是受了美国梦的启发。美国在建立了美利坚这个国家时就明确有一个梦想，后来在实行民权主义的时候，黑人民权主义运动的领袖马丁·路德·金，他的演讲题目就是《我有一个梦想》，有七八段话。其实他的所有梦想都是结合了美国宪法保障的那些普通人的权利，自由、平等这是最重要的，美国宪法第一句话就是把这两个词写出来。美国梦最后具体阐述的是什么？美国这样一个多元化、多种族的国家，一个人，不管你的出身，只要你合法地成为美国的公民，美国的体制就会切实地保障每一个公民追求成功、发展自己的权利，所以这个就叫美国梦。《美国梦寻》就提到了这是国家提倡的权利。特克尔这个记者特别有意思，他就访问了一百个各种各样的美国人，有人实现了梦想，有人还在实现梦想的途中，当然也有各种原因追求梦想失败的例子，所以他才描绘出了一个整体的美国，不同肤色的人不同文化的人，几代美国的人和在美国刚刚拿到公民身份的人，他们不同的处境，方式就是让他们自己讲述。我个人觉得他讲述的方式比阿列克谢耶维奇还要好。但很可惜他只得过美国的普利策奖。普利策是一个很重要的文学及新闻奖项，国际上一个重要的奖项。特克尔也采访过第二次世界大战的人,而且他两本书都是采访一百个人,那么多经历过第二次世界大战的那些不同的人、全世界的人,视野很开阔,而阿列克谢耶维奇主要在揭露苏联。而且从写作水准上讲,我敢保证我读过的特克尔更好,当然阿列克谢耶维奇也很优秀,但是到后来读她写的《锌皮娃娃兵》的时候就有一种不舒服感。她写第二次世界大战的时候写得非常好,就像我刚才讲的她能做到客观,做到客观并不容易。等到她来写阿富汗战争的时候,我就觉得有时候,就是中国会有的普遍现象,我们的一些知识人,很多言论、很多东西好像是一种表演,而且这个观众不是读者们,是老外们,希望他们看着会喜欢,我觉得这种现象在阿列克谢耶维奇身上会有。选谁来说也是个问题。刚才我已经讲了两个客观的难度了,你自己在叙述的时候很难,你让别人说的时候也是有困难的,他说的哪些你选了,哪些你没有选,那又为什么你选了这个人说的又为什么没有选那个人说的,你选了五百个人,最后只采用了一百个人的,放弃另外四百个人的原因又是什么呢?是他讲得不好?还是他某种情况下没有符合你暗定的某种标准。到阿列克谢耶维奇的《锌皮娃娃兵》的时候,我们一方面佩服她的勇气,一方面也能看出来里面带有一些表演性质,当然这个表演不是表演给苏联人看的,一定是表演给苏联人之外的人看的。所以说这些也是需要警惕的,你说有没有政治?没有政治不可能,但也不至于到阴谋论那么厉害。当我看《锌皮娃娃兵》的时候，我心里是不舒服的，以至于我最后没有看完，我决定不看了，因为她有先入为主的东西。而且这个时候苏联都倒台了，骂骂苏联很容易，即便她得了奖，但之后也容易失去一些东西。

如果我们的虚构文学还在讲一些风花雪月的事情，还在用美的东西娱乐地包装自己，这将切断对这个社会的关注与批判。后来非虚构文学出现了，有一些读者也慢慢地从虚构文学转向非虚构文学，也就是说我们的读者当中也有很多人是关注着这个社会的。我再举两本国际上的书吧，因为最近阿列克谢耶维奇得了奖，有些媒体也不下功夫地说非虚构文学的春天到来了，连诺贝尔文学奖都可以得，其实诺贝尔文学奖早就给过非虚构文学了。

第二次世界大战时的英国首相丘吉尔，战争一结束英国人就把他选掉了，英国人为什么要把他选掉呢？丘吉尔太伟大了。一个伟大的领导再领导几年就没人敢反对他了，就成了神了，趁他还没有成熟就把他选下来。丘吉尔接受了。再之后他写了《二战回忆录》，马上就得了诺贝尔文学奖，他不是因为别的得的奖，就是靠他下台之后写的《二战回忆录》，这个回忆录也是非虚构文学的其中一种。日记也是"非虚构"，有一种日记是本来就打算发表的。别的作家也得过诺贝尔文学奖，有个英国作家叫多丽丝·莱辛，前年去世了。大家可能看过一个老电影叫《走出非洲》。那个电影非常漂亮，就是讲白人殖民者在非洲经营农场的故事，就是讲农场的一家人有什么家庭矛盾。电影拍摄的地点在白人统治时期叫南罗德西亚，今天有一个新的名字叫津巴布韦，它的总统都九十二岁了，据说还要连任两届。那里的货币面值太大，已经破了世界纪录，最后没有办法，就只能用美元，那里的货币，十兆大概能换一点多美金。多丽丝·莱辛就是在这里长大的白人。从某种程度上说，非洲是黑人的国家，白人只是殖民者。多丽丝·莱辛年轻的时候加入过共产党。她是白人农场家庭出生的，但她觉得黑人就应该自己当家做主，她觉得黑人就应该主宰自己的命运，结果她在二十多岁的时候就被自己的国家驱逐出境了。她被驱逐了二十多年以后，黑人胜利地推翻了白人，多丽丝·莱辛很高兴，她想回去看看解放之后的人们，结果回去之后大失所望。第一个，腐败；第二个，土地改革，土地改革是需要的，但改革并不成功。以前白人殖民的时候，他们的农业在欧洲水平，当他们把这些土地再一块一块地分给当地人的时候，相当于农业大后退，现代化的农业回到了小农业生产，再有，技术问题以及环境保护，更不要说销售产品。看似很正确的一件事情，使这个国家变成了今天这个样子。它曾经是非洲最发达最先进的国家，只用了三十年就变成了非洲最贫穷的国家之一。多丽丝·莱辛支持这个政权在理论上是没错的，她回去一次后写了很多文字，没有发表，还安慰自己或许是因为他们刚刚上台，不会管理。过几年她再去看，她很伤心，她看见环境破坏很厉害，官员非常腐败；下一次去，她发现比上一次更严重了，再下次去又发现比之前更严重。她一共回去了四次，从20世纪80年代到90年代中期，十几年时间去的这四次都有所期待，第一次回去的时候她写了很多，写了腐败写了一些帮他们的话，第二次去文字就变短了，第三次更短，最后一次去只写了四页纸，感觉没有什么话好说的了，而且她再也不会回去了。最后她把她这四次去的记录以及亲眼看见的东西写成了一本书，也是一个非常伟大的非虚构作品，叫作《非洲的笑声》。她觉得自己这个有理想主义情怀的人被非洲嘲笑了。曾经有一位欧洲哲人说过一句话："我要提醒爱国的人们注意，我们是要有一个国家，但是我们还要看这是什么样的一个国家。"这句话也充分诠释了《非洲的笑声》。

这个世界的文学主流真正关切着什么？不是说娱乐就不好，但有一个风险是，只剩下娱乐了。我想起我今年去印度，印度有一位作家维·苏·奈保尔，他写过一些很好的非虚构作品。他小时候随父母移民，后来去了牛津读书，现在已经成为英国作家，他写过《米格尔街》，还有一部很好的长篇作品《河湾》，中国翻译过来叫《大河湾》。《河湾》写印度裔的人在非洲。印度和中国也还是比较相像的，都是多民族多语言的国家。维·苏·奈保尔也像多丽丝·莱辛一样回去印度看看，从20世纪80年代开始，回去了三次，接连写了三本书，都是"非虚构"，都是他对印度社会的观察。印度社会最大的一个关注点,就像他最近写的这本书,叫作《印度:百万叛变的今天》。这个"叛变"翻译得不好,但在英文里的意思大概就是这个,但翻译成中文的"叛变"就会有其他的意思。其实他的意思感觉就像是说印度的每一个人都会改变,脱离他原有的身份和等级,更多是脱离的意思。印度有严格的等级制度,但这个制度其实也是农耕时期建立起来的制度,印度和中国一样也在走向现代化,这个时代已经提供了瓦解这个制度的条件,所以印度的等级制度也开始松动。维·苏·奈保尔的《印度:百万叛变的今天》就是采访很多人,他自己书写记录,关注印度等级制度的松动与变化,看到这种社会变化和迹象。印度是多宗教的,印度有三大教派,他们也是混居在一起的,这些年在宗教极端化的背景下,一方面是等级制度的松动跟瓦解,另一方面又是宗教方面互相的敌对。他都如实把这些东西书写出来了。那么我们想一想,中国有五十六个民族,汉族占了大多数,但是中国的知识分子也没有对这些进行认真考量以及书写。我们的虚构文学已经非常脱离现实了,动不动就是穿越,对当下的实事没有任何的关注,就像是泡沫狂欢,一个人可以,一群人也可以,但如果变成所有人都是这样的时候,我们的文化是面临着一个巨大的危机的。这或许比我们今天在经济上经历的困难还要更加难以克服,持续的时间更长,因为这不仅是几年时间一个波动,还以一代人作为一个基础点。

文化问题从来都是大问题。从历史角度来看,我们说今天是盛世，很有钱。中国历史上有钱的时候多了，最后这些钱去哪里了呢？都是因为自己内部出现了问题，然后我们又重新来过，很多问题都是文化问题、观念问题。今天谈到非虚构文学应该要有文化责任，我们需要的是每一个人负起自己的责任，那么作为读者，我们应该多读一点有价值的书，好一点的书。可以有娱乐，但不要只有娱乐，这是由文化塑造出来的人格和道德的问题。

最近美国国家图书奖也是给了一个"非虚构"作家，也是一个黑人。人人应该生而平等，但他发问，在底层社会当中，种族歧视是被消灭了，还是只是被掩藏起来了？他就是从这些问题出发来创作的。大家要注意，美国在把一些电影给我们看的时候，他们自己的文化建构却是这样的。当所有人被他们的娱乐片弄成傻子的时候，他们一定很得意地认为他们自己是更聪明的。谢谢大家！